Mirjam Müntefering

KALLE & KASIMIR

Die rätselhafte Wahrsagerin

Ein Abenteuer mit Hund und Katze

lübbe

MIX
Papier aus verantwortungsvollen Quellen
FSC® C014496
FSC www.fsc.org

Dieser Titel ist auch als E-Book erschienen

Vollständige Taschenbuchausgabe
der bei Bastei Lübbe erschienenen E-Book-Ausgabe

Umschlaggestaltung: Jeannine Schmelzer unter Verwendung von Motiven von © shutterstock/Nik Merkulov, © shutterstock/kondratya, © shutterstock/Africa Studio, © shutterstock/Kateryna A., © fotolia/absolutimages, © shutterstock/Valerio Pardi
Satz: 3w+p GmbH, Rimpar (www.3wplusp.de)
Gesetzt aus der Palatino
Druck und Verarbeitung: GGP Media GmbH, Pößneck
Printed in Germany
ISBN 978-3-7325-2835-6

5 4 3 2 1

Sie finden uns im Internet unter luebbe.de
Bitte beachten Sie auch: lesejury.de

1. Kapitel – Kasimir

Dem stadtbekannten erfolgreichen Kommissar auf vier Pfoten steht heute wohl wieder einer dieser vergeudeten Tage bevor. Denn schließlich ist jeder Tag sinnlos, an dem ein kluger Kopf wie dieser, geschmackvoll in Rot-Weiß gestreift, nicht an einem neuen brisanten Fall arbeiten kann. Und leider sieht es nicht danach aus, dass sich das in nächster Zeit ändern könnte.

»Kasimir?«, flötet Linna aus dem Wohnungsflur. »Willst du mitkommen?«

Damit bin ich gemeint, der sich soeben zu Tode langweilende Detektiv ohne aktuelle Ermittlung. Ich hebe den Kopf und spitze die Ohren. Es ist spät am Nachmittag, und Linna ist vor nicht allzu langer Zeit von ihrer Arbeit nach Hause gekommen. Eigentlich hatte ich mich gerade auf der hübsch gemusterten Decke auf der Fensterbank platziert, sodass mich alle Nachbarn beim Vorbeigehen sehen können. Das gehört zu meinen Aufgaben – denn so demonstriere ich allen, die einen Blick herüberwerfen, dass hier Leute mit Niveau wohnen. Aber unter uns: Diese Aufgabe klingt wahrscheinlich spannender, als sie tatsächlich ist. Früher, ja früher war ich selbst damit vollkommen zufrieden. Aber die Dinge haben sich geändert in diesem Sommer, der nun seinem Ende entgegengeht. Ja, es hat sich wirklich vieles geändert.

Das denkt wahrscheinlich auch meine liebe Linna, als ich geschmeidig von der Fensterbank springe und zu ihr in den Flur gehe. Sie sieht mich nachdenklich an und murmelt: »Also, manchmal glaube ich wirklich, du verstehst, was ich sage. Früher hat es dich nie interessiert, wenn ich die Wohnung verlassen habe. Na dann … machen wir einen kleinen Ausflug?«

Ein Ausflug mit Linna ist immer noch besser, als hier allein in der Wohnung oder im Garten zu sitzen und zu grübeln.

Außerdem liebe ich es, wenn sie mir das Ziel unseres Ausflugs nicht gleich verrät. Denn dann kann ich, der weltbeste Detektiv auf Samtpfoten, einmal mehr ein wenig üben: nämlich zu kombinieren, wohin unser Gang uns wohl führen wird.

Ich beziehe Position vor der Wohnungstür und beobachte Linna bei ihren Vorbereitungen. Zuerst zieht sie die feinen, dünnen Lederschuhe mit den Absätzen an. Kombiniere: Sie hat nicht vor, eine längere Wanderung zu machen, bei der womöglich noch einige der Pfützen zu überwinden wären, die der Regen der letzten Tage hinterlassen hat.

Mit dem Auto werden wir aber auch nicht fahren, denn Linna nimmt zwar den Wohnungsschlüssel vom Haken neben der Tür, lässt den dicken schwarzen Autoschlüssel aber dort hängen. Als Letztes holt sie ihr Handy noch einmal aus der bereitliegenden Tasche und murmelt leise vor sich hin, was sie mit ihren geschickten, schlanken Fingern eintippt: »Bin etwas spät. Fangt ruhig schon mal mit der Maske an. Bis gleich! Linna.«

Und das ist nun wirklich der ausschlaggebende Hinweis. Um ihn zu verstehen, muss man allerdings wissen, dass Linna zwar diverse Freunde beiderlei Geschlechts besitzt – doch es gibt nur einen Menschen, mit dem sie die Leidenschaft für besagte Masken teilt: ihre beste Freundin Amelie.

Ich weiß also jetzt, wohin wir gehen werden! Und dagegen habe ich wirklich nichts einzuwenden. Um Linna meine Zustimmung zu signalisieren, streiche ich mit hoch erhobenem, elegant in Rot-Weiß gemustertem Schwanz um ihre Beine, und sie liebkost meinen Kopf, den ich an ihrer Hand reibe.

Wie immer duftet sie herrlich nach Veilchen, und ihre Hände sind genauso weich und zart wie ihre Stimme. Ach, meine Linna ist wirklich ein außergewöhnlich reizendes Exemplar von Zweibeiner.

Und so verständnisvoll. »Ist doch bestimmt auch langweilig für dich, den ganzen Tag allein zu Hause – jetzt, wo dein Freund Kalle nicht mehr da ist.« Sie begreift instinktiv, dass das Leben eines stattlichen Katers nicht nur darin bestehen kann, sich auf der Fensterbank zu präsentieren oder im Garten zu patrouillieren, um dafür zu sorgen, dass hier keine Mäusefamilien sesshaft werden.

Weniger feinfühlig ist Linna allerdings darin, wie sie meine Beziehung zu dem schwarzen Mops Kalle einschätzt. Freund? Hm. Ehrlich gesagt, war ich anfangs geradezu entsetzt, als Kalle hier einzog. Er war quasi das notwendige Übel, das Linna und ich in Kauf nehmen mussten, wenn wir ihren lieben Mads hier bei uns haben wollten.

Mads ist ein ausgesprochen angenehmer männlicher Zweibeiner und außerdem auch noch Polizist. Linna und er waren eine Weile unzertrennlich. Doch Zweibeiner, habe ich festgestellt, sind in dieser Hinsicht schwer einzuschätzen, ja, sie scheinen geradezu wankelmütig. Gerade noch wirkte es, als könnten sie kaum etwas ohneeinander unternehmen. Sie verbringen Tage und Nächte gemeinsam, schmiegen sich ständig aneinander, stellen sich gegenseitig ihre Eltern vor und scheuen nicht einmal davor zurück, sich beim Küssen nassregnen zu lassen. Aber dann tauchen plötzlich uralte Briefe von einer gewissen Nicole auf, und schon ist Linna so ungnädig, dass sie Mads vor die Tür setzt.

Und mit ihm ist natürlich auch Kalle wieder ausgezogen.

Nie im Leben hätte ich vorher gedacht, dass ich diese schwarze zahnsteingepeinigte Kreatur tatsächlich vermissen könnte. Aber was soll ich sagen? Es war so. Nachdem ich ein, zwei Tage meine zurückgewonnene Einsamer-stattlicher-Kater-Mentalität gepflegt hatte, wurde mir das sehr schnell langweilig. Denn immerhin war ich meinem einzigen großen Ziel niemals näher gekommen als in der Zeit mit Kalle: Irgendwann, das stand schon immer für mich fest, würde ich der weltbeste Ermittler werden.

Und dass ausgerechnet Mops Kalle mir bei meinem ersten richtigen Fall als Assistent hilfreich zur Seite stehen würde, hätte ich anfangs für einen schlechten Scherz gehalten. Schließlich ist Kalle auf den ersten Blick wirklich nicht das, was man sich unter einem echten Detektiv vorstellt. Eher im Gegenteil, würde ich sagen. Er ist von einem eintönigen Schwarz, beleibt und o-beinig, hat ein permanentes Sabberproblem und penetrant gute Laune. Diese führt dazu, dass er freiwillig und ohne Scheu demütigende Kunststückchen vorführt und jedermann auf zwei oder vier Beinen für seinen Freund hält. Und ehrlich gesagt, fürchte ich auch heute noch, dass Kalle mit einem Stückchen Wurst jederzeit bestechlich wäre. Für Futter würde er wahrscheinlich sogar einem verdächtigen Zweibeiner alles verraten, was einem Ermittler-Kater heilig ist. Gott sei Dank hat Kalle es bisher aber nicht geschafft, tatsächlich mit einem Menschen zu sprechen – auch wenn er es unverdrossen wieder und wieder versucht.

Als ich vor ein paar Wochen die Ermittlungen zu meinem ersten echten Fall übernahm und den gerissenen Nachbarn Lorentz in Sachen Falschgeldschieberei überführte, hat Kalle mir zugegebenermaßen tatkräftig zur Seite gestanden. Tag für Tag verbrachten wir beim Observieren des Verdächtigen viel Zeit miteinander. Und dann gab es auch noch die legendäre Begegnung mit dem großen, weißen, knautschgesichtigen Kater, bei der Kalle meinen Erzfeind durch eine ganze Reihe seines gefürchteten Kusselkopps in die Flucht schlug. Dies und die eine oder andere Erkenntnis hat wohl dazu geführt, dass ich mich an Kalle gewöhnte.

Ja, ja, na gut, ich gestehe es ein: Ich hab den schwarzen

Klops mittlerweile in mein großmütiges Katerherz geschlossen. Und ja, verflixt, Linna hat wahrscheinlich wirklich recht. Kalle ist tatsächlich so etwas wie ein … Freund.

Kaum zu glauben, aber wahr: Es ist langweilig ohne ihn hier in der schönen Wohnung, ganz allein mit Linna.

Deswegen bin ich sehr froh, dass mein Zusammenleben mit Kalle mir noch etwas anderes gebracht hat, nämlich die Freiheit.

Kalle war es, der mich dazu überredete, den sicheren Garten zum ersten Mal überhaupt auf eigenen Pfoten zu verlassen. Und seit ich meinen Assistenten das erste, aufregende Mal auf eigene Verantwortung in der Etagenwohnung ein paar Straßen weiter besucht habe, war ich fast täglich dort. Da ist eigentlich nichts bei. Man muss nur immer schön auf dem kleinen Weg neben der Straße bleiben. Kalle hat den damals Bürr-gerr-steig genannt, aber inzwischen hab ich bei Linna gehört, dass man auch einfach Bürgersteig sagen kann. Und bevor man den verlässt, um eine Straße zu überqueren, sollte man auf jeden Fall auf beiden Seiten Ausschau nach Autos halten. Beachtet man diese einfache Regel, steht einem automatisch die ganze Welt offen. Meine Karriere als weltbester Ermittler kann also ihren Lauf nehmen.

Allerdings ist weit und breit kein neuer Fall in Sicht.

Und deswegen muss ich nehmen, was kommt, um ein wenig die eigene Bildung zu fördern und mehr vom Leben zu erfahren.

»Fertig?«, fragt Linna mich nun. Natürlich ist das eine rein rhetorische Frage. Meine Linna ist für einen Zweibeiner nämlich außergewöhnlich intelligent und weiß sehr wohl, dass ich ihr nicht antworten kann. Und ihr ist vollkommen klar, dass ich mich auf unsere kleinen Ausflüge nicht vorbereiten muss.

Schließlich habe ich alles Wichtige immer automatisch dabei: meine scharfen Augen, mit denen ich jede noch so kleine Bewegung erspähen kann; dazu meine hellhörigen Ohren, denen kein Geräusch entgeht; meine weichen Pfoten, auf denen ich mich an alle Übeltäter unerkannt heranschleichen kann; und meine spitzen Krallen, die besten Waffen sowohl zum Angriff als auch zur Verteidigung.

Bestens ausgestattet machen Linna und ich uns also auf den Weg. Der ist mir schon bekannt, denn ich bin ihn schon zwei-, dreimal mit ihr zusammen gegangen. Immer schön nah an den Zäunen und Hecken auf dem Bürgersteig entlang, am Ende unserer Straße rechts abbiegen, dann noch mal rechts, dann links und dann an der Ampel über die Straße. Was eine Ampel ist, wusste ich auch noch nicht, bevor Kalle es erwähnt hat. Er kannte diese dreifarbigen Lichter von den Gängen mit Mads durch die Stadt. Und wie es seine Art ist, hat er sein Wissen gerne, ohne viel Aufheben darum zu machen, mit mir geteilt. Ach, der gute Kalle. Der sitzt jetzt ein paar Straßen von hier entfernt in der Wohnung im ersten Stock, die eigentlich Mads Freund und Polizeikollege Rainer gehört. Mads und er sind vor ein paar Wochen eingezogen. Wahrscheinlich schläft er in seinem Körbchen, was zugegebenermaßen seine Lieblingsbeschäftigung ist. Trotzdem wäre er bestimmt lieber bei uns. Denn Linna und ich gehen nun an einen Ort, der auch ihm gefallen würde.

Pling Plang Plong macht die Türglocke des Ladens. Linna wartet bis ich auch hineingeschlüpft bin.

»Huhu! Bin daha!«, ruft sie.

Ich muss erst einmal herzhaft niesen. Hier riecht es immer so intensiv nach so vielen undefinierbaren Dingen, dass jedes Mal meine Nase kitzelt, wenn wir reinkommen.

Hinter einer kleinen Stellwand kommt eine junge Frau hervor, die sich die Hände an einem Handtuch abreibt.

»Linna! Wie schön. Und der hübsche Kasimir ist auch wieder dabei!«, sagt sie lächelnd.

Ich stolziere elegant auf sie zu und schnurre, als sie sich herunterbeugt, um mir über den Rücken zu streicheln. Nancy gehört zu den Zweibeinern, die ganz offensichtlich über guten Geschmack verfügen. Auch wenn sie hin und wieder dazu neigt, ein bisschen albern zu sprechen. Wie jetzt zum Beispiel: »Und was kriegt ein mutiger, mutiger Kater, der sich traut, den schlimmen, schlimmen, weiten, weiten Weg zu seiner Freundin Nancy zu laufen?«, säuselt sie und zieht eine Schublade am Tresen auf. Heraus holt sie einen jener herrlich nach Lachs duftenden Kauhappen, die sie mir auf ihre gastfreundliche Art jedes Mal anbietet, wenn ich mit Linna herkomme. Ich nehme die kleine Köstlichkeit entgegen und bedanke mich, indem ich meinen Kopf an ihrem Knie reibe.

»Ach, er ist göttlich!«, schwärmt Nancy.

Linna strahlt. Sie freut sich immer, wenn jemand mich ebenso zu schätzen weiß wie sie.

»Ja, der einzige Mann, der es wert ist, dass man sich mit ihm abgibt!«, ruft eine bekannte Stimme hinter der beweglichen Stellwand.

»Hallo, Amelie!«, ruft Linna zurück. Hinter Nancy und ihr begebe auch ich mich hinter den Paravent. Hier ruht auf einer Liege Linnas beste Freundin Amelie. Zu erkennen ist sie momentan jedoch bestenfalls an ihrem Minzgeruch, denn ihr Gesicht ist über und über mit einer dunkelgrünen Paste bedeckt. Nur ihre Augen und ihr Mund mit ein wenig heller Haut drum herum schauen heraus.

Das ist besagte Maske, für die Linna und sie so schwärmen, dass sie sich regelmäßig hier bei der netten Nancy treffen, um sich von ihr das Gesicht einkleistern zu lassen. Nancy war noch nicht immer hier, habe ich aus ihren Gesprächen erfahren. Eigentlich ist sie nur die vorübergehende Vertretung für die Frau, der dieser Laden gehört und die gerade ihre Mutter betreuen muss, die irgendwo im Süden wohnt und sich dort dummerweise ein Bein gebrochen hat. Linna und Amelie waren ganz begeistert, als sie Nancy kennenlernten – offenbar scheint sie besonders tolle Masken zu machen.

Ich hege allerdings den Verdacht, dass die Masken nicht der einzige Grund sind, weshalb sie sich hier treffen. Denn während sie auf den beiden nebeneinanderstehenden Liegen ruhen und Nancy sie mit warmer Luft besprüht, an ihren lächerlich runden Krallen herumwerkelt (manchmal bekommen die sogar eine auffällige Farbe. Na, da würde ich mich aber bedanken!) oder an ihren Füßen herumknetet, reden sie unaufhörlich miteinander.

Auch heute stehen ihre Münder kaum still, während Nancy um sie herumhuscht und hier und dort an ihren zupft oder streicht.

»Wieso bist du denn so sauertöpfisch?«, fragt Linna ihre Freundin Amelie gerade. »Von wegen ›der einzige Mann, mit dem man sich abgeben sollte‹ und so?«

Amelie schnauft. »Ich hab dir doch erzählt, dass Kai mich am Samstag in dieses neue superschicke Restaurant an der Königsstraße eingeladen hat? Ehrlich gesagt hab ich schwer mit was gerechnet. Ich hab mich richtig aufgebrezelt. Neues, kurzes Kleid und frische Strähnen in den Haaren. Ich war sogar für eine Extrastunde bei Nancy wegen meiner Fingernägel. Aber was soll ich sagen? Ich saß da, und nichts ist passiert. Salat, Süppchen, noch ’ne kleine Vorspeise, Hauptgang, Dessert. Beim Dessert hab ich ganz genau nachgesehen. Ich dachte, dass er vielleicht in der Vanille-Creme versteckt ist oder in dem kleinen Schokoküchlein eingebacken. Ich hatte Angst, dass ich ihn vielleicht verschlucke …«

»Verschlucken?«, unterbricht Linna sie verwirrt. »Was denn?«

Amelie wendet mit dem weißen Frotteehandtuch-Turban den Kopf und sieht Linna mit großen Augen aus der grünen Schmiere heraus an. »Den Ring natürlich!«

Linna stutzt kurz. Doch dann scheint sie zu verstehen. »Amelie! Im Ernst?! Du denkst, Kai will dir einen Antrag machen? Aber das ist ja … das ist doch … grandios!« Ihre Stimme ist ein bisschen piepsig. »Aber wieso hast du mir das denn noch nicht gesagt?« Neben all der überraschten Freude, die in ihren Worten deutlich zu hören ist, klingt noch etwas anderes darin. Und ich glaube, Amelie hat es auch gehört, denn sie sieht Linna erneut an. Diesmal ein wenig zerknirscht. Die Lippen zu einem entschuldigenden Lächeln verzogen. »Ach, Linna … tut mir echt leid. Ich dachte einfach … ich wollte nicht …« Offenbar fehlen ihr die Worte. Sie streckt den Arm aus und greift über die Liege nach Linnas Hand.

»Du wolltest nicht, dass deine Neuigkeit mich traurig macht, weil es mit Mads und mir so schiefgelaufen ist?!«, murmelte Linna, mit einem kleinen Seitenblick zu Nancy. Die scheint jedoch nichts mitbekommen zu haben, sondern kramt in einer ihrer Schubladen und betrachtet verschiedene Tuben, die sie hervorzieht.

Amelie nickt langsam. Ich kann sie wirklich gut leiden. Wenn jemand darauf achtet, meine liebe Linna nicht traurig zu machen, dann muss das ein feiner Charakter sein. Ein Ermittler wie ich erkennt so etwas.

»Ist denn bei euch wirklich der Ofen komplett aus?«, hakt Amelie jetzt vorsichtig nach. Auch sie schaut kurz zu Nancy, die immer noch nicht gefunden zu haben scheint, was sie sucht.

Linna seufzt in ihrer grünen Maske. »Frag mich nicht. Ich weiß es selbst nicht. Vor Kurzem wollte ich beim Supermarkt was einkaufen. Und da stand Mads auf dem Parkplatz an seinem Auto. Er hat mich angesehen mit diesem ganz typischen Blick, den er immer so draufhat … ach verflixt! Ich dachte, er kommt bestimmt zu mir rüber. Aber dann hat mein Handy geklingelt. Und als ich es aus der Tasche gekramt hatte, war Mads schon in seinen Wagen gestiegen und fuhr einfach weg.«

Amelie druckst kurz herum, dann fragt sie: »Liebst du ihn denn noch?«

Einen Moment lang starrt Linna vor sich hin, ihre Augen glänzen dabei sehr verdächtig. Oh, oh!

»Ja«, flüstert sie dann. »Sehr. – Und weißt du, ich glaube, er liebt mich auch noch. Ich frage mich nur, warum er nicht …?«

»Warum er sich nicht anstrengt, dich zurückzuerobern?«, rät Amelie. Offenbar richtig.

»Er könnte sich doch irgendetwas einfallen lassen!«, bricht es aus Linna hervor. »Irgendetwas Romantisches. Mit dem ich nicht rechne. Das mich überzeugt, dass wir zusammengehören.«

Amelie wiegt den Kopf. »Vielleicht hat er einfach ein zu schlechtes Gewissen? Immerhin hat er dir nicht gesagt, dass er mit seiner Ex nach wie vor in derselben Abteilung arbeitet! Und dass Nicole und er richtig verlobt waren, hat er auch mal eben verschwiegen. Das hättest du doch nie rausgefunden, wenn du nicht zufällig diese Briefe entdeckt hättest. Vielleicht denkt er, dass er nach so einer Sache bei dir sowieso nicht wieder landen kann?«

»Ah! Da ist sie ja! Die neue Calendula-Creme von Dr. Piepenheim, die ist sensationell!«, ruft Nancy und kommt von ihrem Schubladenschrank wieder herüber.

Sofort wechseln Linna und Amelie das Thema und wollen alles über diese neue Creme wissen.

Ich aber habe sowieso genug gehört. Irgendetwas Romantisches. Mit dem sie nicht rechnet. Das sie überzeugt, dass Mads und sie zusammengehören.

Genau das ist es, was ich wissen musste. Denn ganz im Geheimen: Kalle und ich, wir haben einen Plan. Und jetzt weiß ich auch, wie der funktionieren könnte!

2. Kapitel – Kalle

Au Mann, ich werd verrückt! Ich glaub, jetzt ist es bald so weit, und Kasimir und ich können richtig durchstarten mit unserem Plan. Wir wollen nämlich unseren Mads und unsere Linna wieder zusammenbringen. Damit sie wieder fröhlich sind und miteinander lachen und schmusen und all das. Und damit Mads und ich wieder bei Linna und Kasimir einziehen in die supercoole Wohnung mit dem großen Garten und der Katermopsklappe in der Tür.

Ist nur so, dass wir bisher noch keine richtige Idee hatten. Aber ich wette, Kasimir ist was Gutes eingefallen. Warum sonst sollte er die gigomatisch tolle Amanda mit einer Botschaft zu mir schicken?

Das macht er nämlich immer dann, wenn er eine wichtige Nachricht für mich hat. Dann setzt er sich auf den Zaun vor dem Haus, in dem Linnas und seine Wohnung ist, und wartet darauf, dass Amanda mit ihrem Herrchen auf der Pipirunde vorbeikommt. Ihr kann er dann was zurufen. Das darf nix kompliziertes sein. Stehen bleiben darf Amanda nämlich an dem Zaun nicht mehr. Ihr Herrchen traut wohl dem Frieden zwischen ihr und Kasimir nicht. Zweibeiner haben nämlich leicht mal Vorurteile, was Bekanntschaften unter uns Vierbeinern angeht.

Aber natürlich schafft Amanda es trotzdem immer wieder, mitzukriegen, welche Botschaften Kasimir ihr für mich mitgeben will. Sie ist die supersüßeste Dobermannhündin, die man sich vorstellen kann. Schokoladenbraun mit hellen Augenbrauen und hellen Pfoten und granatenmäßig schönen Augen, die meine Kinnlade immer runterschnacken lassen.. Aber das ist noch nicht alles. Ich sach ma so: Sie hat was im Oberstübchen. Oberstübchen, das hat Opa Schulze immer gesagt, bei dem ich früher mal gelebt habe. Damit meinte er, dass derjenige voll was draufhat. Und das hat Amanda. Sie schafft es immer, dass ihr Herrchen denkt, er selbst wäre auf die Idee gekommen, heute mal wieder den Weg durch unsere Straße zu gehen. Und sobald sie sich dann unserem Haus nähern, ruft Amanda mir Kasimirs Botschaft zu. Das Mädel hat eine Stimme! Der Knaller! Die reicht von der Straße, um die Hausecke bis rauf in den ersten Stock, wo ich sie durch die gekippte Balkontür hören kann. Sogar dann, wenn Mads Arbeitskollege und unser Mitbewohner Rainer, der sich morgens immer mit verquollenen Augen an seine Kaffeetasse klammert, mal wieder vergessen hat, nach den ersten Nachrichten den Fernseher auszuschalten. Dann dudelt das Ding den ganzen Tag. Kasimir meint immer, man kann vom Fernsehen viel lernen. Weil da massig Zweibeiner-Kommissare einen kniffligen Fall nach dem anderen aufklären. Aber tagsüber, wie soll ich sagen, tagsüber ist da einfach nix mit Kriminalfällen. Neulich Morgen zum Beispiel war da ein Film mit Zweibeinern mit Zöpfen – Indianer – und Zweibeinern mit Hüten – Cowboys. Die sind alle wie blöd im Gras rumgerobbt – Auskundschaften haben die das genannt –, und dann haben sie sich gegenseitig mit Pfeilen oder Gewehren erschossen.

Und ab Mittag geht's im Fernsehen doch immer nur um so gewisse Gefühle. Heute Mittag beispielsweise lag ich gerade mal in meinem Körbchen und döste vor mich hin, während im Fernsehen irgendein großer, starker Typ eine kleine blonde Frau auf den Armen trug, als ich mit einem Mal die bekannte liebliche Stimme hörte.

Amanda ging vor dem Haus vorbei! Mit einer Botschaft für mich! Ich raste zur Balkontür, um bloß alles richtig mitzubekommen.

»Nachricht für'n Kalle!«, bellte sie. »Nachricht für'n Kalle vom Kasimir! Heut Nachmittag an der Balkontür warten!«

»Daaaaanmpfeee! Danmpfeee, du wunnavolle Amnda!«, rufe ich dann immer mit der Schnauze im Spalt der gekippten Glastür und hoffe, dass sie mich hören kann. Ist doch einfach genial, dass sie dabei mitmacht. Als wir uns neulich im Park getroffen haben, hat sie sogar gemeint, sie findet es toll, dass sie einem echten Ermittler - also Kasimir - und seinem echten Assistenten - also mir - behilflich sein kann. Hach, Amanda!

Das war also heute Mittag. Und seitdem ist 'ne ganze Weile vergangen. Man könnte also schon meinen, dass es jetzt Nach-dem-Mittag ist. Deswegen muss ich ein bisschen aufpassen. Wenn's um Amanda geht, komm ich nämlich gerne mal volle Kanne ins Träumen. Und dann sind meine Sinne nicht mehr so hellwach, wie sie sein müssen für einen neuen Kriminalfall. Dann denke ich nämlich nur noch an ihre Augen mit den langen Wimpern und ihre etwas raue Stimme und ...

»Kalle?!«, ertönt da eine Stimme von der Balkontür her. Kasimir steht da und starrt zu mir rein. Ich schieß aus dem Körbchen hoch. »Jawoll, Boss!«

»Mir egal, ob du gerade an Essen oder an deine kleine Freundin gedacht hast«, brummt Kasimir durch den Spalt der gekippten Glastür. »Wisch dir auf jeden Fall erst den Sabber ab, bevor du herkommst.«

So ist er, der Kasimir, wirklich der klügste Kater, den ich kenne. Und ein echt reinlicher Typ. Ich meine, dieses ewige Geschlecke an seinem ganzen Körper ist irgendwie ein ziemlich abgedrehter Tick. Aber so wie er selbst immer wie aus dem Ei gepellt aussieht, achtet er auch drauf, dass ich genauso repre...präse...ähm...ventativ bin. Ich schubbere also kurz mein Gesicht in der weichen Körbchendecke und trabe dann schnell zu ihm rüber.

»Tach, kluger Kater!«, sage ich und wedele mit meinem Schwanz, den ich wirklich gern ein bisschen weniger kurz und ein bisschen weniger geringelt hätte.

»Guten Tag, schlauer Mops«, erwidert Kasimir. Dabei wedelt er nicht mit seinem schönen, buschigen, rot-weißen Schwanz zurück, sondern reckt ihn einfach steil in die Höhe. Genial.

»Au Mann, Kasimir«, sage ich. »Ich bin echt froh, dass du mich besuchst. Mads arbeitet heute länger, und mir hängt der Magen schon auf den Knien, und laaangweilig ist mir und ...«

»Ich habe Neuigkeiten«, verkündet Kasimir.

Au Mann! Wusste ich es doch! Sobald Kasimir auftaucht, ist das Leben gleich aufregend. »Neuigkeiten? Was denn, Kasimir? Hast du etwa wieder mal nachgedacht, du alte Grübelbacke? Sach doch!«

»Unser Plan ...«, flüstert Kasimir und sieht sich nach allen Seiten um. »...nimmt Gestalt an.«

»Jippy«, entfährt es mir, und ich hüpfe einmal in die Höhe. »Wusst ich's doch! Ich hab's irgendwie im Pipi gehabt. Und jetzt haben wir echt einen Plan? Einen richtigen, coolen Plan? Au Mann, Kasimir, da bin ich aber echt froh! Ich sach ma so, es ist echt waaahnsinnig langweilig den ganzen Tag hier in der Wohnung, während Mads im Polizeibüro mit all den wichtigen, geheimen Akten zu tun hat und so. Und einhalten muss ich auch ziemlich lange. Hast du 'ne Ahnung, ob so 'ne Blase auch mal platzen kann? Guck mal, mein Bauch ist schon ganz dick. Sieht eklig aus, oder?« Doch Kasimir sieht gar nicht auf meinen Bauch, der leider immer etwas nackt wirkt, sondern an mir vorbei.

»Warum läuft der Fernseher? Ist etwa Vermisster Nummer zwei zu Hause?«, fragt er leise.

Als wir beschlossen hatten, auf Teufel komm raus Linna und Mads wieder zusammenzubringen, hat Kasimir drauf bestanden, dass wir uns Decknamen für die beiden ausdenken –

so wie in einem echten Fall. Mads ist Vermisster Nummer zwei.

Ich schüttle den Kopf. »Nö. Rainer hat mal wieder vergessen, das Ding auszumachen. Wir können ganz ungestört reden. Und jetzt sach ma, Kasimir, dein Plan, wird der auch funktionieren? Ich meine, gibt's was Neues von Li..., ich meine, von Vermisster Nummer eins?«

Wieder schaut Kasimir erst gründlich über die Schulter, ehe er noch etwas näher an die Balkontür rückt. Hinter mir auf dem Bildschirm weint gerade eine junge Frau in ihre Kissen. Wahrscheinlich geht es wieder um Gefühle.

»Die Vermisste Nummer eins«, raunt Kasimir durch den Türspalt. »... hat zu ihrer Freundin Amelie gesagt, dass sie sich – ich zitiere – irgendetwas Romantisches wünscht. Etwas, mit dem sie nicht rechnet und das sie überzeugt, dass Mads und sie zusammengehören.« Kasimir sieht mich auf diese Art und Weise an, die er immer draufhat. Bei diesem Blick hört mein Schwanz irgendwie automatisch auf zu wedeln.

»Du guckst ja schon wieder so«, brumme ich.

»Ach?«, macht Kasimir.

»Ja, so guckst du immer, wenn du meinst, dass eine Sache klar wie Kloßbrühe ist.« Ich stocke. »Kloßbrühe ... jam, jam, die hat Opa Schulze früher manchmal gemacht. Und wenn er einen ganzen Teller Brühe gegessen hatte, hab ich meistens auch ein paar Klöße bekommen. Die waren so herzhaft, weißte, zerbröselten auf der Zunge, und im Abgang ...«

»Kalle?«, unterbricht Kasimir mich.

»Ach ja«, mache ich, ein wenig verlegen. Immer wenn Mads lange arbeitet und meine Hauptmahlzeit sich nach hinten verschiebt, passiert es mir manchmal, dass ich über Futter nachdenke. Ehrlich gesagt denke ich dann wahrscheinlich die ganze Zeit über Futter nach. »Wo waren wir gerade?«

»Irgendetwas Romantisches«, erinnert Kasimir mich.

»Ach ja! Aber warum zitterst du deswegen?«, frage ich.

Kasimir blinzelt.

»Hast du doch gesagt. Ich zittere.«

»Ich sagte: ›Ich zitiere.‹ Was so viel heißt wie: Genau das hat Linna gesagt. Wort für Wort«, erklärt Kasimir.

Kasimir kennt ein Wort dafür, dass man etwas Wort für Wort nacherzählt! Wahnsinn! Dieser Kater hat's echt drauf!

»Etwas Romantisches, sagst du?«, wiederhole ich. »Na klar, leuchtet ein. Etwas Romantisches … hm. Sach ma, Kasimir? Was heißt das? Was Romantisches?«

Kasimir atmet ziemlich viel Luft ein und dann wieder aus.

»Die Vermisste Nummer eins wünscht sich, dass sich der Vermisste Nummer zwei um sie bemüht. Bevorzugt mit einem Geschenk oder einer Tat, mit dem oder mit der sie nicht rechnet. Einer Überraschung, die sie tief berührt und ihr zeigt, dass der Vermisste Nummer zwei es ernst mit ihr meint und wieder mit ihr zusammenleben will.«

Ich muss mich erst mal setzen. Mann, das klingt echt … kompliziert. »Ist dir denn schon etwas eingefallen? Etwas Romantisches?«, erkundige ich mich vorsichtig.

Kasimir ist echt der klügste Kater und der coolste Typ, den man sich nur denken kann. Und deswegen reagiert er manchmal ein bisschen empfindlich, wenn man ihn nach was fragt, was er gerade noch nicht weiß.

So wie jetzt auch. Er guckt nämlich ziemlich miesmuffelig.

»Nein«, sagt er dann und fängt mal wieder an, sich die Pfoten zu schlecken und dann damit über seinen Kopf zu streichen.

Eine Weile sitzen wir beide hier, er draußen, ich drinnen, und gucken einfach so vor uns hin. Mein Magen knurrt. Ich kratze mich mit der Hinterpfote am Ohr. Und dabei fällt mein Blick auf den laufenden Fernseher. Die Frau, die gerade noch in ihre Kissen geheult hat, bekommt Besuch von einem großen, starken Mann. Er hält in der Hand einen riesigen Strauß bunter Blumen und streckt ihn ihr entgegen.

»Oh, Liebling«, haucht die Frau und drückt die Blumen an sich. »Ich hatte ja keine Ahnung, dass du so romantisch veranlagt bist.«

»Kasimir!«, zische ich zur Seite aus meinem Maul raus. »Haste das gehört?« Ich trau mich nicht, wegzusehen, aus Angst, irgendwas Romantisches zu verpassen.

Der Mann, der romantisch veranlagt ist, nimmt die Frau in seine starken Arme. Die beiden knutschen und zerdrücken dabei die bunten Blumen. Sieht so aus als wär die Frau jetzt nicht mehr traurig.

Ich wage es, den Kopf zu drehen. »Kasimir, hast du das …?«

»Ja«, sagt er und hat wieder diesen Grübelausdruck in seinem Gesicht, in dem nie auch nur der kleinste Sabberfleck ist. Au Mann, diesen Ausdruck kenn ich. Jetzt darf ich nix sagen. Dabei würde ich wirklich so gern. Ich würde so wahnsinnig rasend gern was fragen. Oder irgendwas vermuten. Oder einfach nur gähnen. Aber ich halte es aus. Ich rühr mich nicht vom Fleck und beweg mich null. Bis Kasimir schließlich mit einem Schlag zu schnurren anfängt.

Das ist auch so ’ne Macke von ihm. Ich sach ma so, da muss man sich dran gewöhnen. Zu kapieren, dass einer sich richtig gut fühlt und gleichzeitig so kleine Knurrgeräusche macht.

»Kalle«, sagt Kasimir dann und schafft es, dabei weiterzuschnurren. »Du bist wirklich ein schlauer Mops! – Blumen!«

Au Mann, mein Boss ist echt so was von nett zu mir. Mir zu sagen, dass ich schlau bin – das ist schon eine wirklich feine Sache von so einem Superhirn wie Kasimir. Mein Schwanz wedelt direkt wieder los. Da kann ich gar nix gegen machen. Auch wenn mir echt nicht ganz klar ist, was er damit meint. Mit den Blumen und so.

»Jetzt müssen wir nur noch auskundschaften, wie wir den Vermissten Nummer zwei dazu bringen können, der Vermissten Nummer eins …«, murmelt Kasimir vor sich hin. Ich versteh echt nur Bahnhof. Aber plötzlich zucken meine Ohren. Ich höre hinter mir eine Tür zuschlagen und sehe mich um.

»Da kommt jemand«, flüstere ich durch den Spalt der Balkontür.

Kasimir richtet den Schwanz, den er um seine Pfoten gelegt hatte, wieder steil auf. So richtig schön gerade und buschig. Das krieg ich nie im Leben hin, egal wie oft ich vor dem Spiegel vom Garderobenschrank auch übe.

»Ich schicke dir morgen eine Nachricht auf dem geheimen Weg«, zischelt er und ist – schwupps – auf dem schmalen Balkongeländer.

Damit er mich noch hört, stecke ich meinen Fang durch den Spalt: »Gmeiner Wech?«

Kasimir schaut einen kurzen Moment lang über seine Schulter in mein Gesicht. »Amanda«, wispert er.

»Achfo.«

Da fliegt hinter mir die Tür des Wohnzimmers auf und Mads kommt zusammen mit Rainer herein. Die beiden quatschen gerade über irgendwas. Doch als Mads mich hier stehen sieht, stoppt er und starrt an mir vorbei auf den Balkon.

Ich sehe mich schnell um. Doch Kasimir ist verschwunden.

»Was ist denn?«, will Rainer jetzt auch von Mads wissen und glotzt ebenfalls an mir vorbei.

»Hast du das auch gesehen?«, fragt Mads und ist mit zwei großen Schritten an der Balkontür, um sie aufzureißen und hinauszuspähen.

»Was denn?«

»Die Katze«, antwortet Mads und hängt sich über die Balkonbrüstung, um runter in den Garten zu schauen.

»Hey, Mads!«, sage ich. »Lass das bloß den Kasimir nicht

hören. Der ist da ’n bisschen pingelig, weißt du. ›Kater‹ wäre also besser, wenn du mich fragst.«

»Ich hab keine Katze gesehen«, sagt Rainer.

»Glaub ich«, sage ich. »War ja auch ein Kater!«

Mads schüttelt den Kopf. »Dachte wirklich, ich hätte … aber das kann doch nicht sein …«, murmelt er. Und als er merkt, dass Rainer ihn fragend ansieht, sagt er: »Halt mich nicht für durchgedreht, aber ich dachte wirklich, ich hätte Kasimir gesehen.«

»Kasimir? Du meinst Linnas Katze?«, staunt Rainer.

»Kaaaaaater!«, sage ich. »Ach, verflixt, ihr versteht mich ja nicht.«

Mads und Rainer sehen beide zu mir herunter. »Na, recht hast du, Kalle. Du musst bestimmt dringend, hm?! Komm, wir machen eine kleine Runde durch den Park«, schlägt Mads vor. Dabei klingt er irgendwie nicht so munter wie sonst. Und ich glaube, Rainer fällt das auch auf, denn er sagt: »Ich komm mit. Bisschen Bewegung kann nicht schaden, nachdem ich heute den ganzen Tag beim Observieren im Auto rumgesessen habe.«

Hey! Obsa…olva…oppasieren? Das ist doch das, was Kasimir immer auf dem großen Fliederbusch gemacht hat, als wir den Verdächtigen Lorentz scharf im Auge behalten mussten. Tja, da sieht man es wieder: Für Polizisten wie Rainer und Mads ist so was an der Tagesordnung. Während ich im Park an ein paar Büsche und Bäume pinkle, halte ich die Ohren offen. Aber statt sich über ihren neuesten Fall zu unterhalten, sprechen sie über Linna. Ähm … Ich meine, über die Vermisste Nummer eins. Hm, ich muss Kasimir unbedingt danach fragen, ob ich den Decknamen nur benutzen muss, wenn ich über Linna spreche, oder auch, wenn ich an sie denke. Jedenfalls geht es die ganze Zeit nur um sie.

Mads redet und redet. Und Rainer nickt und nickt. Und am Ende fragt er: »Warum sprichst du nicht einfach mit ihr?

Sag ihr, wie leid dir das alles tut und dass du sie noch … na ja, dass du wieder mit ihr zusammen sein willst.«

Mads antwortet nicht sofort. Deswegen gucke ich zu ihm hoch. Und stelle fest, dass er mich auch ansieht.

»Ich weiß nicht, wie sie reagieren würde. Vielleicht ist sie so sauer, dass sie mich gar nicht mehr will? Neulich haben wir uns zufällig auf dem Parkplatz vom Supermarkt gesehen. Ich wollte gerade wieder losfahren, als sie ein paar Reihen weiter ausstieg. Sie hat zu mir hergesehen. Aber als ich gerade rübergehen wollte, um Hallo zu sagen, hat sie sich ganz plötzlich weggedreht«, sagt er schließlich mit rauer Stimme und guckt mich weiter an.

Damals, in dem großen Haus mit den vielen Hunden, als er mich aus dem vergitterten Zimmer mit den beiden fiesen Dackeln gerettet hat, da hat er mich auch so angeschaut. Volles Brett mit seinen braunen Augen in meine braunen Augen. Dazu habe ich in seiner breiten Brust dieses beruhigende Babumm-babumm gehört. Aber damals waren da viele kleine Fältchen um seine Augen, und er hat gelächelt. Diesmal ist in seinen Augen etwas anderes. Und während wir uns ansehen, spüre ich, wie sich in meiner eigenen, kleinen Brust etwas zusammenzieht.

Mensch, Kasimir, ich hoffe wirklich, dass unser Plan funktionieren wird. Mein Mads ist schrecklich traurig. Ich glaube, er sehnt sich noch viel mehr danach, dass wir alle wieder zusammenwohnen, als ich. Und das will echt was heißen.

3. Kapitel – Kasimir

Auch der klügste Detektiv steht ab und zu mal auf der Leitung. Aber wie es meine Art ist, habe ich mit ein wenig Recherche doch den richtigen Schluss gezogen: Blumen! Dass ich nicht gleich darauf gekommen bin! Tz. Tz. Tz.

Dabei liegt es doch auf der Pfote.

Linna liebt Blumen. Sie duftet immer nach Veilchen, und im Sommer verbringt sie jede freie Minute draußen im Garten. Sie jätet die Beete und pflückt müde Blüten aus den Pflanzen. Ganz sicher würde sie es sehr romantisch finden, wenn Mads ihr Blumen schenken würde. Ja, das ist wirklich ein genialer Plan.

Er hat nur einen Haken: Wie sollen wir Mads dazu bringen, Linna Blumen zu schenken?

Soweit ich weiß, hat Kalle es – trotz vielfacher Versuche – immer noch nicht geschafft, mit seinem Menschen zu sprechen. Und wie sonst sollen wir ihn für unseren Plan gewinnen?

Den ganzen Abend und den ganzen nächsten Morgen bin ich damit beschäftigt, darüber nachzudenken. Ich bin so in Gedanken versunken, dass ich noch nicht mal aufhören kann, als Linna am Nachmittag nach Hause kommt und mir eine frische Dose Futter öffnet.

Sie stellt es auf den Boden neben dem Kühlschrank, wo es eine ganze Weile nicht stehen durfte. Denn wenn ein schwarzer Mops in der Nähe ist, ist wirklich nichts sicher, das sich in Bodennähe befindet und irgendwie essbar ist.

Linna klappert extra laut mit meinem Schälchen. Doch ehrlich gesagt interessiert mich das Futter gerade nicht besonders. Blumen. Wie schaffen wir es, dass Mads seiner Linna Blumen schenkt?

Linna, die mir zunehmend besorgte Blicke zuwirft, zieht leider falsche Schlüsse.

»Mein kleiner Schmusebär«, sagt sie und kommt zu mir herüber auf die Sofalehne, um mir Kopf und Nacken zu kraulen. Aaaah, das liebe ich. Linna weiß wirklich immer genau, wie sie greifen muss. Das Kraulen und Kneten ist schließlich ihr Beruf – an anderen Zweibeinern, versteht sich. Aber es hat sich gezeigt, dass ihre Kenntnisse auch an Katern angewendet werden können. Ungeheuer praktisch. Denn erfolgreiche Detektive benötigen dringend hin und wieder derartige Wellness-Anwendungen. Bis hierher wäre also alles im grünen Bereich. Doch dann verändert sich plötzlich Linnas Gesichtsausdruck. Ihre Augen blitzen auf, und ihr Mund verzieht sich zu einem breiten Lächeln.

»Rate mal, was ich für dich in der Tasche habe!«, wispert sie.

Ich schaue kurz auf die kleine Wölbung unter ihrer Sweatshirtjacke. Kaum anzunehmen, dass sie darin gekochtes Hähnchenfleisch versteckt, das ich dem Dosenfutter auf jeden Fall vorziehen würde. Nein, diese kleine Erhebung in der Tasche macht eher den Eindruck als … oh nein! Rasch sehe ich mich nach einer Fluchtmöglichkeit um. Doch da kommt es schon: Linna greift in die Tasche und zieht mit dem Gesicht einer Märchenfee einen kleinen klappernden Gegenstand heraus.

Herrje, ich habe richtig vermutet. Es ist … die Rappelmaus!

Oder? Ich sehe genauer hin. Oh nein! Es kommt noch viel schlimmer!

»Schau mal, was ich dir von meiner Shoppingtour mitgebracht habe, mein Kleiner: ein neues Lieblingsspielzeug! Die alte sieht ja schon ziemlich mitgenommen aus.«

Es ist tatsächlich ... eine neue, nach Kleber riechende Rappelmaus! Das musste ja so kommen. Seit Mads und Kalle ausgezogen sind, ist Linna viel zu oft auf diesen sogenannten Shoppingtouren unterwegs und bringt immer jede Menge Sachen mit nach Hause. Jetzt gibt es also zwei von diesen ekelhaften Dingern hier in unserer schönen Wohnung.

Die Rappelmaus ist der einzige Nachteil in unserer ansonsten so ausgewogenen Lebensgemeinschaft. Wer, in drei Katers Namen, hat Linna bloß auf die Idee gebracht, dass Kater solche widerlich scheppernden, mit schmuddeligem Fell überzogenen Klapperteile mögen? Und wieso habe ich mich nur jemals darauf eingelassen, mit ihr zusammen mit diesem Ding zu spielen? Schließlich gehe ich als Ermittler immens wichtigen Aufgaben nach: Ich kläre Verbrechen auf. Ich bin quasi ein Kommissar ohne Dezernat, ein ehrenamtlicher Polizist ohne offizielle Dienstwaffe und Handfunkgerät. Meine weltberühmten Vorbilder Hercule Poirot, Sherlock Holmes, Kalle Blomquist haben ja zwischendurch auch nicht auf einmal Rappelmäuse gejagt.

Andererseits ... hatte wahrscheinlich keiner von denen eine Linna, die in den letzten Wochen so traurig und niedergeschlagen war. Die in den Abendstunden zwar keinen einzigen unserer Lieblingskrimis im Fernsehen verpasste, dabei aber oft abwesend und desinteressiert wirkte? Eine Linna, die mich jetzt halb aufmunternd, halb besorgt ansieht?

Verflixt noch mal, ich kann einfach nicht so tun, als wüsste ich nicht, wie viel Freude meine liebe Linna an einem wilden Rappelmausspiel hat. Und ganz genau betrachtet wäre ich heute sogar vor der Überraschung von unliebsamen Zuschauern sicher. Mads und Kalle werden bestimmt nicht unerwartet hereinplatzen und uns heimlich beobachten, wie es vor ein paar Wochen mal passiert ist. Es war mir ziemlich unangenehm und hat meinem Selbstwertgefühl für einige Stunden einen herben Schlag versetzt.

Es wäre also vollkommen ungefährlich, eine kleine Runde mit Linna zu spielen. Einfach, um sie mal wieder lachen zu sehen.

Also gut.

Ich stehe auf und recke mich. Wenn schon Rappelmaus, dann auch mit ganzem Einsatz. Und dazu muss ich erst mal alle meine Glieder in Schwung bringen und …

Ding Dong!, macht es. Das ist die Türglocke.

Linna und ich sehen uns an.

Ich kann ihr Zögern spüren. Sie hat keine Lust auf Besuch. Und ich ehrlich gesagt auch nicht. Dann lieber die Rappelmaus.

Doch nach einem kurzen Moment erhebt Linna sich von der Sofalehne und geht zum Fenster neben dem Esstisch. Sie wirft einen vorsichtigen Blick hinaus. Von hier aus kann sie nämlich sehen, wer vor der Tür steht.

Doch der Anblick draußen scheint sie nicht dazu zu verleiten, die Tür zu öffnen. Sie tritt einen Schritt zurück und schaut weiter hinaus.

Als Detektiv sollte man natürlich über alles Bescheid wissen, was im eigenen Heim vor sich geht. Daher springe ich von der Sofalehne, trabe leichtfüßig zum Fenster hinüber und setze mich mit einem einzigen, gut berechneten Sprung aufs Fensterbrett. Vor der Haustür steht eine Frau. Sie ist längst nicht so hübsch und graziös wie Linna, wahrscheinlich um etliches älter, und ihre Kleidung ist … ungewöhnlich. Sogar für einen Zweibeiner.

Sie trägt einen langen schwarzen Rock, in dessen Stoff goldene Fäden eingewebt sind. An den Füßen ragen braune Zehen mit roten Krallen aus offenen Sandalen, obwohl es heute wirklich nicht mehr so warm ist wie noch vor ein paar Wochen. Über ihre rote Bluse trägt sie eine lange Kette mit bunten Glassteinen, und an ihren Armen klimpern unzählige Metallreifen. In diesem Moment wendet sie den Kopf und sieht mich direkt an. Fast als hätte sie meinen Blick gespürt.

Ihre Augen sind von einem unnatürlichen Blau, das geradezu beißend wirkt. Ihr Blick aus dem angemalten Gesicht, unter den üppigen, dunklen Haaren hervor, ist irgendwie unheimlich.

Während ihre leuchtend blauen Augen in meine grünen schauen, hebt die fremde Frau die Hand und drückt erneut auf den Klingelknopf. Ding Dong!

Linna seufzt ergeben und geht zur Tür. Sie macht zuerst die Wohnungstür auf und drückt dann den Summer, der die Haustür öffnet.

Die fremde Frau betritt das Haus und kommt die drei niedrigen Stufen zu unserer Wohnung herauf. Vor der Tür bleibt sie stehen und sieht Linna eindringlich an.

Mir sträubt sich automatisch das Fell. Wie halten Zweibeiner das nur aus, sich derart anzustarren? Wenn mich jemand so fixieren würde, zum Beispiel der Große Weiße, dieser Kater mit dem Knautschgesicht, würde mir wahrscheinlich unwillkürlich ein Knurren rausrutschen.

Als Mads noch bei uns wohnte, haben Linna und er sich oft tief in die Augen gestarrt. Doch dazu haben sie leise, liebliche Geräusche gemacht, miteinander geflüstert, und meistens ist dann alles in eine große Schmuserei übergegangen. Doch mit dieser Fremden scheint es Linna auch nicht ganz geheuer zu sein. Anstatt die Wohnungstür weit aufzureißen, schließt sie sie ein kleines Stückchen wieder.

»Ja, bitte?«, fragt sie.

Die Frau lächelt. Was ihren stechenden Blick kein bisschen harmloser macht.

»Linna. Linna Maifeld«, sagt die Fremde.

Linna legt den Kopf schief. Mit einem kurzen Blick schielt sie auf das kleine Schild neben der Tür, das sie selbst gemalt hat. Es sind jede Menge bunte Blumen darauf zu sehen. Und ein paar dieser Zeichen, denen Zweibeiner ein ungeheures Gewicht beimessen.

»Woher wissen Sie meinen vollen Namen?«, erkundigt Linna sich. »Auf dem Türschild steht doch nur mein Nachname. Kennen wir uns? Sind Sie eine ehemalige Patientin von mir?«

Die Frau schüttelt den Kopf. »Gestatten, dass ich vorstelle? Mein Name Sibylla. Wie griechische Mythos. Kann Zukunft vorsagen dir.«

Linna entschlüpft ein kurzer, hoher Lacher. »Oh, nein vielen Dank! Die Gegenwart reicht mir vollkommen aus. Bitte versuchen Sie Ihr Glück woanders.«

»Geht nicht um mein Glück, schöne Linna«, erwidert diese Sibylla. »Geht um deins. Geht um …«

»Schon klar«, unterbricht Linna sie und winkt ab. »Aber ich hab wirklich keinen Bedarf. Tut mir leid. Darf ich Sie bitten, den Hausflur wieder zu verlassen?«

Sibylla sieht Linna noch einmal sehr genau an. Unter diesem Blick schiebe ich mich vorsichtshalber ein Stückchen weiter hinter Linnas Beine. Dann nickt sie und wendet sich um. Während sie die beiden Stufen hinuntergeht, murmelt sie: »Stolz ist sie. Wenn weiter so stolz bleibt, wird Liebster nicht zurückkommen zu ihr.«

»Wie bitte?« Linnas Stimme ist so schneidend scharf, dass ich zusammenzucke.

Doch diese Sibylla scheint sich nicht so schnell einschüchtern zu lassen. Sie lächelt, als sie über ihre Schulter zu Linna blickt.

»Hab ich gesagt, kann dir helfen. Dein Liebster ist schon kleine Weile weg. Richtig?«

Linna antwortet nicht. Doch ihre Hand knetet nervös die Klinke.

»Kleine Weile weg. Obwohl …« Sibylla sieht Linna noch einmal genauer an, von oben bis unten und wieder zurück.

Dann schließt sie die Augen. »Ja. Kann spüren. Ist nicht weit entfernt. Ist noch hier in Nähe. Richtig?« Sie öffnet die Augen wieder, und ihr leuchtendes Blau sieht Linna ernst an.

Jetzt schluckt Linna. »Woher …?«, stammelt sie.

»Bin Sibylla. Kann Zukunft vorsagen. Aber weiß auch Vergangen. Und spüre Gegenwart. Traurig du bist. Schweres Herz. Aber glaube mir, seines auch schwer. Und noch nicht alles zu spät. Wenn du nur richtig machst. Viel Glück, schöne Linna!« Damit wendet Sibylla sich um zur Haustür.

»Warten Sie!« Linna hat die Wohnungstür wieder ein Stückchen weiter geöffnet. Sibylla hält inne. Auch ich bin in der Bewegung erstarrt. Was passiert hier?

»Sie wollen doch bestimmt Geld für Ihre Dienste, oder?«, fragt Linna skeptisch. Richtig so! Immer schön misstrauisch bleiben, Linna! Dieser Sibylla ist nicht zu trauen. Das spüre ich bis in die Schnurrhaarspitzen.

Die verdächtige Sibylla lächelt wieder. »Geld wichtig für Essen und Schlafen. Trotzdem ich helfen kann anderen, oder? Wenn krank du bist, gehst Doktor. Der dir helfen. Bekommen Geld dafür. Und …« Wieder schließt sie kurz die Augen, nickt und öffnet sie wieder. »Ja, du selbst, schöne Linna, helfen anderen Menschen. Kranken. Deine Hände helfen. Deine Hände nehmen Geld für Hilfe. Richtig?«

Nachdenklich betrachtet Linna ihre Hand, die immer noch auf der Klinke liegt. Sie nickt langsam. Und dann, ich kann es nicht glauben, geht sie einen Schritt zurück und öffnet die Wohnungstür. »Kommen Sie herein«, sagt sie.

***

Es folgt die seltsamste Stunde, die ich in meinem erfahrungsreichen Katerleben je mit Linna erlebt habe.

Diese sonderbare Sibylla, die nicht nur komisch aussieht, sondern auch noch stark künstlich riecht, verlangt zunächst, dass Linna eine Kanne heißes Wasser bringt. Das schüttet sie über ein paar Blätter, die sie in eine Tasse geworfen hat. Das Wasser muss Linna dann austrinken. Sibylla schaut gründlich in die Tasse. Und plötzlich scheint sie darin etwas zu sehen. Sie beginnt davon zu sprechen, dass Linnas Vater vor ein paar Jahren gestorben ist. Das stimmt tatsächlich. Ich habe ihn nicht gekannt, aber Linna spricht manchmal mit ihrer Mutter über ihn, und auch mir hat sie schon mal von ihm erzählt und mir gesagt, dass er mich bestimmt sehr gern gehabt hätte.

Sibylla fischt die nassen Blätter aus der Tasse und wirft neue hinein. Auch die müssen mit Wasser übergossen werden, das Linna austrinken muss. Diesmal spricht sie nach ausgiebiger Betrachtung des Tassenbodens davon, dass Linna sich einmal den Fuß verletzt hat und die Narbe auf ihren hübschen schlanken Fußrücken aussieht wie ein kleiner Blitz am Himmel.

Noch ein paarmal vollziehen Sibylla und Linna dieses seltsame Ritual. Jedes Mal, wenn Sibylla in die von Linna geleerte Teetasse sieht, weiß sie ein bisschen mehr über Linnas Leben. Es sind alles Sachen, die auch mir bekannt sind. Im Grunde ist also nichts Rätselhaftes an all den Informationen, die Sibylla von sich gibt. Bis auf die Tatsache, dass Linna diesen Zweibeiner bisher gar nicht kannte. Und da stellt sich einem scharfsinnigen Detektiv natürlich die Frage: Woher weiß die fremde Frau all diese Dinge?

Schließlich scheint Sibylla genug davon zu haben, dass Linna all das heiße Wasser trinken darf und sie selbst nur die nassen Blätter in der Tasse untersucht. Sie nimmt einen Stapel Karten aus der Tasche, die über ihrer Schulter hängt, und legt ihn auf den Esstisch. Sie mischt die Karten und ordnet sie zu einem bestimmten Muster auf dem Tisch an.

Während sie sich in das Muster vertieft, eine Karte mal hierhin, eine andere dorthin verschiebt, beginnt Linna, auf ihrem Stuhl herumzurutschen.

»Verzeihung«, murmelt sie schließlich. »Der viele Tee …« Damit springt sie auf und läuft rasch ins Badezimmer.

Sibylla scheint kaum mitzubekommen, dass Linna aufsteht, so vertieft ist sie in das Kartenmuster. Umso erstaunlicher ist, was dann passiert: Denn sobald Linna die Badezimmertür von innen abschließt – das Geräusch vom Schlüssel ist deutlich zu hören –, springt auch Sibylla auf. Aus ihrer Tasche zieht sie ein Handy und beginnt barfuß durch die ganze Wohnung zu eilen und ein Foto nach dem anderen zu machen. Dabei ist sie erstaunlich leise, fast so wie ich auf meinen Samtpfoten. Auch ins Schlafzimmer huscht sie und ist in Sekundenschnelle wieder zurück.

Ich bin beunruhigt. Was soll das? Natürlich hat Linna einen erlesenen Geschmack – schon allein deswegen hat sie mich ja ausgesucht –, und die Wohnungseinrichtung ist exquisit. Aber aus welchem Grund ist diese sonderbare Sibylla, die so viele Details über Linnas Leben weiß, daran dermaßen interessiert? Ich bin sehr gespannt, was Linna dazu sagen wird, wenn sie aus dem Bad kommt. Doch Sibyllas Handyfotoserie ist so schnell beendet, wie sie begonnen hat. Als der Schlüssel in der Badezimmertür gedreht wird, sitzt Sibylla bereits wieder auf ihrem Platz, hat das Handy in die Tasche gleiten lassen, ist in die Sandalen geschlüpft und hat den Kopf konzentriert über die Karten gebeugt.

Linna setzt sich leise zu ihr und hat natürlich keine Ahnung, dass die fremde Frau gerade noch ihre Wohnungseinrichtung fotografiert hat.

Nachdem die merkwürdige Sibylla eine ganze Weile die Karten studiert und ab und zu ein Murmeln oder Grunzen von sich gegeben hat, blickt sie auf.

»Dein Leben«, sagt sie. »Wirklich schönes Leben. Reich bist du. Innendrin. Nur dieser hier …« Sie tippt mit einer leuchtend roten Kralle auf eine der Karten. »Herzbube.«

Linna schluckt. »Was ist mit dem?«

»Kurzer Name«, sagt Sibylla. »Irgendwas mit N … nein, nein, M, irgendwas mit M. Richtig?«

Diesmal nickt Linna und flüstert: »Mads.«

Sibylla schiebt die Karten zur Seite und streckt die Hand über den Tisch aus. Linna zögert kurz. Doch dann legt sie ihre eine Hand in die von Sibylla. Die dreht Linnas Hand herum und betrachtet genau die Linien darin. Mit einem Finger fährt sie darin herum und murmelt Unverständliches vor sich hin.

»Liebster versuchen wird zurückzukommen. Wird gestehen seine Liebe dir. Oh ja, wird wundervoller Mann sein für schöne Linna.«

Plötzlich spüre ich, wie eine leise Aufregung von mir Besitz ergreift.

Natürlich bin ich in meiner Arbeit als Ermittler höchst professionell. Mich beschäftigen harte Fakten, Tatsachen und Beweise. Vielleicht auch noch die Frage, woher die seltsame Sibylla mit dem stechenden Blick all die Sachen über Linna weiß.

Aber nun passiert gerade etwas, das ich auch in sechs Jahren Katerleben noch nie mit Zweibeinern erlebt habe: Sibylla erzählt etwas, das niemand wissen kann. Sie spricht mit absoluter Gewissheit über die Zukunft! So was können Zweibeiner normalerweise nicht.

Aber dennoch steigt in mir etwas auf – eine Ahnung, ein Kribbeln, das einer genialen Kater-Idee vorausgeht.

»Liebster, den du weggeschickt und jetzt wartest auf ihn, hat seeeehr schlechten Gewissens!«, sagt die fremde Frau, und ihre Augen funkeln dabei ebenso wie die langen Ohrringe und die klimpernden Reife an ihren Armen. »Weiß genau, dass unrecht getan, oh ja, weiß ganz genau. Sein Herz klagt den ganzen Tag. Aber Mut hat verlassen. Glaubt, nicht mehr gut genug ist für dich. Gibt nur einen Weg … oh ja, sehe deutlich! Ein Weg, du gehen musst. Wenn deinen Liebsten zurückhaben willst, du musst …«

Sibylla hält inne. Sie starrt in Linnas Handfäche.

Zum ersten Mal kann ich Kalle verstehen. Auch ich würde jetzt am liebsten etwas nachhelfen und ungeduldig »Was denn? Was soll Linna tun, um Mads zurückzubekommen?« fragen.

»Ja?«, haucht Linna da. Ihre Wangen im blassen Gesicht haben sich gerötet.

»Musst kleinste Zeichen sehen. Auch allerkleinstes Zeichen, das Liebster schickt«, schließt die Frau.

Dann lässt sie Linnas Hand los und lächelt still vor sich hin.

Linna starrt auf die Stelle in ihrer Handfläche, über die die Frau gerade noch mit ihrem gelblichen Finger gestrichen hat.

»Das allerkleinste Zeichen«, wiederholt sie sehr leise.

Und in diesem Moment wird mir klar, was ich tun muss.

Wie unsagbar schade, dass Kalle nicht hier ist und ich ihm meine Idee nicht sofort mitteilen kann. Denn so muss ich mir selbst mal wieder sagen, dass ich einfach unschlagbar klug bin.

4. Kapitel – Kalle

Oberhammercooler Männerabend! Ist ja auch ’ne Männer-WG hier. Rainer, Mads und ich. Und beim Männerabend sitzen wir alle zusammen vor dem Fernseher und gucken dieses Spiel mit dem grünen Feld und dem kleinen schwarz-weißen Fleck, dem massenweise Männer hinterherrennen. Draußen auf dem Balkon brutzeln die leckersten Sachen auf dem Grill. Das riecht so hammermäßig gut, dass mir ständig das Wasser im Maul zusammenläuft. Okay, zugegeben, manchmal läuft’s auch raus.

»Ich glaub, Kalle würde sich über ein Stück Würstchen auch freuen«, stellt Rainer gerade ganz richtig fest. Bei dem Spiel auf dem Fernseher ist gerade Pause, und die beiden laden sich am Grill ihre Teller voll. Ich kann echt nur staunen. Was die so alles verdrücken können! Ganze Kerle eben!

Mads sieht mich an und dann auf seinen Teller und dann wieder auf mich. »Ich weiß nicht recht, ich finde, er wird zu dick«, sagt er zögernd.

Natürlich schalte ich blitzschnell. Beim Opa Schulze hab ich damals ein paar Kunststückchen gelernt. Zum Beispiel Give-me-five – das ist Pfötchengeben auf Englisch – oder Ohrenzucken oder meinen gefürchteten Kusselkopp. Mein Bestes ist und bleibt aber der Hungrig-gucken-Trick. Ich reiße die Augen auf und lasse die Zunge ein Stückchen aus der Schnauze hängen. »Ooooaaaah! Bin ich huuungrig! So huuungrig war ich noch niiiiiee!«

»Guck mal, wie der guckt«, sagt Rainer. »Sei doch nicht so hartherzig, Mann.« Wenn ich’s mir so recht überlege, konnte ich Rainer eigentlich von Anfang an total gut leiden. Netter Kerl so insgesamt.

»Na, ein kleines Wurstende kann ja nicht schaden«, sagt Mads und schneidet tatsächlich von seiner Wurst etwas ab. Au Mann, ich muss jetzt schon schlucken. Allein das Geräusch von dem Messer, wie es durch diese superleckere, gigantisch saftige Wurst schneidet. Ich presse meine Kiefer aufeinander und nehme mir fest vor, es laaangsam zu kauen und dann Stückchen für Stückchen runterzuschlucken, so ganz jammi-jammi-genießerisch, so wie Kasimir immer sein Katzenfutter lutscht. Aber dann, ich sach ma, läuft es nicht ganz nach Plan. Mads nimmt das Wurstende zwischen zwei Finger und wirft es mir zu. Wenn ich eins kann, dann ist das, einen Wurstzipfel aus der Luft zu fangen. Happs!

»Ich hab's!«, sage ich und hechle begeistert. Und dann fällt mir auf, dass ich, irgendwie ohne es so richtig zu merken, den Happen schon runtergeschluckt habe. Da ist jedenfalls so was wie eine Ahnung von Geschmack auf meiner Zunge.

»Irgendwie pure Verschwendung«, kommentiert Rainer.

»Genau das hab ich mir in den letzten Tagen auch überlegt«, antwortet Mads.

Hä? Wie jetzt? Hat Mads etwa schon die ganze Zeit darüber nachgedacht, mir diesen Wurstzipfel zu geben und sich gefragt, ob ich den wohl lutschen oder einfach runterschlucken werde?

Rainer weiß auch nicht Bescheid. Er guckt Mads fragend an, während er eine riesige Gabel Kartoffelsalat in seinen Mund schaufelt. Mann, ich stell mir vor, ich hätte so 'ne riesen Portion Kartoffelsalat in meinem Napf. Und sofort geht das mit dem Wasser in der Schnauze wieder los.

»Ich hab mir überlegt, dass es doch reine Verschwendung ist, dass ich da in meiner jetzigen Abteilung sitze und Akten wälze und Bänder abhöre und Protokolle sortiere. Und das, wo ihr gerade händeringend nach Unterstützung sucht«, erklärt Mads seinem Freund und Arbeitskollegen.

Rainer schluckt diesen gewaltigen Kartoffelsalatbrei runter und fragt: »Hast du nicht selbst die Versetzung in den Innendienst beantragt?«

Mads zieht eine Grimasse. »Ja. Stimmt schon. Aber das hab ich damals nur gemacht wegen … na ja, wegen Nicole. Sie wollte mich gern in ihrer Nähe haben. Aber jetzt …« Er bricht ab und schiebt ein paar Würstchenstücke auf seinem Teller herum.

»Kannste nicht mehr?«, erkundige ich mich höflich. »Weil, wenn du nicht mehr kannst … ich würd es nehmen.« Aber er ignoriert mich.

»Jetzt ist es eher hinderlich, wenn ihr euch immer wieder über den Weg lauft?«, schlägt Rainer vor. Mads nickt, spießt gleich drei Stückchen Wurst auf seine Gabel und stopft sie alle zugleich in seinen Mund. Mist – er kann also doch noch.

»Interessant, dass du das jetzt sagst«, fährt Rainer fort. »Der Chef hat nämlich kürzlich noch gemeint, du seist immer eine super Kraft gewesen. Und wenn wir dich wieder im Team hätten, könnten wir wieder zur Hochform auflaufen – so wie früher.«

Mads hört mittendrin mit dem Kauen auf und starrt Rainer mit großen Augen an.

»Haternich?!«, nuschelt er an den drei Stückchen Wurst vorbei.

»Doch. Hat er«, bestätigt Rainer. »Und er hat ja auch recht. Du bist ein sehr guter Ermittler. Es wäre für uns alle toll, wenn du wieder zurückkommen würdest. Gerade jetzt …«

Mads wechselt mal wieder die Gesichtsfarbe. Das macht er manchmal, in so Situationen, wo er nicht gleich was zu sagen weiß. Dann wird sein immer leicht gebräuntes Gesicht knallrot. Ein echt cooler Trick, den ich nie und never lernen werde. Er ist einfach ein toller Typ, mein Mads.

»Was meinst du mit ›Gerade jetzt‹?«, will Mads wissen, ohne noch mal darauf einzugehen, dass Rainer ihn gerade so doll gelobt hat. »Gibt's gerade einen schwierigen Fall?«

Rainer sieht ihn prüfend an. »Na ja, wenn du bald eh wieder in unserer Abteilung bist, darf ich dir bestimmt davon erzählen …«

»Äh – Moment mal, Mads!«, sage ich, denn plötzlich kapier ich, worum es hier geht. »Heißt das, dass du dann wieder mit deiner Knarre und deinem Quasselfunkdingens draußen unterwegs bist und selbst osserierst und so? Und heißt das, dass du dann nicht mehr in der gleichen Abteilung wie diese Nicole arbeitest? Ich mein nur so, weil, dann müsste Linna ja auch gar nicht mehr sauer sein. Und Sorgen müsste sie sich auch keine mehr machen, dass du mit dieser Nicole zu Mittag isst.«

Rainer grinst zu mir runter. »Ich glaub, Kalle hat noch Hunger.« Dann schneidet er eine Wurst in der Mitte durch und gibt mir die eine Hälfte. Das ist so viel Wurst, dass ich sie gar nicht in einem Stück runterschlucken kann, sondern richtig kauen muss. Geil!

Während ich kaue und kaue und schlucke und schlucke, erzählt Rainer: »Wir sind gerade einer Einbrecherbande auf der Spur. Gerissene kleine Kriminelle. Einbrüche bei Privatpersonen, die hochprofessionell durchgezogen werden. Unserer Ansicht nach wissen die genau, wo in der jeweiligen Wohnung was zu finden ist. Sie kennen die Schwachstelle, an der sie am besten reinkommen. Sie kennen die Zeiten, zu denen die Bewohner außer Haus sind. Und sie wissen, was sich mitzunehmen lohnt. Sie haben auch schon drei-, viermal hier in unserem Stadtteil zugeschlagen. Quasi direkt unter meiner Nase. Das wurmt mich besonders.«

Der letzte Bissen liegt immer noch auf meiner Zunge in meiner Schnauze. Mit offenem Maul starre ich Rainer an.

Und dann wird mir klar, was er da gesagt hat. Ich würge den letzten Bissen runter und tripple aufgeregt einmal im Kreis. »Scheibenkleister! Das ist ein neuer Fall!«, keuche ich.

Rainer und Mads sehen mich besorgt an.

»Ein neuer Fall für den weltbesten Ermittler der umliegenden Gärten und seinen allseits bereiten Assistenten!«, erkläre ich ihnen, während meine Hinterpfoten immer noch weitertrippeln. Irgendwie können die nicht mehr stillstehen. Ein neuer Fall! Für Kasimir und mich! – Au Mann, das muss ich ihm ganz schnell sagen.

»Puh, ich dachte grad, er erstickt an der Wurst«, sagt Rainer erleichtert und wendet sich wieder Mads zu.

»Hört sich nach einer spannenden Sache an«, sagt der und klingt plötzlich fast so aufgeregt wie ich. »Meinst du, der Chef kann mich für die Ermittlungen daran schon mal in meiner jetzigen Abteilung ausleihen – bis meine Versetzung ordentlich durch ist?«

Ich flipp aus!

Mads will in dem gleichen Fall ermitteln! Das wird genial!

Jetzt muss ich nur noch Kasimir Bescheid geben. Aber wie, verflixt noch mal?

Auf dem Abendgang abzuhauen und zu ihm zu rennen kommt nicht infrage. Das hab ich schon mal versucht, als wir noch nicht lange in der Männer-WG wohnten. Aber Mads ist echt schnell und hat mich eingeholt. Seitdem ist nur noch Leine angesagt, wenn wir in die Richtung gehen.

Ich überlege und überlege. Im Fernseher geht das Spiel mit den rennenden Zweibeinern weiter, aber für mich ist der Männerabend gelaufen. Auf dem Sofa sitzen und fernsehen und gleichzeitig überlegen, wie ich Kasimir das von unserem neuen Fall erzählen soll, geht einfach nicht. Und während Mads und Rainer wieder in die Glotze schauen, trotte ich auf den Balkon. Nur ganz kurz hebe ich den Kopf, um zum Grill raufzuschnuppern. Echt, nur 'ne Winzsekunde oder so. Aber wie ich hier so stehe und die Nase in den Wind halte, richten sich plötzlich meine Ohren auf. Machen die quasi von allein, wenn sie eins von meinen Lieblingsgeräuschen hören. Lieblingsgeräusche sind Linnas und Mads' Autos, wenn sie vor dem Haus halten, Dosenöffner (erst seit ich Kasimirs Katzenfutter kenne), Trockenfutter fällt in meinen Napf und ... kleine, feine Metallplakette klackert an feines Kettenhalsband.

Klickklack, klickklack, klickklack!

»Amanda!«, brülle ich durch die Balkonbrüstung. »Amanda, bist du das?« Zu dumm, dass ich hier hinter dem Haus überhaupt nichts von der Straße sehen kann.

»Klaro, Kleiner. Na, wie steht's bei dir da oben?«, antwortet Amanda mit ihrer Mordsstimme.

»Wir machen grade 'n Männerabend«, rufe ich lässig. »Aber ich hab 'ne wichtige Botschaft für Kasimir. Kommst du da heut noch vorbei?«

»Erst morgen wieder, Süßer.«

»Sagst du ihm dann was von mir?«

»Logo. Musst aber lauter rufen. Ich versteh dich nicht so gut.«

Lauter? Mist! Dann ist das mit der Lässigkeit wohl dahin.

»Sag Kasimir, dass wir wieder loslegen können«, schreie ich, so laut ich kann. Klingt irgendwie ein bisschen quietschig. Menno.

»Loslegen?«, kläfft Amanda zurück.

»Jaaaaaa!«, brülle ich heiser. »Loslegen! Er und ich! Es ist so weit!«

Am liebsten würd ich ihr ja alles erzählen. Aber so um zwei Hausecken rum ist das nicht drin. Und dann steht auch noch mit einem Mal Mads in der Balkontür.

»Kalle, rein!«, sagt er grimmig und deutet ins Wohnzimmer.

Schade. Aber egal. Bestimmt kommt Kasimir mich morgen besuchen, wenn Amanda ihm meine Botschaft überbracht hat. Und dann ist es endlich wieder so weit. Der kluge Kater und sein schlauer Mops werden wieder gemeinsam ermitteln!

5. Kapitel – Kasimir

Selbstverständlich kann ein versierter Ermittler wie ich glasklar erkennen, wann ein weiteres Wochenende ansteht. Und heute ist definitiv der erste Tag vom Wochenende: Zunächst mal schläft Linna morgens länger. Sie stürzt auch nicht wie üblich aus dem Haus, sondern lässt sich viel Zeit beim Frühstück, während sie die Zeitung liest. Oft liest sie mir daraus auch vor. Der einzige Vorteil, den unser Allein-Wohnen hat, denn dabei lerne ich jede Menge komplizierter Worte – eine wichtige Sache für jemanden, der sich in allen Lebenslagen auskennen muss.

Nach dem Wochenendfrühstück kommt manchmal Linnas Mutter Hannelore vorbei. Manchmal auch Amelie. Manchmal telefonieren Amelie und Linna aber auch nur stundenlang – so wie heute. Linna hockt mit angezogenen Beinen auf dem Sofa und redet und redet. Ab und zu macht sie eine vorsichtige Andeutung, in der mit heißem Wasser übergossene Blätter und Spielkarten eine Rolle spielen. Kombiniere! Sie will aus Amelie rauskriegen, was die von dieser sonderbaren Sibylla halten würde. Aber so wie Linna dabei herumeiert, wird Amelie sie wahrscheinlich nie verstehen.

Zweibeiner können wirklich kompliziert sein.

Das sind dann die Vormittage, an denen ich mich ganz auf die Beobachtung der Vorkommnisse in den umliegenden Gärten konzentrieren kann.

Natürlich könnte man meinen, dass ein mit allen Wassern gewaschener Ermittler wie ich auf den Nachbargrundstücken nichts Interessantes zu entdecken hat. Doch das täuscht. Vor ein paar Wochen habe ich auf genau diese Weise den Verdächtigen Lorentz im Haus nebenan seiner Falschgelddruckerei überführt. Warum also in die Ferne schweifen, wenn das Aufklärungspotenzial direkt in der Nachbarschaft liegt?

Also streife ich auch heute Morgen durch die benachbarten Gärten. Oberstes Gebot ist: sorgfältiges Umsehen, bevor ich ein neues Territorium betrete. Die meisten Katzen der Nachbarschaft haben ein ähnliches Verständnis von freundlichen Begegnungen wie ich: Guten Tag, guten Weg. Aber einem will ich bei meinem kleinen Erkundungsgang auf keinen Fall begegnen: dem Großen Weißen. Dieser riesenhafte, schneeweiße Kater mit dem platten Gesicht wäre mir bei meiner letzten Ermittlung fast zum Verhängnis geworden. Seitdem lege ich größten Wert darauf, seinen Weg nicht zu kreuzen.

Doch heute scheint die Luft rein zu sein. Ich spaziere über Zäune, Mauern und durch Hecken.

Ein paar Gärten weiter werde ich von einer Gruppe älterer Damen entdeckt, die sich im Schutz eines Wintergartens um einen Tisch versammelt haben. Auf dem weißen Tischtuch steht ein feines Service, aus dem sie bestimmt dieses widerliche, dunkle Gebräu trinken, ein großer bunter Blumenstrauß in einer Vase und ein großer Kuchen samt Sahne. Mmmh! Sahne. Die einzige Süßigkeit, bei der ich schwach werden könnte.

Ich streife an der offen stehenden Tür zum Wintergarten vorbei und riskiere einen kleinen Blick.

»Oh, schaut mal, ein Kätzchen!«, ruft eine der Damen und deutet voller Entzücken auf mich. Es werden ein paar Quietscher laut, und eine von ihnen steht sogar auf, um mir die Hand entgegenzustrecken.

»Du mit deiner Tiervernarrtheit, Maritta! Lass die mal lieber draußen«, sagt eine andere. »Ich bin doch allergisch.« Tatsächlich lässt sie einen gewaltigen Nieser los.

»Das kann aber auch an den Blumen liegen«, wendet eine

andere ein und deutet auf den bunten Strauß in der Tischmitte. »Tolle Zusammenstellung, Maritta, besonders diese herrliche Rose. Hast du die aus dem Laden an der Ecke?«

Die angesprochene Maritta, die meinen Kopf sanft streichelt, antwortet stolz: »Laden? Ach was! Sie kommt aus meinem Garten. Mein Gärtner hat eine neue Züchtung gepflanzt. Sie heißt Rose de Romantique. Riecht nur mal dran, wie die duftet.«

Ein paar der alten Damen beugen sich vor und schnuppern an der leuchtend roten, glänzenden Blüte.

Ich spitze die Ohren. Eigentlich wollte ich gerade wieder gehen. Wenn ich nicht hundertprozentig erwünscht bin, ziehe ich es immer vor, meine Gesellschaft denjenigen angedeihen zu lassen, die sie zu schätzen wissen. Doch der Name dieser Blume lässt mich stutzen. Eine Rose ist das also. So eine haben Linna und ich nicht in unserem Garten. Und dann ist es auch noch eine romantische Rose. Plötzlich ist in einiger Entfernung lautes Gekläff zu hören. Eigentlich würde ich dem keine Beachtung schenken. Was kümmern mich schon die Belange von Hunden? Aber diese Stimme kenne ich.

»Nachricht für'n Kasimir!«, kann ich plötzlich verstehen. Das ist Amanda!

Ich werfe mich herum und renne los.

»Och, jetzt hat sie sich erschreckt«, höre ich die nette Maritta noch hinter mir.

Ich flitze durch die Hecke, springe mit einem einzigen Satz über den nächsten Zaun und galoppiere über die Steinmauer. Ab über den Rasen neben unserem Haus und rauf auf den Zaun.

»Da bin ich«, sage ich, nur ein klitzekleines bisschen außer Atem.

Tatsächlich steht da Amanda. Mit ihrem Herrchen, der bei meinem Erscheinen zusammenzuckt und nach Amandas Halsband greift.

»Hallo, Kasimirchen!«, flötet Amanda und klimpert mit ihren Wimpern. Hat bei mir aber keine Wirkung. »Der Kalle hat eine geheime Botschaft für dich.«

»Ruhig, Amanda, ganz ruhig!«, sagt ihr Herrchen und will sie weiterziehen. Mit der freien Hand wedelt er in meine Richtung und macht: »Kusch, kusch!«

»Und wie lautet die geheime Botschaft?«, will ich wissen. Wenn ihr Herrchen Erfolg hat, wird er ihr gleich den Hals zuziehen, und dann kann sie nur noch keuchen.

»Kalle meint, es kann losgehen«, bringt Amanda gerade noch heraus.

»Es kann losgehen?«, wiederhole ich verdutzt.

»Loslegen … ihr könnt … loslegen …«, röchelt Amanda. Ich hab's ja gewusst. Ihr Herrchen zerrt sie weiter und lässt erst locker, als er nach ein paar Metern sicher ist, dass sie brav neben ihm geht.

»Tschüssikowski!«, ruft Amanda mir noch über ihre Schulter zu und verschwindet mit wippendem Hinterteil um die nächste Ecke.

Verwirrt setze ich mich auf den Zaun. Es kann losgehen? Wir können loslegen? Was soll das …?

Ha! Natürlich! Der Plan mit der romantischen Überraschung!

Kalle meint bestimmt, dass heute ein idealer Tag dafür wäre. Er schlägt vor, dass wir heute versuchen, unsere Linna und unseren Mads wieder zusammenzubringen.

Guter Kalle! Bestimmt ist ihm noch nicht aufgefallen, dass wir Wochenende haben. Aber sein Bauchgefühl trifft trotzdem hin und wieder die richtigen Entscheidungen. Der Beginn eines Wochenendes ist ideal für so ein Unterfangen.

Aber wie sollen wir jetzt vorgehen?

Die sonderbare Sibylla hatte mich ja auf eine geniale Idee gebracht. Doch woher soll ich jetzt …?

Moment mal! Da fällt mir etwas ein.

Ich drehe um und springe vom Zaun. Zurück im kommissarisch schnellen Tempo.

Es sind nur wenige Minuten vergangen, und die älteren Damen sitzen immer noch munter plaudernd um den Tisch mit dem weißen Tuch. Von Kuchen und Sahne sind schon deutlich weniger zu sehen. Aber die Blumen stehen noch an Ort und Stelle.

Ich spähe um die Ecke der offen stehenden Wintergartentür. Alle sind vollauf mit ihren Tellern und feinen Tassen beschäftigt und reden und reden. Die Situation könnte nicht passender sein.

Ich schätze den Abstand zum Tisch genau ab. Drei Sprünge werden das. Dann der Satz auf den Tisch. Als Letztes nur noch diese rote, duftende Blüte schnappen und wieder verschwinden. Vielleicht wäre der ganze Strauß noch eindrucksvoller, aber das schaffe ich mit meiner feinen Katerschnauze sicher nicht. Eine einzelne Blüte hat bestimmt auch Effekt – besonders wenn sie einen so sprechenden Namen hat. Ich werde so schnell wieder weg sein, dass sie kaum wissen werden, was das denn für ein rot-weißer Blitz vor ihren Augen war.

»Der Kuchen ist sehr lecker, Maritta!«, sagt gerade eine der Damen. »Gibst du mir das Rezept?«

Jetzt!

Eins, zwei, drei. Sprung auf den Tisch.

»Aaaahhh!«, kreischt die Frau, neben der ich lande, und reißt erschrocken die Hände hoch. Dabei schwappt braunes Gebräu aus der Tasse und spritzt über das weiße Tischtuch.

»Iiiihhh!«, quietschen zwei weitere der Damen, die auch etwas abbekommen. Darauf kann ich natürlich keine Rücksicht nehmen. Ich stürze in die Tischmitte. Doch da zeigt sich leider, dass nicht alle älteren Damen mit Kreischen auf einen rot-weißen Blitz reagieren.

»Na warte!«, ruft die Maritta, die mich vorhin noch hereinlocken wollte, und greift mit beiden Händen nach mir.

Wahrscheinlich ist sie nicht so gut im Training wie Linna, was das Schnappen und Festhalten eines gewandten Katers angeht, aber trotzdem ist es knapp. Ich ducke mich, springe zur Seite und trete dabei versehentlich in die Sahneschale. So was kann in der Hitze des Gefechts passieren. Erneutes Aufschreien am Tisch. Ich neige den Kopf und schnappe mir die rote Blüte aus der Straußmitte. Maritta erwischt meinen Schwanz. Doch ehe sie unangenehm fest zupacken kann, bin ich bereits vom Tisch gesprungen und durch die offene Tür hinaus. Die schrillen Stimmen hinter mir sind noch ein paar Gärten lang zu hören.

Sobald ich außer Sicht bin, halte ich an und lege die Blume vorsichtig ab. Ich muss niesen. Riecht wirklich ziemlich intensiv. Dafür scheint sie aber überraschend robust zu sein. Außer einem einzigen Blütenblatt, das ein wenig zerknickt wirkt, macht die Blume trotz meines etwas überstürzten Abgangs einen guten Eindruck. Auf jeden Fall geeignet für mein Vorhaben.

Vorsichtig nehme ich sie wieder auf. Unser Garten ist schnell erreicht, und ich schleiche ums Haus herum zur Haustür.

Vorsichtig spähe ich hinauf zum Fenster neben dem Esstisch. Linna darf auf keinen Fall sehen, dass ich die Blume gebracht habe.

Ich lege sie auf die Türschwelle und beeile mich, wieder zum Hinterausgang zu kommen. Die Katermopsklappe klappert ein wenig, als ich hindurchschlüpfe. Linna sitzt immer noch auf dem Sofa. Doch das Telefon liegt neben ihr, und sie hält stattdessen ein Buch auf dem Schoß. Gute Voraussetzungen! Ein Telefonat mit ihrer Freundin Amelie wäre längst nicht so leicht zu unterbrechen wie die Lektüre eines Buches.

Ich trabe graziös zur Fensterbank neben dem Esstisch hinüber.

»Mau!«, mache ich und starre aus dem Fenster, geradeweg auf die rote Blume, die da draußen vor der Tür liegt. »Miau.«

Linna sieht zu mir herüber.

»Na, mein Schmusebär, hast du Hunger?«, erkundigt sie sich liebevoll. Sie steht auf und geht in die Küche. Doch ich folge ihr nicht, sondern bleibe auf der Fensterbank sitzen.

»Maaaau«, mache ich wieder.

»Was ist denn? Hast du irgendwas gesehen?« Linna stellt sich zu mir und schaut ebenfalls hinaus. »Da ist doch niemand. Wirklich nichts und …« Sie hält inne. Stutzt.

Ich wette, sie hat die Blume gesehen.

Sie geht zur Wohnungstür, öffnet sie und läuft die drei Stufen hinunter zur Haustür. Ich folge ihr.

Sie nimmt die Blume auf und sieht sich nach allen Seiten um, als erwartete sie, jemanden zu sehen. Doch da niemand in der Nähe ist, blickt sie nun auf die Blüte und schnuppert daran. Auf ihrem Gesicht erscheint dieser verträumte Ausdruck. Den kenne ich von den Situationen, in denen Mads ihr irgendetwas ins Ohr flüstert.

»Auch das kleinste Zeichen …«, murmelt sie.

»Mau«, mache ich und laufe mit hoch gerecktem Schwanz vor zur Straße.

»Kasimir, komm wieder rein!«, ruft Linna mir nach. Doch ich trabe den schmalen Weg zum Bürgersteig. »Kasimir!« Jetzt klingt Linnas Stimme ein wenig beunruhigt. Ich bleibe einen Moment stehen und setze mich dann.

Sie kommt die wenigen Schritte zu mir und streckt eine Hand aus, um mich hochzunehmen. Genau in diesem Moment springe ich auf und hüpfe elegant ein Stückchen weiter.

»Kasimir«, sagt Linna, halb lachend und halb drohend.

»Mau«, mache ich und schnurre ein bisschen. Dem kann sie nie widerstehen.

»Was denn? Willst du einen kleinen Spaziergang machen?«, fragt sie. Ich lege den Kopf schief.

Sie wirft einen Blick zurück zur offen stehenden Haustür und auf die Blume in ihrer Hand. Dann lächelt sie mich an. »Wieso eigentlich nicht? – Ich hol nur schnell den Schlüssel.« In Sekundenschnelle ist sie wieder da, und ich warte bereits auf dem Bürgersteig auf sie. Ich laufe immer ein kleines Stückchen vor ihr die Straße entlang. Nach einer Weile müssen wir abbiegen. Und dann sind wir schon fast da. Aber um zu dem Haus zu kommen, in dem Kalle und Mads jetzt wohnen, müssen wir erst die Straße überqueren. Ich halte brav an der hohen Kante des Bürgersteigs, und Linna versteht den kleinen Wink. Sie nimmt mich hoch und trägt mich sicher auf ihrem Arm, obwohl sie in der einen Hand immer noch die Blume hält. So mag ich eine Straßenüberquerung am liebsten. Ehrlich gesagt habe ich immer noch großen Respekt vor den Autos, vor denen Linna mich früher nicht oft genug warnen konnte.

Als wir an der Ecke der richtigen Straße stehen, zögert Linna plötzlich. Sie blickt Richtung Haus, in dem Mads und Kalle jetzt ihre Männer-WG haben. Doch sie macht keinerlei Anstalten weiterzugehen.

Ich stemme meine Pfoten ein wenig gegen ihre Brust. Wenn sie mich runtersetzen würde, könnte ich ihr schon zeigen, wo die Reise hingeht. Doch ihr Griff ist erstaunlich fest.

Eine ganze Weile stehen wir so hier, und Linna schaut auf das Haus. Dann seufzt sie plötzlich ganz tief. Oje, das klingt nicht so, als würde sie weitergehen wollen. Es klingt eher traurig.

Linna dreht sich um. Aber ehe sie auch nur einen Schritt in Richtung Zuhause tun kann, zuckt sie regelrecht zusammen. Denn um die nächste Straßenecke biegen soeben: Mads und der kleine schwarze Rollmops!

»Kalle!«, rufe ich und will von Linnas Arm springen. Doch

sie reagiert blitzschnell und hält mich fest. Leider fliegt ihr dabei die Blume aus der Hand.

»Kasimir! Linna!«, quäkt Kalle begeistert. Mads ist nicht so schnell wie Linna. Daher flutscht ihm Kalles Leine durch die Hand, und es saust eine kleine, glänzende Kanonenkugel auf uns zu.

Aus Linnas Kehle dringt ein seltsames Geräusch. Etwas zwischen Lachen und Schluchzen. Sie geht in die Hocke, und Kalle prallt gegen ihre Knie.

»Autsch! Menno! – Hey, was macht ihr denn hier? Das ist ja 'ne Überraschung! Linna, dass du auch da bist! Au Mann, ich freu mich so! Ich freu mich so! Mads, komm schnell her und sieh mal, wer hier ist!«, kläfft Kalle, während sein geringelter Schwanz wie ein winziger Propeller kreist.

Mads kommt tatsächlich mit ein wenig steifen Schritten und in die Jeanstaschen gebohrten Händen auf uns zu. Linna hat endlich ein Einsehen und lässt mich los.

Kalle springt wie verrückt um uns herum. Als Mads schließlich auch bei uns ankommt und Linna sich wieder aufrichtet, bleibt er stehen und sieht mit glänzenden Augen zwischen den beiden hin und her.

»Oh, kommt schon! Knuddelt euch doch! Sieht doch 'n blinder Mops mit Augenbinde, dass ihr das wollt. Macht schon!«, feuert er sie an.

Ich halte den Atem an. Für einen winzigen Augenblick sieht es nämlich so aus, als wollten unsere beiden Zweibeiner das tatsächlich tun. Doch dann zieht Mads nur eine Hand aus der Hosentasche, und er und Linna winken sich auf eine seltsam unbeholfene Art und Weise zu, obwohl sie doch so nah beieinanderstehen.

»Hi, na, das ist ja 'ne Überraschung«, sagt Mads. Seine Stimme klingt irgendwie … zittrig.

»Ja, wir waren gerade …«, beginnt Linna und muss sich

räuspern. »Kasimir und ich haben einen Spaziergang gemacht.«

»Einen Spaziergang?«

»Ja. Wir wollten gerade wieder nach Hause.«

»Oh!«

»Hm.«

Linna sieht Mads einen Moment mit diesem gewissen fragenden Ausdruck an, der eigentlich eine Erklärung fordert. Mads scheint das auch zu kapieren, denn er hebt verwirrt die Augenbrauen und kratzt sich am Kopf. Er folgt sogar mit den Augen Linnas Blick, der hinunter zu der roten Blume am Boden huscht. Doch daraufhin runzelt er nur die Stirn und sieht noch verwirrter aus.

Linna räuspert sich wieder. Vielleicht hat sie Haare im Hals, das passiert mir auch hin und wieder.

»Die Jungs scheinen sich zu freuen, sich mal wieder zu sehen«, sagt Mads zu Linna, während er zu Kalle und mir herunterschaut. Ich bin mir sicher, dass bei diesen Worten nicht nur ich an eine gewisse Szene erinnert werde: Damals legte sich ein recht verzweifelter Kater, der seine Ermittlungen gefährdet sah, zu seinem dicken Assistenten-Mops ins Körbchen. Wie mein Kopf auf Kalles rundem Hintern ruhte, steht doch bestimmt nicht nur mir noch sehr lebhaft vor Augen. Und da kommt es schon: »Oaaach, Kasimir, hörste?«, plärrt Kalle. »Mads hat da ein Gespür für, dass wir wieder zusammen sein wollen. Hey, Kasimir, ich hab 'ne Idee! Wie wäre es, wenn wir noch mal so ein lustiges Fangen-Spiel spielen, wie wir es mal im Garten gemacht haben – weißt du noch? Als Mads' hochnäsige Eltern uns besucht haben und wir sie von meinem tollen Tunnel unterm Zaun ablenken mussten.«

»Ich erinnere mich«, brumme ich. »Aber das ist hier zu gefährlich. Die Autos und so.«

»Mensch, jau, Kasimir, stimmt! Gut, dass du immer gleich an alles denkst. Aber wäre es nicht cool, wenn wir unserer

Linna und unserem Mads richtig doll zeigen könnten, wie sehr wir uns freuen, uns zu sehen? Was könnten wir denn nur machen? Hm …«

Kalles Kulleraugen scheinen noch ein bisschen runder zu werden vor lauter Anstrengung, die ihm das Nachdenken bereitet.

Ich seufze. Wenn ich darauf warten will, dass Kalle irgendetwas einfällt, wird es zu spät sein, und Linna und Mads sehen schon längst nicht mehr zu uns herunter.

Also senke ich den Kopf und gebe Kalle einen kleinen, vielleicht etwas zu dollen Stups mit der Stirn gegen seinen wuchtigen Kiefer.

»Hööööey!«, protestiert Kalle und will wahrscheinlich noch mehr sagen. Aber ich streiche bereits an seiner Schnauze entlang und wische ihm mit meinem buschigen Schwanz einmal quer übers runde Gesicht.

»Hihi«, kichert Kalle sofort. »Das kitzelt.«

Ein vorsichtiger Blick hinauf zu Linna. Sie betrachtet uns mit weit aufgerissenen Augen, in denen es verdächtig glitzert. Ein gutes Zeichen! Jetzt nur nicht aufgeben! Katerehre hin oder her!

Schnurrend reibe ich meine Schulter an Kalles und streife an seiner breiten Seite entlang, umrunde geschickt sein ausladendes Hinterteil und lasse dabei meine Schwanzspitze über seinen Rücken tanzen.

»Höhö, hihi, Mann, das killert abber. Besonders da … ja, genau da!« In dieser Beziehung ist auf Kalle wirklich Verlass. Er ist sich nie zu schade, um in einer sowieso schon lachhaften Situation zweifellos die noch lächerlichere Figur zu machen. Daher hüpft er jetzt rhythmisch mit dem dicken Po auf und ab, um mir zu zeigen, wo es ihn am meisten juckt.

Über uns ist ein leises Glucksen zu hören. Ich schaue hinauf. Mads hat seinen Mund zu seinem breiten Lächeln verzogen, aus dem diese heiteren Geräusche hervorströmen. Dann sehe ich, wie seine Augen rasch zu Linna hinüberhuschen. Und die lächelt ebenfalls. Doch es ist ein irgendwie seltsames Lächeln. So als wäre sie gleichzeitig traurig.

»Vielleicht sollten wir es ihnen nicht zu schwer machen«, sagt sie plötzlich leise, während ich dem kichernden Kalle erneut meinen Schwanz durchs Gesicht ziehe. Sie beugt sich herunter, umfasst meinen Bauch mit ihren sanften Händen und hebt mich auf ihren Arm. Zärtlich krault sie mir den Nacken, und ich reibe meine Stirn kurz an ihrem Kinn.

»Tja, dann …«, sagt Linna und nickt Mads zu.

»War … war schön …«, murmelt Mads und nickt auch.

Ich kann spüren, wie Linna tief einatmet, als sie sich umdreht und mit mir auf dem Arm davongeht.

Als ich über ihre Schulter zurückschaue, sehe ich Mads und Kalle nebeneinander auf dem Bürgersteig stehen und uns nachblicken. Zu ihren Füßen liegt die rote Blume.

6. Kapitel – Kalle

Irgendwie ist da was schiefgelaufen, würd ich ma sagen.

Der Plan war doch, dass Linna und Mads wieder zusammen sein wollen. Zusammen kochen und essen (und die Reste mit dem Mops teilen) und kuscheln und sich tiiief in die Augen schauen. All so was halt.

Als Kasimir mit Linna auftauchte, dachte ich ja zuerst, jetzt ist es so weit. Ich konnt's kaum erwarten, dass Mads seinen Koffer und mein Körbchen packt und wir dann wieder bei Linna und Kasimir einziehen. Aber daraus wurd dann ja nix. Keine Ahnung, wieso.

Das Doofe ist, dass ich in der ganzen Aufregung auch noch vergessen hab, Kasimir von unserem neuen Fall zu erzählen. Dabei fände mein Oberkommissar Boss es bestimmt total verdächtig, dass hier im Viertel Zweibeiner in die Häuser von anderen Zweibeinern einbrechen und ratz, fatz lauter Sachen mitnehmen, die ihnen nicht gehören. Das riecht doch ein Mops mit 'ner platten Nase, dass es da massig was zu ermitteln gibt.

Jetzt häng ich schon den ganzen Nachmittag hier auf dem Balkon rum und warte drauf, dass Amanda vorbeikommt. Dann kann ich ihr zurufen … na ja, brüllen, dass sie Kasimir noch mal herschicken soll. Aber die hübscheste Dobermannhündin vonne Welt kommt einfach nicht. Es wird schon langsam dunkel, und Mads ist gerade zum S…quatsch losgefahren. Dazu nimmt er mich nie mit, nur seine Sporttasche und einen Schläger und jede Menge S…quatschbälle. Ich hab letztens auch mit einem gespielt. Ist voll lustig, wenn man seine

Zähne da reinbohrt. Aber ich sach ma so, Mads war nicht gerade begeistert, dass ich nun auch S …quatsch mache.

Heute wäre Rainer auch gern mitgefahren, hat er gesagt, aber er muss arbeiten. Gerade zieht er sich seine Jacke über und steckt einen Notizblock ein. Zweibeiner haben es voll mit Notizblöcken und Briefen und Büchern und so ’nem Kram. Auch wenn ich nie kapieren werd, was sie mit dem ganzen Gekritzel so anfangen.

»Musst du wieder offerieren?«, erkundige ich mich mitfühlend bei Rainer. »Der Kasimir und ich, wir wissen, wie schwer das ist. Haben selbst mal den verdächtigen Nachbarn opperiert. Na ja, meistens hat Kasimir das übernommen, weil er derjenige von uns ist, der auf diesem superdünnen Ästchen vom Fliederbaum sitzen und in den Nachbargarten gucken kann. Ich hab meist das unauffällige Rumliegen übernommen. Ist auch nicht einfach. Muss halt total entspannt und völlig unverdächtig aussehen. Guck mal, ungefähr so …« Ich lege mich ins Körbchen, strecke die Beine zur Seite weg und gähne.

Rainer wirft mir aus dem Flur einen Blick zu. »Du hast es gut«, brummelt er. Und dann verschwindet er zum Olfaktieren.

Ich rolle zur Seite und denke nach. Das mach ich öfter, seit ich Kasimir kennengelernt habe. Der ist nämlich spitze dadrin. Jedenfalls denke ich gerade drüber nach, dass Rainer und Mads das öfter mal zu mir sagen: »Du hast es gut.« Und zwar meistens dann, wenn sie selbst zur Arbeit müssen und ich hier im Körbchen liege. Haben die eine Ahnung, denke ich. Wenn die wüssten, wie langweilig das ist, hier im Körbchen zu liegen und den ganzen Tag zu verschlafen, während sie draußen in der Welt unterwegs sind und Verbrecher jagen. Im Vergleich dazu ist mein Körbchen doch so langweilig wie …

In dem Moment, in dem ich über einen richtig guten Vergleich nachdenke, geht die Wohnungstür wieder.

Rainer kommt noch mal reingeschossen, guckt sich hektisch um, rennt zum Couchtisch, greift sich sein Quasseldings und ist schon wieder verschwunden. Diesmal ohne diesen saublöden Spruch.

Während ich weiter nachdenke, wie langweilig es ist, den ganzen Tag hier rumzuliegen, kann ich schon spüren, wie mir die Augen zufallen. Vielleicht sollte ich das mit dem Nachdenken auf später verschieben und erst mal ein Nickerchen machen?

Ich stehe noch mal auf, dreh mich ein bisschen im Kreis und lege mich dann in meine momentane Körbchenlieblingsecke. Aber heute ist die nicht so bequem wie sonst immer, stelle ich fest. Irgendwie zieht es nämlich an meinem empfindlichen … na ja, es zieht irgendwie hinten herum.

Die Balkontür ist natürlich noch gekippt. Aber davon kann es nicht kommen. Ich stehe auf und tapse in den Flur. Und da staune ich nicht schlecht: Die Tür steht offen!

Vorsichtig strecke ich den Kopf raus.

»Rainer?«, flüstere ich in den Hausflur. Doch alles ist still und dunkel.

Einen Moment lang starre ich in den Flur. Und langsam, ganz langsam dämmert es mir: Langeweile. Offene Tür. Offen stehende Tür. Und Langeweile. Ich kompensiere!, würde Kasimir jetzt sagen. Das macht er immer, wenn er eins und eins zusammenzählt.

Leise schleiche ich hinaus in den Hausflur. Die Stufen runter liegen im Dämmerlicht. Es wird wirklich schon Abend. Tapp, tapp, tapp, ich laufe runter. Doch dann komme ich vor der Haustür an. Und die ist natürlich zu. Die ist immer zu. Menno.

Na toll! Superkurzer, superlangweiliger Ausflug, würd ich ma sagen.

Aber als ich gerade umdrehen und die Stufen zur Männer-WG wieder rauflaufen will, höre ich draußen Schritte und Stimmen. Sie kommen näher. Wahrscheinlich laufen sie den Weg zur Haustür lang. Jetzt stehen die direkt vorm Eingang.

Die kenn ich! Das sind Oma und Opa Zuckmeier, die wohnen unter unsrer Männer-WG. Und wenn die jetzt reinkommen, könnte ich doch …

Ich quetsche mich in die Ecke unter den Briefkästen und warte leise ab. Von draußen wird die Tür geöffnet, und Opa Zuckmeier kommt rein. »… da sind die Erbsen nur halb so teuer«, sagt er gerade.

»Tach auch!«, rufe ich und flitze ihm zwischen den Beinen durch nach draußen.

»Huch!«, ruft Oma Zuckmeier. »Was war das denn?«

Aber ich bin schon um die Ecke und renne die Straße entlang. Am Ende schaue ich einmal kurz zu jeder Seite. Kein Auto in Sicht, nix wie rüber! Der Rest ist ein Welpenspiel. Links, rechts, links. Schon ist da unser Haus! Au Mann, ich freu mich so doll, mal wieder hier zu sein, dass mein Schwanz ganz von selbst anfängt zu wedeln. Egal wie cool so 'ne Männer-WG auch ist, so ein richtiges Zuhause hat man eben nur einmal.

Und so ein richtiges Zuhause erkennt man auch daran, dass der Zaun um den schönen, großen Garten mopsausbruchsicher ist. Hm. Leider, stell ich gerade fest, ist der Zaun aber auch mopseinbruchsicher. Und jetzt? Steh ich ziemlich panne hier vor der geschlossenen Haustür rum.

»Kasimir?!«, rufe ich. Dann mach ich dieses obercoole Kunststück, das Linna mir beigebracht hat: Männchen. Klappt auf Anhieb! Wahnsinn! Hoffentlich sieht mich irgendjemand. Es ist nämlich irre schwer, nur auf den Hinterbeinen zu balancieren. Und dieser Name! Männchen – klingt nach einem echten Kerl. Und sieht wahrscheinlich auch voll so aus. Kunststücke, das hab ich schon oft gemerkt, sind ungeheuer praktisch. Mit Männchen kann ich zum Beispiel viel besser in die Fenster unserer Wohnung gucken. Sie sind dunkel. Vielleicht sind Linna und mein Boss wieder 'ne Runde spazieren?

»Kaaasiiimiiiiirrr?«, rufe ich noch mal.

»Pssssst!«, zischelt es neben mir.

Da sitzt Kasimir bereits auf dem Holzzaun und sieht zu mir runter. »Was tust du denn hier? Um diese Uhrzeit und ohne Mads?«, will er wissen. Aber obwohl er diesen strengen Blick draufhat, klingt er dabei irgendwie erfreut.

»Au Mann, Kasimir, ich weiß was!«, platze ich raus. »Ich weiß was über einen neuen Fall! Wir können endlich wieder richtig ermitteln! Und zwar ist das so … der Rainer, der hat erzählt …«

»Schscht!«, macht Kasimir wieder und sieht sich nach allen Seiten um. »Doch nicht hier!«

»Ach ja«, wispere ich und sehe mich auch um. Irgendwie vergess ich immer, dass neue Fälle supergeheim sind. »Aber wo denn sonst? Ich komm ja nicht rein.«

Kasimir wendet den Kopf Richtung Hecke des Nachbargartens.

»Passt du da durch?«

»'türlich!« Bin mir zwar nicht hundertprozentig sicher. Aber Kasimir sagt selbst immer, ich bin so opti…optimi…optisch.

»Okay. Dann immer an der Hecke lang bis ganz nach hinten. Da, wo die Hortensien stehen, habe ich vor Kurzem ein morsches Zaunbrett entdecke. Wenn du dagegenstößt, kannst du da durchtauchen. Wie bei der Katermopsklappe.«

»Aye, aye, Boss!«, raune ich und will schon losrennen. Durchtauchen klingt cool. Doch dann fällt mir noch ein … »Hortnsen?«

»Das sind die Sträucher mit den großen bunten Blüten, unter denen du so gern dein Nickerchen machst«, seufzt Kasimir mit seinem Besserwisserblick.

»Warum sagst du das nicht gleich?«, murre ich. Die Nachbarhecke hat, na ja, ich sach jetzt ma nicht eben wahnsinnig große Abstände zwischen den Pflanzen. Aber mit Schieben und Drücken passt es schon.

Weil leises Schleichen, wie Kasimir es kann, nicht so mein Ding ist, mache ich mich lieber durch Schnelligkeit unsichtbar. Mit fliegenden Pfoten wetze ich an der Grundstücksgrenze entlang bis nach ganz hinten in den Nachbargarten. Auf unserer Seite stehen hier die Nickerchenbüsche. Und der Zaun sieht wirklich etwas mitgenommen aus. Ich tippe mit der Pfote gegen eine Holzlatte. Doch die ist fest. Die daneben auch. Und die daneben. Und ... die nächste gibt nach! Klasse, ich hab den Durchgang auf Anhieb gefunden! Ich stecke den Kopf durch die Lücke und tauche durch ... und tauche durch ... und – ächz, strampel, schwupps – tauche durch!

»Bin daha!«, rufe ich in den dämmrigen Garten.

»Schscht!«, faucht Kasimir direkt neben mir.

»Boah, Kasimir!«, entfährt es mir. »Jetzt hast du mich aber erschreckt, Boss.«

»Wie oft hab ich dir schon gesagt, dass Unauffälligkeit und Tarnung die wichtigsten Voraussetzungen für eine erfolgreiche Ermittlung sind?«

Ich setze mich hin, weil ich im Sitzen besser denken kann. »Also, so genau kann ich das nicht mehr sagen. Vielleicht fünf- oder sechsmal. Vielleicht waren es auch sieben- oder ...«

»Der Fall!«, unterbricht Kasimir mich. »Du hast gesagt, es gibt einen neuen Fall?!« Im Halbdunkeln kann ich sehen, dass seine grünen Augen gespannt auf mich gerichtet sind. Sofort werde ich ziemlich aufgeregt. Weil doch eigentlich Kasimir derjenige von uns ist, der immer die spannenden Sachen zu erzählen hat.

Obwohl ich wahnsinnig stolz auf meine Neuigkeiten bin, geb ich mir alle Mühe, nicht so angeberhaft rüberzukommen, als ich ihm alles erzähle, was Mads und ich von Rainer erfahren haben.

Kasimir hört angespannt zu. Nicht mal seine Schnurrhaare zittern im Spätsommerabendwind. Und als ich geendet habe, beginnt er vor mir auf und ab zu laufen.

»Organisierte Einbrüche also«, murmelt er. Und während er weiter überlegt, läuft er hin und her, hin und her, hin und her. »Das klingt nach einer echten Bande. Mindestens zwei, die zusammenarbeiten, schätze ich. Wahrscheinlich sind es aber mehr. Es müssen unauffällige Gesellen sein. Solche, die andere Zweibeiner für harmlose Nachbarn halten. Und während sie so unauffällig herumschleichen, spionieren sie Häuser und Wohnungen aus.« Von seinem Hin-und-her-Gerenne ist mir schon ganz dusselig im Kopf, aber Kasimir macht weiter. »Natürlich nur die, in denen es was zu holen gibt. Da werden sie die Bewohner eine Zeit lang beobachten müssen. Und sobald sie wissen, wann die Zweibeiner außer Haus sind, schlagen sie zu.« Er fährt mit der Pfote durch die Luft. »Ich frage mich nur: Woher wissen sie, wo es etwas zu holen gibt?«

»Kannst du beim Überlegen nicht stehen bleiben«, bitte ich ihn höflich. »Ich krieg schon 'n Hals.«

Kasimir hat es nicht so gern, wenn man an seiner Art der Ermittlung rummeckert. Aber jetzt sieht er mich einfach nur an. Und obwohl es doch ein total kniffliger Fall ist, den ich ihm erzählt habe, mit lauter offenen Fragen und Geheimnissen und so, sieht er mordsmäßig vergnügt aus.

» Am besten brechen wir sofort auf!«, entscheidet er. »Wir haben keine Zeit zu verlieren.«

»Öhm …?«, frage ich.

»Zu einem kleinen abendlichen Rundgang durch die Siedlung«, erklärt Kasimir. »Vielleicht fällt uns ja irgendetwas auf. Du kommst doch mit?«

Ich springe auf. »Klaro, Boss! Vier Augen sehen mehr als zwei. Stimmt doch?!«

»Stimmt«, schnurrt Kasimir. Mann, so gut gelaunt hab ich ihn seit 'ner ganzen Weile nicht gesehen.

Ich schlüpfe also wieder durch das morsche Brett im Zaun hinter den Nickerchenbüschen und renne durch den Nachbargarten wie ein schwarzer Blitz zur Straße. Ab durch die Hecke – na ja, kleinen Augenblick dauert das. Wie gesagt, die Pflanzen stehen ziemlich eng zusammen.

Aber dann bin ich draußen auf dem Bürgersteig, und Kasimir springt vom Zaun aus runter zu mir.

»Sind jetzt der kluge Kater und der schlaue Mops wieder auf Ermittler-Tour?«, frage ich hechelnd.

»Sieht so aus.«Kasimir läuft mit hoch erhobenem Schwanz mir voraus.

Waaaaahnsinn! Auf ins Abenteuer. Ich kann's echt kaum erwarten!

***

»Wie lang laufen wir denn noch?«, will ich nach einer Weile wissen. 'ne ziemlich lange Weile, um ehrlich zu sein. Mittlerweile ist es schon richtig dunkel und die Straßenbeleuchtung ist an. Wir laufen alle Wege entlang, die durch unser Viertel führen. Hätte nie gedacht, dass das so viele sind. Und auch nicht, wie lange man braucht, um überall nachzugucken. Denn zum einen müssen wir natürlich ganz pingelig überall in allen Einfahrten spionieren und so. Aber zum anderen dürfen wir uns auch nicht dabei erwischen lassen. Wir müssen mächtig aufpassen, dass keiner von den Zweibeinern in den Wohnungen uns entdeckt, wenn er zufällig aus dem Fenster sieht. Und wenn uns ein Mensch entgegenkommt, müssen wir uns verstecken und tarnen, hinter Mauern und in Büschen.

Kasimir hat das voll raus. Aber bei mir, also, ich sach ma so, ich bin jetzt nicht unbedingt ganz so leichtfüßig wie eine Katze. Oder ein Kater. Ich bin ein bisschen langsamer. So 'ne

Minisekunde vielleicht. Jedenfalls passiert es ein- oder zweimal, dass ein Zweibeiner in meine Richtung starrt. Und einmal sagt eine junge Zweibeinerin zu dem jungen Zweibeiner, der den Arm um sie gelegt hat: »Hast du das gesehen? War das nicht so eine kleine Bulldogge?«

»Was?«, entfährt es mir, und Kasimir rempelt mich in unserem Versteck hinter der Garagenwand mit der Schulter an.

»Bulldogge! Also echt jetzt!«, brumme ich. Aber nur ganz leise, Ehrenwort. Was aber viel lauter ist, ist mein Magen, der plötzlich knurrt. Kein Wunder, ich hab ja noch kein Abendbrot bekommen.

Die Zweibeiner bleiben stehen und gucken beide in unsere Richtung. Aber weil sie im hellen Licht der Straßenlaterne stehen und wir uns hier in den dunklen Schatten ducken, können sie uns nicht sehen und gehen weiter.

»Mann, das war knapp, oder, Boss?«, schnaufe ich. »Pffff … Bulldogge!«

Ich bin schon fast aus der Einfahrt gebogen, als mir auffällt, dass Kasimir nicht mehr bei mir ist. Er steht immer noch neben der Garage und linst hinein.

Schnell tripple ich zurück. »Was 'n los? Willst du nicht mehr weiter? Also von meiner Seite her wär das voll okay. Weil … also, hast ja gehört, wie mein Magen geknurrt hat. Ich hab langsam Hunger. Und Mads ist bestimmt inzwischen schon längst vom S…quatsch zurück und fragt sich, wo ich bin. Und … Kasimir?«

Also echt, manchmal hab ich den Eindruck, er hört mir nicht zu.

Denn jetzt hebt er vorsichtig eine seiner Vorderpfoten und tut einen ersten Schritt in die Garage.

»Was machst du denn?«, will ich wissen.

»Fällt dir irgendetwas Ungewöhnliches hier drinnen auf?«, erkundigt sich Kasimir.

Ich gucke an ihm vorbei. Hm. Garage. Mit ein paar Regalen an den Wänden, in denen sich alles mögliche Zeug stapelt. Und natürlich mit einem Auto mittendrin. Ich glaub jedenfalls, dass es ein Auto ist, was da steht, denn …

»Hey!«, sage ich. »Wieso liegt denn diese Plane über dem Auto?«

Kasimirs Augen glühen im Licht der Laterne grün auf, als er mich ansieht. »Schlauer Mops«, antwortet er leise.

Au Mann, echt schade, dass ich Mads Kunststück mit dem Wechseln der Gesichtsfarbe nicht kann. Das würd jetzt super passen.

»Och, danke, Kasimir«, murmle ich.

Doch der schleicht schon weiter in die Garage.

»Wenn ein Fahrzeug der Zweibeiner in einer verschließbaren Garage steht«, wispert er dabei. »Warum machen sie sich dann die Mühe und legen noch etwas darüber? Das kann doch nur einen Grund haben: Sie wollen es vor allen Augen verstecken.«

Mir bleibt mal wieder das Maul offen stehen. »Wahnsinn, Kasimir! Wie du das immer …«

»Komm, hilf mir! Wir heben die eine Ecke an und schauen drunter!« Kasimir ist bis in die hintere Ecke der Garage gelaufen. Das war eine tolle Idee, denn auf diese Weise kann man uns von der Straße aus nicht sehen.

Ich fasse den Zipfel der Plane mit der Schnauze und gehe ein Stückchen rückwärts. Kasimir taucht unter die Plane. Dort kann ich ihn herumtapsen und -schnüffeln hören.

»Seltsam«, brummelt er mit dumpfer Stimme unter der Plane vor. »Macht den Eindruck, als wäre es ein ganz normales Auto.«

Draußen vor der Garage höre ich plötzlich Schritte.

»Kafimi? Da iff eina«, sage ich leise.

»Wie bitte?«

»Drauffn ifff einaaa«, wiederhole ich. Die Schritte sind nun sehr nah. Jemand macht sich an dem Garagentor zu schaffen.

»Was hast du gesagt?« Kasimir taucht unter der Plane hervor. Ich lasse den Zipfel fallen. Und in dem Moment wird das Garagentor mit einem gewaltigen Krach heruntergezogen und donnert ins Schloss.

»Draußen ist einer«, sage ich.

***

Scheibenkleister noch mal! So 'ne lange Nacht hab ich echt noch nie erlebt.

Hier drinnen ist es nicht besonders gemütlich. Außer dem Auto und dem Plunder in den Regalen steht nur noch ein Stapel wackliger Kartons in der einen Ecke. Weit und breit nix zu sehen von einem weichen, kuschligen Körbchen oder zumindest einer alten, kratzigen Decke – nix! Und ein Schläfchen auf dem kalten Betonboden schaff selbst ich nicht, obwohl mir schon im Sitzen die Augen zufallen. Kasimir ist ins unterste Regal gesprungen, wo ein alter Sack zusammengeknäult liegt, und guckt mir schon seit Stunden dabei zu, wie ich meine Kreise rund ums Auto ziehe.

»Garagentor«, murmle ich, als ich daran vorbeikomme. »Regalwand mit Plunder und 'nem Kater drin. – Kartonturm mit dem winzig kleinen Fenster oben drüber, fast unter der Decke. – Ersatzreifenhaufen, stinkt nach Gummi. – Tür in der Ecke, die aber nicht aufgeht.« Ich presse zum x-ten Mal meine Nase in den schmalen Spalt unter der Tür. Irgendwann am Abend hatte es da nämlich ganz leicht nach Zweibeineressen geduftet. Irgendwas mit Nudeln und Soße und Hackfleisch.

»Uuuuhhhuuhuuuu«, mache ich leise.

»Riechst du was?«, will Kasimir sofort wissen.

»Nein, nur Waschmittel. Und feuchte Schuhe. Und noch irgendwas anderes, irgendwie Künstliches – kenn ich nicht. Aber ich weiß noch, wie es gestern Abend gerochen hat«, stöhne ich. Gleichzeitig knurrt mein Magen so dermaßen laut, dass ich denke, die Zweibeiner im Haus hinter der Tür müssen das hören. »Wann kommt denn endlich wieder einer und lässt uns hier raus?!«

»Das kann noch dauern«, erwidert Kasimir. Au, Mann, manchmal ist der Boss echt gnadenlos. »Gestern war der erste Tag vom Wochenende. Das heißt, heute ist der zweite Tag. Die Zweibeiner werden nicht aus dem Haus stürzen und mit dem Auto irgendwohin fahren. Sie werden lange schlafen und beim Frühstück Zeitung lesen. Und dann … irgendwann …«

»Also, wenn das noch viel länger dauert, kann ich für nix garantieren«, presse ich zwischen meinen Kiefern durch. »Meine Blase ist ja einiges gewöhnt, aber langsam geht's echt nicht mehr.«

»Du wirst doch deine gute Erziehung nicht vergessen?!«, sagt Kasimir und fängt an, sich zu putzen. Der hat Nerven.

»Hast du denn keinen Hunger?«, jammere ich. »Ich meine, als Mops braucht man doch sein regelmäßiges Futter. Opa Schulze hat immer gesagt, das ist total wichtig. Und Mads achtet da auch drauf. Besonders, wenn ich ihn rechtzeitig daran erinnere. Überhaupt hab ich null Ahnung, was passiert, wenn ich nicht mein regelmäßiges Futter kriege. Wer weiß, vielleicht macht es gleich einfach ›Peng!‹, und ich kipp um – einfach so. Oder ich bekomm solche Wahnvorstellungen wie der Zweibeiner, den wir damals in diesem Krimi im Fernseher gesehen haben. Weißt du noch? Der hat so Sachen gesehen, die gar nicht da waren. Wenn ich's mir recht überlege, kommt es mir fast schon so vor, als würde ich da vorne meinen Napf stehen sehen. Ja, mein Napf, bis oben gefüllt mit meinem Trockenfutter und einem Klacks aus deiner Katzenfutterdose. Ich glaub, ich kann es fast schon riechen. Wenn meine Nase nur nicht so trocken wäre. Die ist schon ganz staubig. Durst hab ich nämlich auch. Wenn wir wenigstens …«

»Hör auf, so herumzuschwadronieren!«, unterbricht Kasimir mich ziemlich rüde. »Das stört mich beim Nachdenken.«

Ich bin natürlich sofort still.

Eine Minute, zwei Minuten, drei Minuten.

»Kasimir?«, flüstere ich dann.

»Hm …«, macht er.

»Soll ich dir mal was sagen? So langsam geht mir echt auf, du holst das Beste aus mir raus! Ich hatte nämlich keine Ahnung, dass ich das überhaupt kann.«

Kasimir blinzelt. »Was denn?«

»Schwano…schweino…rieren«, erwidere ich. Und dann, wie soll ich sagen, fallen mir einfach die Augen zu, und ich schlafe genau an dem Fleck, wo ich gerade noch gestanden habe, ein.

***

Als ich aufwache, wird es schon wieder dämmrig. Durch den Spalt unter dem Garagentor und das winzige Fenster oben unter der Decke dringt nur noch ein schmaler Lichtstreifen hier ein.

Au Mann, eine ganze Nacht und ein ganzer Tag in dieser muffigen Garage. Wahrscheinlich werden wir wirklich bald verhungern.

Es ist sehr still in diesem Raum mit dem Auto, dem alten Krempel, den Reifen und der verschlossenen Tür.

»Kasimir?«, flüstere ich. »Bist du da?«

»Hm …«, höre ich. Als ich mich recke, kann ich alle meine Knochen spüren und am meisten meine Blase. Aber Kasimir sehe ich nicht. Er ist nicht mehr im Regal.

»Hier oben«, maunzt er mir zu.

Tatsache! Da sitzt er doch echt ganz oben auf dem Auto.

»Was machst du denn da?«, will ich natürlich sofort wissen. Kasimir macht nie irgendwas ohne Grund. Der kennt sich nämlich aus in seinem Fach.

»Ich werde tun, was getan werden muss«, brummt er jetzt.

Und dabei guckt er unentwegt an die Wand mit dem Kartonstapel. Genauer gesagt auf das kleine Fenster, das oben über dem höchsten Karton, knapp unter der Decke, zu sehen ist.

»Ähm … sach ma, du hast doch nich vor, da rüberzuspringen, oder?«

Bei dem Gedanken ist mir echt nicht wohl. Der Abstand kommt mir mächtig weit vor. So irre mächtig weit, dass ich nie im Leben draufkommen würde, da hochspringen zu wollen. Und ich springe ja auch öfter mal. Okay, ich hab schon ein bisschen Mühe, wenn ich aufs Sofa will. Aber diese Entfernung ist wirklich nicht zu schaffen!

»Positiv«, antwortet Kasimir.

»Abba … abba …«, stammle ich.

»Ruhe!«, motzt Kasimir, ohne mich anzusehen. »Ich muss mich konzentrieren.«

Ich werd nich mehr! Mannomann, das endet mit Kater in Kartonhaufen, wetten?! Kann nicht gut gehen. Das sieht doch ein blinder Mops mit einer …

Kasimir springt.

Es ist ein einziger, gewaltiger Satz, der ihn durch die halbe Garage fliegen lässt. Er landet zwar scheppernd auf dem Kartonturm, aber der fängt bedrohlich zu schwanken an.

Doch Kasimir, nicht faul, stemmt sich hoch und setzt noch eine Etage höher. Jetzt ist er echt am Fenster und schlägt seine Krallen dagegen. Mit den Hinterpfoten stützt er sich kräftig ab. Das ist jetzt echt zu viel für den Kartonturm. Klappernd und scheppernd stürzt er in sich zusammen. Ein paar Kartons landen auf dem Auto und einer fliegt sogar in meine Richtung. Deckung!

Als der Krach aufgehört hat, linse ich vorsichtig um die Ecke.

Kasimir balanciert oben auf dem kleinen Mauervorsprung direkt vor dem Fenster.

»Voll krass, ey!«, rutscht es mir raus.

»Mach die Schnauze zu«, sagt Kasimir. Aber ich kann seiner Stimme anhören, dass er auch froh ist, dass er es geschafft hat. »Und halt die Ohren steif. Ich hole Hilfe.«

Damit dreht er sich um und schlüpft dünn wie eine Maus durch den schmalen Fensterspalt ins Freie.

Ohren steifhalten?

Ich zucke ein bisschen mit beiden. Aber das ist echt nicht einfach, wenn es an einer anderen Stelle vom Körper derartig drückt und zwickt.

Moment mal. Jetzt wo der Boss weg ist, wird es ja wohl nichts ausmachen, wenn ich mal kurz …

Ich trabe zum Garagentor und hebe mein Bein. Ach, ist das schön, wenn der Schmerz nachlässt.

7. Kapitel – Kasimir

Wieder einmal habe ich gezeigt, was in mir steckt! Für einen geschickten Kater wie mich ist kein Kartonstapel zu hoch, kein Fensterspalt zu schmal.

Tut das gut, wieder frische Luft zu atmen.

Ich springe vom Garagenfenster hinunter auf die Mülltonne und von der aus auf den Boden. Danach laufe ich um das Gebäude herum und orientiere mich kurz vorne an der Straße … Vor vierundzwanzig Stunden sind wir derart kreuz und quer durch unser Viertel gestreift, dass ich nicht auf Anhieb weiß, in welche Richtung ich laufen muss. Aber nachdem ich kurz innegehalten habe, zieht es mich unwiderstehlich nach links. Also los!

Es ist bereits dunkel, und heute sind nicht mehr viele Zweibeiner unterwegs, denen ich ausweichen muss. Ein deutliches Indiz dafür, dass das Wochenende vorbei ist. Denn dann werden auch die Menschen wieder sesshafter und bleiben früh zu Hause. Weil sie ja am nächsten Morgen früh aus dem Bett und dem Haus stürzen müssen.

Ungehindert komme ich also zwei Straßenzüge weit. Dann biege ich vom Bürgersteig ab in einen Vorgarten und überquere das gesamte Grundstück. Wenn ich jetzt noch über die halbhohe Backsteinmauer springe und dann an dem Wintergarten vorbeischleiche, in dem ich die gewisse rote Blume besorgt habe …

»Sieh an, sieh an«, höre ich da plötzlich dicht hinter mir eine leider nur zu vertraute näselnde Stimme. »Der kleine Kasimir mal wieder in fremden Revieren unterwegs. In … verbotenen Revieren.« Es ist der Große Weiße. Hell leuchtet er aus dem dunklen Grün der Hecke hervor.

»Oh, hallo«, sage ich und werfe einen kurzen Blick zur Mauer. Verflixt! Das hat der Große Weiße auch gesehen. Mit hoch gehobenem Schwanz stolziert er hinüber und bezieht genau da Position, wo ich die Mauer überqueren wollte.

Es ist schon ein paar Wochen her, dass wir uns zuletzt gesehen haben. So groß und beeindruckend hatte ich ihn gar nicht in Erinnerung. Wahrscheinlich, weil damals Kalle und ich ihn gemeinsam in einem fairen Kampf zwei Kleine gegen einen Riesen besiegt haben.

Genau das scheint mein Gegenüber nicht vergessen zu haben.

»Der Große Weiße fragt sich, wieso der kleine Kasimir hier so allein herumstreunt. Wo ist denn dein kleiner, dicker Freund?«, säuselt er.

»Ähm … oh … gleich um die Ecke, schätze ich mal. Kalle, du bist doch in Hörweite, oder?«, rufe ich und ärgere mich furchtbar darüber, wie kläglich meine Stimme dabei klingt.

Doch der Große Weiße faucht leise und spreizt seine Vorderpfoten, sodass ich die gewaltigen Krallen an seinen Pranken sehen kann. »Lüg nicht!«, knurrt er. »Der Große Weiße hat dich schon die ganze Straße entlang beobachtet. Dein hässlicher Kumpel war nirgends zu sehen.«

Ich muss schlucken. Und ich fürchte, dadurch wirke ich nicht ganz so souverän wie normalerweise. Denn auch das sieht der Große Weiße und verzieht sein plattes Gesicht zu einem schäbigen Grinsen. Das kann ich so nicht stehen lassen.

»Aha?«, sage ich und versuche, ebenso zu grinsen. »Die ganze Straße entlang hast du mich beobachtet. Um sicherzugehen, dass mein treuer Freund nicht in der Nähe ist. Du hast doch nicht etwa Angst, dass wir dich noch einmal schlagen?«

Kalle ist manchmal etwas schwer von Kappee. Und Schwierigkeiten mit Fremdwörtern hat er auch. Aber wenn ich eines von ihm gelernt habe, dann ist es: Man lässt sich nicht alles gefallen von einem, der doppelt … ähm … dreimal so groß ist wie man selbst. Er wäre jetzt bestimmt stolz auf mich.

Hoffentlich gibt es irgendeinen Zeugen, der ihm meine letzte Heldentat übermitteln kann, wenn der Große Weiße jetzt Hundefutter aus mir macht.

Das Knurren des Großen Weißen vertieft sich, und sein Rückenfell sträubt sich zu einem Buckel, der ihn noch größer erscheinen lässt. Ich kneife die Augen zusammen. Doch zu meiner Überraschung springt er nicht los, um mich anzugreifen. Nein, er starrt mich nur weiter so hypnotisierend an.

»Der Große Weiße«, sagt er dann leise, »kennt keine Angst, kleiner Kasimir. Aber du und dein unfähiger schwarzer Schatten werden die Angst kennenlernen.«

»Tatsächlich?«, erwidere ich möglichst von oben herab. Was irgendwie nicht recht gelingen will, wenn der Gegner so viel größer ist. Wieder huscht mein Blick zur Mauer hinüber.

»Taaaaatsächlich«, wiederholt der Große Weiße. Steifbeinig vor lauter Kraft steht er auf und versperrt mir damit erst recht den Weg. »Der Große Weiße hat nämlich einen brutalen Untergebenen gefunden. Sein Name ist … B r u t u s. Sein Gebiss ist so scharf und gewaltig, dass er den kleinen Kasimir mit einem einzigen Happs zweiteilen könnte.«

Brutus? Das klingt … ähm … nicht angenehm.

»Ach, was?«, würge ich heraus. »Das muss ja ein wirklich großer, groooooßer Kater sein, dieser … Brutus.«

Der Große Weiße schnaubt verächtlich. »Der Gehilfe vom Großen Weißen, der gefürchtete Brutus, ist kein Kater, dummer Kasimir. Brutus mit dem Raubtiergebiss und der Donnerstimme ist ein Hund. Von so beeindruckender Statur und so grauenvollem Wesen, dass niemand außer seinem Herrn und Meister vor ihm sicher ist.«

Okay. Das klingt mehr als nur nicht angenehm.

Vorsichtig sehe ich mich nach allen Seiten um.

»Den Kollegen würde ich ja wirklich gerne kennenlernen«, sage ich. »Jetzt gerade ist er wohl nicht zufällig dabei?«

Es wären nur drei oder vier Sprünge. Erst blitzschnell nach links, dann einen Haken nach rechts und dann zack, zack, rauf auf die Mauer und nichts wie weg.

»Du willst weglaufen?«, erkennt der Große Weiße ganz richtig. »Kannst du, kannst du. Lauf ruhig. Der Große Weiße hat heute kein Interesse an einem Kampf. Viel lieber wird er zusehen, wie sein großer, gefährlicher Untertan dir mit seinen riesigen Reißzähnen zusetzt. Wie er dich packt und schüttelt und ...«

Ich renne los.

Mein Fell hat sich ganz von allein gesträubt, während ich am Großen Weißen vorbeischieße und über die Mauer setze. Ab durch den angrenzenden Garten, am Wintergarten vorbei, durch die Hecke, über den Rasen. Noch lange kann ich hinter mir sein hohes, gehässiges Lachen hören.

***

Als ich unseren Garten erreiche, überkommt mich ich eine Welle der Erleichterung. Natürlich hätte ich gemerkt, wenn ich verfolgt worden wäre. Aber trotzdem war mir ein- oder zweimal so, als spürte ich den heißen Atem eines gewaltigen, rotrachigen Köters hinter mir.

Daher könnte ich aufgewühlter kaum sein, als ich durch den Garten auf die Terrassentür zutrabe. Schon von hier kann ich sehen, dass drinnen Licht brennt.

Ich schlüpfe durch die Katzenklappe, die leise klappert. Doch Linna hat es offenbar nicht mitgekriegt, denn ich kann sie in der Küche sprechen hören: »Okay, wir haben die umliegenden Tierheime und Tierschutzvereine angerufen, haben den Tasso-Tiersuchdienst informiert, die Zettel mit den Fotos kopiert und überall aufgehängt. Was können wir noch machen? Was haben wir übersehen?«

»Morgen verteile ich an alle Streifenwagen die Zettel. Die Kollegen werden bestimmt die Augen offen halten«, antwortet eine männliche Stimme. Das ist Mads!

Ich trabe um die Ecke der Küchentür. Da stehen die beiden nebeneinander am Fenster, beide eine dampfende Tasse in den Händen.

»Mau?!«, mache ich.

Beide fahren so schnell herum, dass sie etwas von der heißen Flüssigkeit verspritzen. Doch keiner von ihnen achtet darauf.

»Kasimir!«, kreischt Linna und stürzt auf mich zu. Die Tasse knallt auf den Tisch.

Sie sinkt vor mir auf den Boden. »Geht's dir gut, mein Kleiner? Du siehst ja ganz zerzaust aus.« Ihre Hände betasten und untersuchen mich, während sie leise schluchzt.

Mads steht neben ihr und legt eine Hand auf ihre Schulter. Sie sieht mit tränennassem lächelndem Gesicht zu ihm auf und lässt sich von ihm aufhelfen.

»Gott sei Dank!«, seufzt Linna. Mads zieht sie in seine Arme, und sie schmiegt ihren Kopf an seine Brust.

Hey, das sieht gut aus. Ich meine, es sieht so aus wie früher. Linna und Mads, gemeinsam hier in der Küche, wie sie sich anfassen und ansehen. Ja, das sieht ganz anders aus als neulich an der Straße.

Doch offenbar fällt den beiden auch auf, dass nur ich zurückgekommen bin. Linna löst sich von Mads, und gemeinsam gehen sie rasch durchs Wohnzimmer, öffnen die Terrassentür, und Mads ruft hinaus: »Kalle? Hey, Kalle-Kerlchen?!«

Nachdem sie kurze Zeit in den Garten hineingelauscht und -gespäht haben, sehen Linna und Mads sich traurig und ratlos an.

Jetzt liegt alles an mir!

Ich dränge mich an Linnas und Mads Beinen vorbei und flitze um die Hausecke.

»Kasimir!«, ruft Linna und rast hinter mir her.

Vorn setze ich über den Zaun und bleibe dann auf dem Bürgersteig sitzen. Gerade so, dass sie mich nicht erreichen kann.

»Kaaaasimiiiir«, flötet Linna mit ihrer lieblichsten Stimme. Ich kann aber darin auch eine gehörige Portion Panik hören. »Komm doch wieder her, mein kleiner Schmusebär. Nicht wieder weglaufen. Na, koooomm zu mir!«

»Mau!«, mache ich selbstbewusst.

Sie sieht sich hektisch nach Mads um, der gerade neben sie tritt. »Bleib du hier und behalt ihn im Auge. Ich renn schnell rein und komm vorne mit etwas Katzenpaste raus. Die liebt er.« Und schon ist sie weg.

»Na, Kasimir«, murmelt Mads, während er mich beobachtet. »Da hast du Linna aber einen ganz schönen Schrecken eingejagt.« Er hält kurz inne und fährt dann noch leiser fort: »Ehrlich gesagt hatte ich ja gehofft, dass ihr Jungs zusammen unterwegs seid. Kalle kann nämlich nicht so gut auf sich allein aufpassen wie du.«

Wem sagt er das? Schließlich spricht er von meinem Assistenten, den ich mittlerweile ziemlich gut kenne, wie das in erfolgreichen Ermittler-Duos eben so ist.

Mads wirkt sehr besorgt. Aber ehe mir etwas einfällt, wie ich ihn vielleicht ein bisschen beruhigen könnte, höre ich die Haustür einschnappen, und Linna kommt um die Ecke. Sie hat tatsächlich die Tube mit der exquisiten Feinschmeckerpaste dabei. Die ist … die ist wirklich köstlich. Ich merke, dass auch ich einen ganzen Tag lang nichts zu essen hatte. Aber ich muss mich zusammenreißen! Zuerst muss mein Assistent befreit werden! Ich bleibe hart, aber die Paste duftet derart, dass ich beinahe genauso rumsabbere wie der schwarze Mops.

»Komm, Kasimir, na koooomm«, schmeichelt Linna.

Doch ich widerstehe der herrlichen Versuchung. Durch mein untrügliches Gespür weiß ich nämlich, dass dies meine einzige Chance ist. Linna ist zwar eine wunderbar feingliedrige Zweibeinerin. Aber wenn sie will, kann sie sehr kräftig zupacken und auch einen stattlichen Kater wie mich festhalten. Und dann wäre es aus mit meiner Kalle-Rettungsaktion.

Also weiche ich langsam Schritt für Schritt vor ihr zurück.

»Oh nein!«, jammert Linna. »Normalerweise kommt er immer, wenn ich die Paste habe.«

»Ich helf dir«, entscheidet Mads und setzt in einem einzigen Satz mit seinen langen Beinen seitlich über den Zaun. Wow! Fast so gut wie ich. Nur leider ziemlich durchschaubar die ganze Aktion. Natürlich will er sich von hinten an mich ranpirschen. Aber da hat er nicht mit mir gerechnet.

Geschmeidig weiche ich zur Seite aus, sehe einmal nach links und nach rechts, dann renne ich über die Straße. Ich kann hören, wie Linna scharf einatmet.

Auf der anderen Seite setze ich mich hin und putze mich.

»Der hat ja die Ruhe weg«, brummelt Mads.

Daraufhin schaue ich zur Straßenecke vor mir. In dieser Richtung liegt die Garage, in der Kalle festsitzt. Dann blicke ich zurück zu Linna. Und dann wieder zur Ecke.

Linna sieht mich genau an. »Nein, warte, Mads, ich glaube fast … ja, ich glaube, Kasimir will, dass wir ihm folgen.«

Ich schnurre. Meine Linna ist eben doch die Beste!

Mads betrachtet mich skeptisch. Doch dann zuckt er mit den Schultern. »Dann schauen wir mal, wo er hinwill.«

Na endlich!

Die beiden wechseln ebenfalls die Straßenseite. Ich eile vorneweg, Linna und Mads immer ein paar Schritte hinter mir. Sie sind bald ziemlich außer Atem, aber eine Pause kommt nicht infrage. Mein treuer Assistent, der selbst schon mehr als einmal Kopf und Kragen für mich riskiert hat, wartet bestimmt bereits ungeduldig.

Als wir schließlich an der Garage ankommen und ich maunzend vor dem Tor hin und her streiche, hören wir drei plötzlich von drinnen ein Röcheln und Schnaufen.

»Wir sind da, Kalle«, rufe ich meinem Assistenten zu.

»Super«, antwortet er mit schwacher Stimme. »Obwohl … ich glaub, ich bin schon verhungert …«

»Kalle!«, entfährt es Mads und Linna gleichzeitig. Und der Polizist Mads, der eigentlich wissen müsste, dass man so was nicht machen darf, greift an den Riegel der Garage, dreht ihn herum und zieht das Tor auf.

Heraus kommt eine kleine schwarze Gestalt gewankt, an deren Ende ein lächerlich geringelter Schwanz wackelt.

»Mensch, Kalle!«, flüstert Mads, nimmt ihn hoch und hält ihn auf dem Arm, während Linna abwechselnd Kalle, Mads und natürlich mich streichelt.

»Du wusstest, dass Kalle hier drin ist, oder?«, sagt sie leise zu mir.

»Kasimir und ich waren doch beide eingeschlossen. Weil wir den Wagen unter der Plane so verdächtig fanden. Erst hatten wir keinen Schimmer, wie wir wieder rauskommen sollten. Aber Kasimir hatte so viel Mumm und ist durch das winzig kleine Fenster gesprungen. Da hätt ich nie im Leben durchgepasst. Ich muss nur leider mitteilen … ich hab von innen gegen das Garagentor gepullert«, sagt Kalle.

»Sie können dich nicht verstehen«, erinnere ich ihn.

»Ach ja«, sagt er.

»Und jetzt?«, fragt Linna, nachdem Mads das Garagentor wieder geschlossen hat. »Sollen wir bei den Leuten klingeln und ihnen Bescheid sagen?«

Mads sieht auf die Uhr an seinem Handgelenk und schüttelt den Kopf. »Schon viel zu spät. Die würden einen Heidenschrecken kriegen, wenn wir jetzt auftauchen. Wahrscheinlich haben sie es gar nicht gemerkt, dass sie versehentlich einen Hund eingeschlossen haben.«

»Und einen Kater«, wirft Kalle noch ein.

Linna bückt sich und hebt mich auf ihren Arm, was ich mir jetzt gern gefallen lasse. Sie hat doch immer noch die Tube mit der Paste in der Tasche.

Seite an Seite gehen sie und Mads die Straße wieder hinunter.

»Das war ja vielleicht ein Abenteuer, was?«, meint Mads und krault im Laufen Kalle hinter den Ohren, der behaglich seufzt und die Augen schließt. Wahrscheinlich pennt er gleich ein. »Schweineohren …«, murmelt er noch schläfrig. »Trockenfutter … Käse … Würstchen vom Grill …«

»Ja«, bestätigt Linna nachdenklich. »Und wir waren ein super Team, oder?«

Mads wirft ihr einen überraschten, aber hocherfreuten Blick von der Seite zu. »Auf jeden Fall«, stimmt er ihr dann rasch zu. »In so einer Notsituation stellt sich meistens erst raus, ob man gut zusammenpa…, zusammenarbeiten kann.«

Linna macht leise: »Hm«.

Mads setzt hinzu: »Apropos arbeiten: Stell dir vor, ich hab meine Versetzung in die alte Abteilung beantragt. Dann wäre ich wieder in Rainers Team und in Sachen Ermittlung im Außendienst unterwegs.«

»Wirklich?« Linna räuspert sich. »Das freut mich für dich. Die Arbeit im Außendienst ist bestimmt interessanter, oder?«

Mads nickt eifrig. »Viel interessanter.« Dann holt er tief Luft: »Ich wär dann auch nicht mehr in meiner jetzigen Abteilung. Und in der Kantine müsste ich dann auch nicht mehr essen. Es schmeckt dort sowieso nicht besonders gut.«

Linna lacht leise und bleibt mitten auf dem Bürgersteig stehen. Mads legt eine Vollbremsung hin und dreht sich mit dem schlafenden Kalle auf dem Arm zu ihr.

»Ach, Mads«, seufzt Linna da leise, und sie sehen sich sehr lange und sehr intensiv an.

Weil ich auf Linnas Arm sitze, kann ich die unterschiedlichen Ausdrücke auf Mads Gesicht sehr gut erkennen. Ein bisschen Angst. Ein bisschen Zweifel. Jede Menge Hoffnung. Und sehr viel Zärtlichkeit. Bis er schließlich mit rauer Stimme sagt: »Aber eigentlich tu ich das nur für dich.«

»Ich weiß«, haucht Linna.

Und dann beugen sie sich zueinander und küssen sich.

»Vorsicht, bitte! Hier sind noch ein Kater und ein Mops, die nicht zerquetscht werden wollen«, schnurre ich.

8. Kapitel – Kalle

»Au Mann, Kasimir, wie haben wir das gemacht?«, rufe ich und renne vom Körbchen neben dem Sofa zur Katermopsklappe in der Terrassentür und wieder zurück. »Echt nicht zu fassen, oder? Ich mein, gestern steckten wir noch in dieser fiesen Garage fest, und meine Blase … und mein Magenknurren … und dann sind wir plötzlich beide wieder hier. Und ich hab einen riesen Napf voll mit Futter bekommen. Und durfte auf dem Sofa schlafen. Und heute Morgen, ganz früh, hat Mads mein Körbchen geholt und es wieder hier neben das Sofa gestellt. Und einen Koffer mit Sachen von sich hatte er auch mit.«

»Weißt du, Kalle«, schnurrt Kasimir, der auf der Sofalehne hockt und mir zusieht. »Ich war auch dabei. Du musst mir den Ablauf nicht wieder und wieder erzählen.«

»Sorry, Boss!«, sage ich schnell. »Ich bin einfach so völlig von den Pfoten. Aber sach ma, was hast du denn die ganze Zeit nur so gemacht, ganz alleine hier, ohne mich? Ich jedenfalls hab mich schreeeecklich gelangweilt.«

Kasimir gähnt ein bisschen und sieht aus dem Terrassenfenster in den Garten. Total lässig ist der. So lässig könnt ich nie sein.

»Ach, so dies und das«, sagt er. »Ein viel beschäftigter Ermittler hat schließlich immer was zu tun.«

»Und was?«, will ich wissen.

Kasimir wendet den Kopf und guckt mich ein wenig missgestimmt an. »Nun, beispielsweise bin ich mit Linna häufig vorne rausgegangen.«

»Nein! Echt?! Vorne raus? Nicht immer nur in den Garten? Mann, Kasimir! Das wolltest du früher doch überhaupt nicht. Und jetzt hast du das sogar öfter gemacht?« Irgendwas muss ich richtig gemacht haben, denn Kasimir sieht gleich nicht mehr so schlecht gelaunt aus. Er leckt sich die Pfote und fährt sich damit übers Gesicht. Diesen Tick kann er echt nichts lassen.

»Und wohin seid ihr dann so gegangen?«, erkundige ich mich.

»Zum Beispiel zu Nancy«, antwortet Kasimir. »Die macht die besten Masken der Stadt.«

Masken? Genial! »Was denn für Masken?«

»Das ist so ein Zweibeinerding. Da schmieren die sich so Zeugs ins Gesicht«, erklärt Kasimir. »Ich selbst hab natürlich nie eine bekommen. Aber Nancy hat noch andere Vorteile. Beispielsweise Feinschmecker-Lachshäppchen in der Schublade. Und von denen bekomm ich immer eins, wenn ich mitkomme.«

Lachshäppchen? Hör ich richtig? Die sind das allergigomatischte Leckerchen, das ich mir denken kann! Und davon 'ne ganze Schublade voll? Mir bleibt die Schnauze offen stehen. Aber weil ich mir diese von Lachshäppchen nur so überquellende Schublade vorstelle, krieg ich gleich wieder dieses Problem mit der Spucke. Ich klappe den Fang zu und schlucke.

»Lass uns doch hingehen, und du stellst mich ihr vor!«, schlage ich vor.

»Auf keinen Fall!«, entscheidet Kasimir. »Wir haben einen Fall zu lösen!«

Menno! – »Aber … aber wir müssen uns doch eh noch in den Straßen ein bisschen mehr umsehen. Und wenn wir also sowieso auf Patrolle gehen, können wir doch auch mal kurz bei dieser netten Nancy vorbeischauen. Oder?«

Kasimir hört auf, sich zu putzen, und betrachtet mich einen Moment lang. Dann murmelt er leise etwas, das so ähnlich klingt wie »Wenn's um Futter geht, kann er sein Hirn also doch benutzen …«.

»Wie meinst 'n das?«, hake ich gleich nach. »Hm? Was heißt hier, Hirn benutzen? Und wenn es ums Futter geht? Hm?«

»Schon gut, schon gut«, brummt Kasimir und springt von der Sofalehne. »Wir gehen hin.«

»Echt jetzt?! Hammer!« Ich renne zur Katermopsklappe und bin schon vor Kasimir draußen. Kann sein, dass ich hinter mir noch höre: »Und schnell wird er auch.« Aber kann auch sein, dass ich mich verhört hab.

***

Voll cool, dass Kasimir das mit dem morschen Zaunbrett entdeckt hat. Klippklapp, wusch auf dem Nachbargrundstück entlang, schiebschieb durch die Hecke, und schon steh ich draußen.

Kasimir, der den kürzeren Weg ums Haus herum genommen hat, springt vom Zaun aus neben mich, und gemeinsam zockeln wir los.

Den Weg kennt Kasimir genau. Kein Wunder. Lachshäppchen, jammi!

Ein paar Straßen und kurze Zeit später sind wir auch schon da.

Kasimir sieht auf die gläserne Tür eines Ladens, aus dem es ziemlich künstlich riecht.

»Bah«, mache ich und muss niesen.

Kasimir ist aber damit beschäftigt, die Tür anzustarren. Doch die geht und geht nicht auf.

»Wie kommen wir da rein?«, frage ich. »Ich glaub, ich kann da drinnen schon die Schublade sehen.«

»Normalerweise macht Linna die Tür für uns auf«, murmelt Kasimir. »Vielleicht versuchen wir es mal hinten? Ich weiß, dass da ein Fenster in den Hof rausgeht.«

Na, dann aber los! Ich wetze um die Hausecke und bremse erst, als ich im Hof ein Fenster neben einer bodentiefen Glastür entdecke. Die Tür ist zu, aber das Fenster ist gekippt.

»Da ist sie ja«, sagt Kasimir. »Die junge mit dem weißen Kittel, das ist die nette Nancy.«

Wir gucken von hier aus in einen Raum, in dem es ... ich sach ma, echt merkwürdig aussieht. Da steht eine Liege und ein paar große Stühle, die aussehen wie Opa Schulzes Fernsehsessel – mit so Stützen für die Füße und so. Außerdem gibt es jede Menge Geräte und Lampen und lauter so Sachen, die ein Mops nicht braucht.

In einem der Fernsehsessel ohne Fernseher sitzt eine alte Frau und streckt ihre Füße in den Schoß der netten Nancy, die gerade dabei ist, mit einem Gerät an den Zehen rumzumachen. Das Gerät summt. Trotzdem sind die beiden Zweibeiner gut zu verstehen.

»Ist es recht so, Frau Auental? Sie sagen doch Bescheid, wenn es vielleicht mal zwackt? Aber Sie wissen ja, diese Hühneraugen sind nicht von schlechten Eltern«, sagt Nancy, während sie summt und poliert und summt und poliert.

Hühneraugen? Ich gucke und gucke. Nichts zu sehen von Hühnern. Dabei kenn ich mich mit denen aus. Opa Schulze kannte welche persönlich von dem Bauernhof, wo wir unsere Eier gekauft haben. Die waren immer schwer beschäftigt, diese Hühner. Haben gegackert und gescharrt und gepickt und so. Nur ist von denen hier weit und breit nichts zu sehen. Ich weiß aber, dass es auch Leckerchen gibt, die so heißen. Vielleicht ist hier ja davon die Rede? Au, Mann, ich flipp aus! Nicht nur Lachshäppchen, sondern auch noch Hühneraugen! Die Schubladen müssen ja voll beladen sein!

Die alte Frau winkt mit der Hand ab, an der es vor lauter Ringen nur so funkelt. »Sie machen das wirklich ganz wunderbar, Frau Schneider. Hab ich Ihnen ja schon beim letzten Mal gesagt: Ich hätte gar nichts dagegen, wenn Sie das Kosmetikstübchen übernehmen könnten.«

Kasimir, der auf das Fensterbrett gesprungen ist, wispert plötzlich: »Maritta!«

Ich hab null Ahnung, was er damit meint.

»Hey, Kasimir, mach dich doch mal bemerkbar. Hier runter gucken die sowieso nicht«, schlage ich vor.

Doch Kasimir zögert. Was is' denn jetzt los?

Aber bevor ich nachfragen kann, geht vorne im Laden eine kleine Glocke. Pling Plang Plong!, macht es.

»Entschuldigen Sie bitte kurz«, sagt Nancy zu Frau Auental, legt das Gerät zur Seite und geht nach vorne.

Ich schaue hoch zu Kasimir. Und der bekommt plötzlich ganz große Augen. Mit einem Satz springt er runter zu mir und schubst mich ein Stück zur Seite.

»Ey!«, maule ich. Doch er macht: »Pssssst! Da ist diese Sibylla.«

»Sibylla?«, flüstere ich. »Etwa die, von der du mir erzählt hast? Die mit dem heißen Wasser und den Karten und den Fotos von Linnas Wohnung?«

»Genaaau«, zischelt Kasimir und linst vorsichtig an mir vorbei durch die Glastür. Ich linse mit.

Frau Auental sitzt immer noch in ihrem Fernsehsessel. Aber wir können an ihr und einer Theke vorbeisehen. Da steht tatsächlich eine Frau mit langen schwarzen Locken, roter Bluse und schwarzem Rock. Immer wenn sie die Arme bewegt, klimpert es.

»Mein Name Sibylla, kann dir Zukunft vorsagen«, sagt sie zu Nancy mit einer Stimme, die irgendwie genau so klingt, wie sie aussieht: voll schräg.

»Tut mir leid, aber ich habe gerade eine Kundin. Wir brauchen Ihre Hilfe nicht«, antwortet Nancy.

Dieser schräge Vogel Sibylla guckt Nancy einen Moment

lang echt tief in die Augen. Und dann sagt sie: »Kann wirklich sein, du brauchst mich nicht, Nancy. Aber Kundin da hinten, braucht ganz sicher Rat.«

Die alte Frau Auental richtet sich in ihrem Sessel auf, und jetzt linsen wir schon zu dritt um die Ecke.

Nancy lacht hölzern. »Nein, wirklich. Das geht nicht. Ich kann doch nicht meine Kundinnen …«

»Dir sagen kann, dass du auf gutem Weg. Tod deiner Eltern verwinden wirst. Oh ja, und Liebe wird kommen in dein Leben …«

»Woher wissen Sie …?«, stammelt Nancy sprachlos. Also, ich wär auch platt. Da kommt so eine alte Krähe daher und weiß irgendwas, was sie doch eigentlich nicht wissen kann.

»Aber Dame Margarete braucht Rat. Hat ihren Sohn schon so lange nicht gesehen. Sohn möchte. Sie möchte. Jetzt wichtig richtiger Schritt. Wenn falscher Schritt vielleicht nie wieder vereint als Mutter und Sohn.« Sibylla klimpert mit den Armen.

»Also wirklich! Das geht jetzt zu weit!«, schimpft Nancy. »Bitte verlassen Sie unverzüglich …«

»Frau Schneider?«, ruft da dic Frau Auental aus ihrem Sessel. Sie klingt atemlos. Ein bisschen so wie Opa Schulze, wenn er mich gejagt hat, weil ich seinen Hausschlappen geklaut hatte. »Frau Schneider, bitte lassen Sie mich doch kurz mit der Dame sprechen.«

Nancy guckt nach hinten zu Frau Auental, dann nach vorn zu Sibylla. Schließlich zuckt sie mit den Schultern.

Sibylla klimpert auf uns zu. Kasimir und ich gehen noch etwas mehr in Deckung.

»Dame Margarete Auental«, sagt Sibylla und streckt der ihre Hand entgegen, wie Zweibeiner das immer so machen.

»Ich kenn sie unter Maritta«, flüstert Kasimir mir ins Ohr.

»Woher denn?«, will ich leise wissen. Doch Kasimir hat mich offenbar nicht gehört, denn er antwortet nicht.

»Frau …?«, fragt Margarete-Maritta Auental.

»Mein Name Sibylla«, sagt Sibylla mit einem Lächeln, bei dem ihre krasse Gesichtsbemalung eigentlich abbröckeln müsste.

»Sie waren schon einmal bei mir zu Hause«, sagt Maritta. »Etwa vor zwei Wochen, richtig?«

Sibylla neigt den Kopf. »Nur bis zur Kamera an Tor gekommen. Aber nicht zur Dame.«

Maritta kneift die Lippen zusammen, als müsste sie es schaffen, irgendetwas nicht zu sagen. Das kenn ich. Ich rede auch manchmal zu viel. Doch dann öffnet sie doch den Mund: »Woher wissen Sie das von meinem Sohn?«

Sibylla weist mit der Hand zum Fenster hinaus. »Manchmal Karten. Manchmal Wind. Kann nie sagen, woher Wissen über Vergangenheit und Zukunft kommt.«

Nancy steht etwas hilflos neben der Theke rum und knetet ein Handtuch.

Maritta scheint längere Zeit überlegen zu müssen. Au Mann, das kenn ich auch. Diese Maritta ist mir irgendwie sympathisch.

Schließlich sagt sie, mit einem schnellen Blick zu Nancy rüber: »Es tut mir leid, dass ich Sie neulich nicht hereingebeten habe. Würden Sie mich noch einmal besuchen? Heute Nachmittag vielleicht?«

Sibylla strahlt. Ihre Augen … urgs, die sind echt gruselig. So wie Kasimir gesagt hat. »Komme heute Nachmittag, Dame Margarete.«

Dann dreht sie sich um, nickt Nancy kurz zu und verschwindet mit Pling Plang Plong! zur Tür raus.

Einen Moment lang ist es still.

Dann räuspert Nancy sich und setzt sich wieder auf den kleinen Hocker vor Marittas Füße.

»Das war ja … irgendwie … unheimlich«, sagt sie dann mit einem schiefen Lächeln zu Maritta.

Die lächelt ganz genauso zurück. »Stimmt das mit Ihren Eltern?«, fragt sie mit netter Stimme.

Nancy nickt. »Ein Autounfall. Vor zwei Jahren.«

»Das tut mir leid.«

»Danke.«

Summ, summ, polier, polier.

»Und Ihr Sohn? Woher könnte Sie das wissen?«

Maritta seufzt sehr tief. »Wenn ich das wüsste. Ich erzähle natürlich vielen Leuten von ihm. Aber dass wir seit diesem schlimmen Streit keinen Kontakt mehr haben, wissen nur wenige. Vielleicht …« Sie bricht ab und wischt sich über die Augen. »Vielleicht kann sie mir ja tatsächlich helfen, ihn zurückzuholen?!«

»Und ich wüsste nur zu gerne, was sie damit gemeint hat, als sie sagte, dass die Liebe zu mir kommt«, antwortet Nancy. Die beiden sehen sich an und lächeln. Diesmal richtig.

»Komm! Wir haben genug gehört!«, zischelt Kasimir mir zu.

»Aber …«

»Die Lachshäppchen sind auch noch da, wenn wir das nächste Mal mit Linna zur Maske hingehen. Jetzt muss ich erst mal nachdenken.«

Mist! Ich finde ja, dass Kasimir doch auch nachdenken könnte, während ich Lachshäppchen futtere – gerne auch seine mit, wenn er sie nicht will –, aber er guckt so grüblerisch, dass ich weiß, da ist nix mehr zu machen.

»Naaaa gut«, sage ich und gähne. Der Garagentag steckt mir noch in den Knochen. »Gehen wir erst mal ein Nickerchen machen.«

9. Kapitel – Kasimir

Ich spüre in den Schnurrhaarspitzen, wenn irgendetwas nicht stimmt. Wie jeder erfahrene Detektiv werde ich nicht rasten oder ruhen, ehe ich diesem Rätsel auf die Spur gekommen bin.

Natürlich sind Zweibeiner im Vorteil, weil sie lesen können. Linna selbst ist oft im Internet unterwegs – das ist dieses Ding in ihrem kleinen Computer, den sie überall hintragen kann. Da gibt es jede Menge Informationen. Ich bin mir also voll und ganz im Klaren darüber, dass zweibeinige Kommissare es wesentlich einfacher haben mit ihren Ermittlungen. Sie finden immer irgendwelche Beweise für oder gegen etwas in schriftlicher Form. Aber auch ohne handfestes Beweisstück weiß ich, dass es irgendwie nicht mit rechten Dingen zugehen kann bei dieser Sibylla.

Wenn ich nur ausreichend darüber nachdenke, komme ich auch drauf. Ich bin ganz sicher.

Tief in Gedanken versunken tripple ich neben dem dahintrottenden Kalle als plötzlich vor uns ein Schatten aus einer dunklen Gasse tritt.

»Huuuuaaaah!«, macht Kalle.

Wenn er sich richtig erschreckt, kann selbst er sein Nackenfell sträuben, auch wenn es ziemlich lächerlich aussieht.

»Ist das dieser Brutus, Kasimir?«, keucht er und will sich doch tatsächlich hinter mir verstecken. Ich wusste, es war ein Fehler, ihm davon zu erzählen.

»Unsinn, viel zu klein.« Ich recke den Schwanz in die Höhe. Denn davon abgesehen, dass der Vierbeiner viel zu klein für einen Höllenhund ist, hab ich schon erkannt, dass es sich vielmehr um eine Katze handelt. Und zwar eine, die ich in dieser Gegend noch nicht gesehen habe. Da muss ich doch gleich die Verhältnisse klarstellen.

Aufrecht trabe ich auf den Fremdling zu. Doch als wir näher kommen, verlangsamt sich mein Schritt wie von allein. Ich blinzle. Diese Silhouette. Dieses abgeknickte Ohr. Dieses struppige Fell.

»Guten Tag, guten Weg!«, krächzt der Kater vor uns mit Gießkannenstimme. Der Gruß aller Vierbeiner untereinander, die einfach nur vorbeiziehen und keinen Ärger machen wollen.

Jetzt nur nichts anmerken lassen.

»Guten Tag, guten Weg«, erwidere ich und schaue starr geradeaus. Vielleicht, wenn ich ihn nicht direkt anschaue …

Doch da kommt das, was ich befürchtet habe: »Rotfleckchen?«, röhrt es.

Kalles Kopf fliegt herum. Ich kann nicht so tun, als ob ich es nicht gehört hätte.

»Oh, hallo, Streuner«, sage ich. »Auf den ersten Blick hab ich dich gar nicht erkannt.«

»Dabei hab ich mich bestimmt weniger verändert als du«, lacht der grau getigerte Kater rau. »Wie gut genährt und reinlich du aussiehst. Und einen Freund hast du auch?«

»Wer is' 'n das, Kasimir?« Kalle sieht vollkommen perplex aus

»Oh!«, macht Streuner. »Kasimir nennt man dich jetzt, Rotfleckchen?!«

»Ganz recht«, antworte ich etwas steif. »Meine Zweibeinerin hat mir den Namen gegeben.«

»Aaaahh, jaaaa, ich erinnere mich … erinnere mich … als sie dich abgeholt hat, damals. Du kommst also nicht mehr zurück zu …?«

»Nein!«, werfe ich rasch ein. »Nein, ich komm nirgends hin zurück. Ich wohn jetzt hier. Mit Linna. Und Mads.«

»Und mir!«, setzt Kalle hinzu.

»Das ist Kalle«, sage ich. »Kalle, das hier ist … Streuner. Wir kennen uns von … von früher …«

Kalle starrt den zerzausten Kater mit großen Augen an. Verflixt, er sieht aus, als würden gleich Unmengen von Fragen aus ihm herauspurzeln.

»Wir müssen leider dringend weiter!«, entscheide ich schnell und laufe los.

»Hey, Kasimir, warte doch.« Kalle hat Mühe, mich einzuholen. Ich warte kurz auf ihn und eile dann weiter. Neben mir kann ich es in Kalles Kopf regelrecht rattern hören. Als wir am Ende der Straße um die Ecke biegen, sehe ich noch einmal zurück.

Streuner sitzt immer noch neben der Gasse auf dem Bürgersteig und sieht uns nach.

***

Auch unter uns Katzen gibt es einige, die nicht gern über ihre Welpenzeit sprechen. Dafür gibt es bestimmt viele verschiedene Gründe. Meiner ist jedoch ein ganz spezieller.

Dazu muss ich wohl ein wenig ausholen: Meine Erinnerung an diese Welt setzt erst ein zu der Zeit als ich die Augen öffnete, da war ich etwa drei Wochen alt. Und da stellte ich fest: In unserem Wurf von insgesamt sieben Kätzchen war ich das einzige mit dieser schicken rot-weißen Zeichnung. Meine Schwestern und Brüder waren recht ordinär grau gestreift wie unsere Mutter.

Natürlich ging ich davon aus, dass ich meine wunderschöne Zeichnung, wegen der mich alle Rotfleckchen nannten, von meinen Vater geerbt haben musste. Doch auf meine Fragen nach ihm antwortete Mutter nur sehr ausweichend.

Die ersten Wochen eines Katzenlebens ähneln sich wahrscheinlich überall auf der Welt, egal, in welchem Zuhause sie sich abspielen: Es wird getrunken, gespieltund geschlafen.

Ich will auch gar nicht bestreiten, dass sich an diese allererste Zeit einige schöne Erinnerungen knüpfen. Doch als wir Welpen dann unsere Umgebung zu erkunden begannen, musste ich entsetzt feststellen: Ich war gezeugt und geworfen worden auf einem … vollkommen gewöhnlichen Bauernhof!

Kein hochherrschaftliches Gut. Kein Pachthof, der zu einem Schloss gehörte, nein, es war ein dreckiger, nach Schweinen stinkender Bauernhof mitten in der Pampa. Die Zweibeiner, die dort lebten, hatten alles andere im Sinn, als sich um die ordentliche Aufzucht und Ausbildung von uns jungen Katzen zu kümmern. Ich hege sogar größte Zweifel daran, dass sie überhaupt registrierten, wie viele von uns des Nachts in der großen Scheune im Heu schliefen. Denn als Söckchen, mein Bruder mit der weißen Pfote, verschwand, kümmerte das niemanden.

Das war die Zeit, in der mir klar wurde, dass ich zu Höherem bestimmt war.

Ich hatte noch keine Ahnung, was Indizien sind oder wie man eine richtige Ermittlung im Fall eines Verschwundenen durchführt. Doch irgendetwas in mir zwang mich dazu, ganz allein Söckchens Spur aufzunehmen.

Ich befragte alle meine Geschwister und meine Mutter – doch die hatten nichts anderes als Mäuse im Kopf. Der Hofhund, der tagsüber an einer langen Kette vor seiner Hütte lag, knurrte nur müde, als ich wissen wollte, wann und wo er Söckchen zuletzt gesehen hatte. Es waren die stinkenden, ansonsten aber bemerkenswert klugen Schweine, die mir schließlich den entscheidenden Hinweis gaben: Weit draußen im letzten Pferch fand ich Söckchens Spuren in der matschigen Suhle. Und dicht dabei die grauenvollen Abdrücke eines gewaltigen Raubvogels. So überführte ich also noch als Jugendlicher meinen ersten Täter: den Habicht.

Doch interessierte sich dafür irgendjemand?

Es war zum Mäusemelken.

»Wenn Vater hier wäre, würde er ganz sicher einen Rachefeldzug planen«, erklärte ich Mutter in vollster Überzeugung und verschreckte damit eine junge Ratte, die zwischen den Heuballen herumgehuscht war.

Mutter fuhr ärgerlich herum und fauchte: »Dein Nichtsnutz von einem Vater hat sich hier genau zwei Nächte lang blicken lassen, um den Mond anzumaunzen und mich damit zu bezirzen. Und dann? Weg war er! Wahrscheinlich miaut er jetzt schon einer anderen seine Arie vor. Was mit euch Jungen ist, interessiert ihn noch weniger als sein Geschäft im Gemüsebeet! Und jetzt hör endlich auf mit diesem Gejammer und tu etwas Sinnvolles: Hilf deiner Schwester, das Mäusenest da hinten auszuräumen! Denn eins musst du kapieren, Kerlchen: Das allein ist deine Aufgabe im Leben. Alles andere kannst du dir aus deinem roten Köpfchen streichen!«

Es gibt Dinge, die ein junger, sensibler Kater zeit seines Lebens nie vergessen wird.

Mein Vater ein Lady-Katzen-Held? Meine Mutter eine mäuseversessene Bauernhofkatze ohne Ambitionen zu etwas Besserem? Ich ohne Stammbaum und Familienhistorie auf einem stinkenden, öden Bauernhof mitten auf dem platten Land? Das konnte doch nicht der Sinn meines Lebens sein!

Tagelang saß ich nur noch im großen Scheunentor und sah hinaus auf die Straße.

Wohin die wohl führen mochte, fragte ich mich.

Und eines Tages, als ich mal wieder dort saß und diesen schnurrgeraden glatten Weg entlangstarrte, sah ich aus der Ferne einen kleinen Punkt näher kommen. Er wurde langsam immer größer und größer, nicht riesig, aber doch um einiges größer als ich selbst.

Schließlich bog ein alter Kater in unsere Hofeinfahrt ein. Sein stumpfes Fell stand in alle Richtungen ab, eines seiner

Ohren hing geknickt herunter, und sein Gesicht war von vielen Kämpfen gezeichnet.

»Guten Tag, guten Weg, Kleiner«, brummte er mit heiserer Stimme und wollte schon an mir vorbeigehen, um die Futterschüsseln zu inspizieren.

»Wer bist du?«, wollte ich verwundert wissen. Noch nie war ein Fremder auf den Hof gekommen.

Der zerzauste Kater sah mich ernst an, als wollte er sich meinen Anblick genau einprägen.

»Man nennt mich ›Streuner‹«, antwortete er dann. »Und wer bist du?«

Ich zögerte. Der Name Streuner klang so viel erfahrener, weiser und mutiger als … »Rotfleckchen«, gab ich schließlich zu.

Streuner lachte rau. »So, so, Rotfleckchen. Und warum sitzt du hier so allein im Scheunentor herum, während da drüben gutes Futter im Napf wartet und ich Mäuse im Heu rascheln höre?«

Er war tatsächlich der Erste, der mich danach fragte. Meine Geschwister und meine Mutter rollten nur mit den Augen und taten so, als wäre ich gar nicht da.

»Ich frage mich, wohin die Straße führt«, erwiderte ich. »Du kommst von da. Gibt es da etwas zu erleben?«

»Das will ich meinen!«, nickte Streuner, setzte sich hin und sah mich noch genauer an. »Du erinnerst mich ein bisschen an mich selbst, kleiner Rotfleck. Weißt du, ich selbst wurde auch hier geboren.« Ich bekam große Augen. »Ja, ja, staun du nur. Ich war vielleicht in deinem Alter damals, als ich beschloss, dass dieser Hof mir zu klein und zu eng war, um hier mein ganzes Leben zuzubringen. Also ging ich weg.«

»Weg?«, wiederholte ich atemlos. »Einfach so?«

»Einfach so«, bestätigte er. »Es gibt da draußen jede Menge zu erleben, musst du wissen. Abenteuer. Kämpfe. Jeder Tag ist anders als der vorherige. Das wäre doch bestimmt auch was für dich, hm?«

Ich überlegte. »Ehrlich gesagt weiß ich ziemlich genau, was etwas für mich wäre: Ich will nämlich Detektiv werden!« Streuner war der Erste, dem ich meinen geheimen Wunsch anvertraute. Und ehrlich gesagt hatte ich fast damit gerechnet, dass er wieder sein krächzendes Lachen ausstoßen würde. Doch stattdessen wiegte er nur den schweren Kopf. »Möglich ist alles. Wenn man nur will.«

Ich konnte es kaum fassen. Er lachte mich nicht aus! Er sagte nicht, dass meine geheimen Pläne für meine Laufbahn unmöglich seien.

Während ich noch staunte, schritt er an mir vorbei und machte sich über die Futterschale her. Als er satt war, sprang er kraftvoll auf einen der Heuballen und legte sich dorthin. Ich sprang etwas unbeholfen zu ihm hinauf.

»Kannst du mir noch mehr erzählen von der Welt da draußen?«, bat ich ihn. Und Streuner erzählte. Ich lauschte fasziniert bis spät in den Abend. Bis ich irgendwann eingeschlafen sein musste.

Als ich erwachte, war er fort.

Aufgeregt sprang ich vom Heuballen, rannte aus der Scheune und rief nach ihm. Doch nur meine Mutter, die gerade dabei war, neben der Scheune eine Maus zu zerlegen, antwortete: »Er ist weg. Kommt und geht, wie er will. So sind die Kerle.«

Doch ich saß stundenlang am Scheunentor und starrte die Straße entlang. Zur Mittagszeit hatte ich meinen Entschluss gefasst: Ich wollte es Streuner gleichtun! Auch ich würde einfach weggehen!

Aber wie sollte ich das anstellen?

Während ich noch dort saß und grübelte, fuhr ein unbekanntes Auto auf den Hof. Ich beobachtete, wie eine Zweibeinerin ausstieg und sich umsah.

Aus dem Haus kam der alte Bauer geschlurft, und sie schüttelten ihre Hände. Dann drehte der Bauer sich um und deutete auf mich: »Da vorn ist er. Der mickrige Rote. Den können Sie mitnehmen. Der taugt nicht zur Mäusejagd.«

Die Zweibeinerin kam langsam auf mich zu. Ich wollte aufspringen und wegrennen. Doch irgendetwas an ihr zog mich magisch an. Als sie sich hinhockte und die Hand vorsichtig ausstreckte, wusste ich auch, was es war: Sie roch ganz herrlich nach den kleinen Blumen, die hinter dem Bauernhaus unter der Kiefer blühten. Sie duftete nach Veilchen.

Ich stand also auf und ging ein paar Schritte auf sie zu.

»Bist du aber ein hübscher Kerl!«, sagte die Zweibeinerin mit einer leisen, angenehmen Stimme. »Na, komm mal her.«

Angelockt von ihrer Stimme und ihrem Duft, ging ich zu ihr und rieb meinen Kopf an ihrer Hand.

»Ach, du kleiner Schmusebär«, sagte sie und strich mir sanft über den Rücken. »Und so ein süßes Antennenschwänzchen hast du noch. Wie wäre es mit uns beiden, hm?«

Sie nahm mich hoch, und wir sahen uns zum ersten Mal richtig in die Augen. Ihre grünen in meine grünen. Und das war der Moment, in dem ich wusste, dass wir auf irgendeine unerklärliche Weise zusammengehören.

***

»Du Kasimir?«, ertönt plötzlich neben mir eine quäkende Stimme, und ich zucke zusammen.

»Sach ma, woher kannte dieser Streuner-Kerl dich?«

Ich muss ein paarmal blinzeln. Das hätte ich ja erwarten können. Dieser Mops ist nicht umsonst zum Assistenten eines hochkarätigen Ermittlers ernannt worden. Er will den Dingen auf den Grund gehen. Eigentlich eine Eigenschaft, die ihn qualifiziert. Doch gerade in diesem ganz speziellen Fall momentan ein bisschen unbequem.

»Das habe ich doch gesagt. Von früher«, antworte ich und hoffe, dass er damit zufrieden ist.

»Früher? – Meinst du ganz früher? Also als du Welpe warst, oder was? Hey, Kasimir, weißt du eigentlich, dass ich gar nicht weiß, wo du herkommst?« Verflixt! Hätte ich ahnen können, dass ihm das irgendwann mal auffällt. »Das mit meiner Mama und der Züchterin und Opa Schulze und so, das hab ich dir ja alles erzählt. Aber du hast noch nie …«

»Da gibt's nichts zu erzählen!«, fahre ich ihn an.

Kalle schließt halb erstaunt und halb gekränkt die Schnauze.

Kaum zu fassen, aber in mir regt sich doch tatsächlich so etwas wie schlechtes Gewissen. Ich habe einfach zu lange mit einem Hund zusammengelebt.

»Ich bin schon als ganz junger Kater zu Linna gekommen«, brumme ich. »Damals hat sie gerade ihre Ausbildung zur professionellen Kraulerin für kranke Zweibeiner gemacht. Deswegen schwirrte es um mich herum nur so von komplizierten Worten. Sie hat mir alles haargenau erklärt.«

»Aaaahh!«, macht Kalle und sieht schon wieder ganz vergnügt aus. »Daher weißt du also diese ganzen Sachen! Coole Nummer. Linna hat dir also alles erklärt, ja? Und dann habt ihr ja auch noch die Krimis geguckt – wo du alles über Observieren und Kombinieren gelernt hast?«

Jetzt starre ich ihn für einen Augenblick sprachlos an.

»Was?«, macht er.

»Du hast gerade die beiden Fremdwörter haargenau richtig ausgesprochen«, stelle ich immer noch ganz fasziniert fest.

Kalle macht große Augen. »Was? Opsalieren und Kondensieren? Echt jetzt?« Er strahlt vor Stolz.

»So ähnlich«, sage ich.

Kalle ist so begeistert über seine Fortschritte in Sachen Fremdwörtern, dass er ganz vergisst, noch mal wegen meiner

Vergangenheit nachzuhaken. Mir ist das nur recht. Ich weiß nämlich wirklich nicht, wie ich diesen Makel erklären sollte.

Wir kommen an unserem Haus an, und ich setze ohne ein Wort auf den Zaun hinauf. Kalle läuft hinüber zur Hecke der Nachbarn und quetscht sich mit einiger Mühe hindurch.

Sogar der kleine schwarze Klops Kalle, wird mir plötzlich klar, hat einen Stammbaum, auf den er zurückblicken kann. Mads hat Linna einmal die Papiere gezeigt, und sie haben gemeinsam im Internet Kalles Eltern gesucht und angeschaut und Ähnlichkeiten festgestellt. Auf keinen Fall darf Kalle also erfahren, dass ich so einem ungeplanten Wildwurf auf einem liederlichen, stinkigen Bauernhof entstamme. Denn dann, da bin ich mir sicher, würde er mich sicherlich nicht mehr so bewundernd anschauen, wie er es immer tut.

10. Kapitel – Kalle

Mit Kasimir, Linna und Mads gibt's wirklich keine Minute Langeweile. Kaum haben Kasimir und ich wieder ein paar coole Tage zusammen verbracht, sieht's auch schon so aus, als käme Besuch.

»Voll die Gaudi!«, juchze ich. Während die aufgeregte Linna in der Küche rumwerkelt und von da aus Mads mit dem Staubsauger in der Wohnung herumscheucht, ihn mit dem Müll rausschickt oder das Sofa mit der Fusselbürste abrollen lässt. »Bestimmt kommt Mama Hannelore. Die hat immer was für uns dabei!«

Kasimir, der auf der Sofalehne liegt und dem Treiben von dort aus zuschaut, sträubt die Schnurrhaare. Das kenn ich. Das bedeutet meistens, dass er 'ne ganz besondere Meinung hat. Und die ist meistens eine andere als die, die ich grad hab.

»Nicht Mama Hannelore?«, frage ich. »Aber Linna hat gestern doch mit ihr telefoniert und am Ende gesagt ›Bis morgen!‹.«

Der Boss schaut mit schmalen Augen Linna hinterher, die gerade von der Küche, aus der es nach Kuchen riecht, ins Schlafzimmer rennt und was von Umziehen murmelt.

»Zu viel Wirbel für Linnas Mutter«, meint Kasimir. »Ich würde eher auf Mads Eltern tippen.«

»Oooch, eeeecht?«, rutscht es mir raus. Ich weiß ja, eigentlich sollte ich Mads Mama und Papa mögen schon allein, weil er sie gern hat und so. Aber irgendwie krieg ich das nicht hin. Die sind einfach zu … zu …

Bing Bong!

Kasimir bleibt auf der Sofalehne und ich in meinem Körbchen. Wenn das echt Mads Eltern sind, wollen die sowieso nicht als Erstes uns sehen.

Doch als Mads die Tür aufreißt, quietscht schon eine Stimme aus dem Hausflur: »Wo sind meine beiden süßen Schmusebärchen?«

Na, ich aber aus dem Körbchen und in den Flur! Das ist Mama Hannelore. Und die ist echt 'ne Granate.

»Geh mal zur Seite, Mads«, rufe ich. »Mama Hannelore will mich bestimmt 'ne Runde knuddeln!«

»Hach wie schöööön!«, jubelt sie und drückt dem grinsenden Mads ihre Jacke in die Hand. »Der freut sich ja immer so. Ja, Kalle, Kalle, Kalle! Wo ist mein kleiner Kalle?!«

»Na, hier! Hier bin ich doch!«, antworte ich begeistert. Sie hat so einen Tonfall drauf, bei dem flipp ich immer ganz automatisch aus.

»Und schau mal, was ich dir mitgebracht hab.« Mit Geheimnisstimme kramt sie in ihrer Tasche.

»Du hast mir was mitgebracht! Ich wusst es doch! Was denn? Au Mann! Was ist es denn?«, rufe ich, während mein Schwanz da hinten irgendwie total durchdreht.

»Ich weiß nicht, der Kalle wird ein bisschen zu ...«, beginnt Mads.

»Unsinn!«, donnert Mama Hannelore. »Ein richtiger Hund muss auch richtig essen! Hier!« Sie zieht eine von diesen super-jammi-leckeren gefüllten Kaurollen aus der Tasche. Mir läuft sofort das Wasser in der Schnauze zusammen.

»Und was macht der brave Kalle dafür?«, fragt sie.

Blitzschnell setze ich mich auf mein Hinterteil und recke eine Pfote zu ihr hoch.

»Braaaaaver Kalle!«, lobt sie mich und gibt mir die Kaurolle.

Mads seufzt.

Aber schon hat Mama Hannelore sich aufgerichtet und ihn in eine dicke Umarmung gezogen. Da kann er auch nicht mehr diesen gewissen Blick auf meine Hüften durchhalten. Er lacht. Na also!

Ich schieb mit der Kaurolle ab in mein Körbchen. Und höre hinter mir schon: »Und da ist ja der wunderschönste Kater der Stadt, ach, was sag ich, des Landes!«, säuselt sie und kommt zum Sofa rüber.

Kasimir setzt sich auf und beginnt zu schnurren.

»Mma Hnnelohe is' ech' 'ne Grnade, odda?«, bringe ich an der Kaurolle vorbei.

»Nicht, dass ich Wert auf solche Schmeicheleien lege«, antwortet Kasimir. Aber mit dem Schnurren hört er trotzdem nicht auf.

Und er bekommt auch einen Leckerbissen zugesteckt, so 'n weiches Katzending. Das wär bei mir ja weg wie nix.

Kasimir und ich sind also gerade voll im Leckerrausch, als Linna aus dem Schlafzimmer geschossen kommt.

»Schätzchen!«, quietscht Mama Hannelore. »Du siehst umwerfend aus! Wie hast du das mit deinen Haaren gemacht?« Dass sie sich über Linna so freut kenn ich ja, aber wieso macht sie nebenbei immer noch so komische Geräusche? Klingt wie krrzz krrzz …

»Gefällt es dir?« Linna strahlt. Und auch sie macht krrzz krrzz. Ist voll laut in meinem Kopf.

»Mir gefällt es übrigens auch«, meldet Mads sich von der Seite. Krass, auch er macht krrzz krrzz. Linna und Mama Hannelore lachen mit ein paar krrz krrzz laut auf.

»Ach, ihr zwei! Wie schön, euch wieder zusammen hier zu sehen!«, sagt Mama Hannelore mit ein paar krrzz krrzz dazwischen und nimmt beide an die Hand.

»Hab so 'ne Toomtörung«, sage ich zu Kasimir. Ob er dieses komische Knarzen auch hört?

»Leg die Kaurolle weg!«, sagt er.

Weglegen? Ich soll die Kaurolle weglegen? Also, manchmal hat der Boss echt Ideen! Wieso soll ich denn …? Moment mal! Weil ich so angestrengt nachdenke, hab ich aufgehört zu kauen. Und sofort ist das störende Knarzen weg. Hey, cool! Dann muss ich dieses jammi-leckere Teil ja gar nicht weglegen. Ich darf nur nicht kauen.

Ich sehe zur Sofalehne hoch, während mir die schmackofatzige Stange aus dem einen Schnauzenwinkel hängt.

»Oder so«, sagt Kasimir.

Mama Hannelore sagt gerade zu Mads und Linna: »Ich bin übrigens so früh hier, weil ich euch unbedingt was erzählen wollte. Etwas wirklich Verrücktes, das mir passiert ist!«

»Ach, dir passieren doch ständig verrückte Sachen.« Linna lächelt.

»Nein, das war wirklich … einfach unglaublich!« Mama Hannelore sieht Linna und Mads an und wird plötzlich ernst. »Glaubt ihr an Wahrsagerei?«

Mads lacht laut auf und schüttelt den Kopf. Linna antwortet nicht, sondern guckt nur unsicher.

»Das hätte ich vor ein paar Tagen auch noch gesagt.« Mama Hannelore deutet mit einem Finger in Mads Richtung. »Aber dann hab ich Besuch bekommen. Von einer Frau, die plötzlich vor meiner Tür auftauchte. Ich wollte sie schon wegschicken, aber dann wusste sie plötzlich Sachen über mich, die sie einfach nicht wissen konnte … und da habe ich sie …«

» … reingelassen«, murmelt Linna.

»Genau!«, bestätigt Hannelore. »Sie hat zuerst so eine Art Teezeremonie gemacht. Mein Gott, ihr wisst ja, ich bin sonst eine Kaffeetante, so viel Tee hab ich in meinem Leben noch nicht getrunken. Aber was die alles aus den Teeblättern gelesen hat …« Jetzt sieht Mama Hannelore Linna intensiv in die Augen. »Papas Todestag wusste sie. Und auch dass ich mir in dem Monat drauf das Bein gebrochen hatte, als ich mit dem Vesparoller umgekippt bin. Jede Menge persönlicher Sachen.«

Mads hat den Kopf schief gelegt und betrachtet Mama

Hannelore genau. »Hast du diese Frau schon mal vorher gesehen? Kam sie dir bekannt vor?«

Mama Hannelore schüttelt den Kopf. »Ich weiß, worauf du hinauswillst. Ich dachte auch zuerst an eine Trickbetrügerin. Aber dann kam es ja noch viel doller! Sie konnte mir sogar die Zukunft voraussagen!«

Mads schüttelt wieder ungläubig den Kopf. Linna schluckt. Vielleicht hat sie genauso viel Spucke im Mund wie ich gerade?

»Sie hat nämlich dieses Treffen hier vorausgesagt!«, platzt Mama Hannelore heraus. »Sie hat es später aus den Karten gelesen. Dieser Samstag! Und dass ich meine einzige Tochter und ihren Freund besuche. Und ...« Mama Hannelore macht eine kleine Pause. »... sie wusste auch, dass ich heute deine Eltern kennenlerne, Mads!«

»Iiiiih, neeeeein«, raune ich aus dem anderen Schnauzenwinkel. Kasimir über mir stöhnt ebenfalls leise auf. Manchmal wäre es ihm anscheinend doch lieber, wenn er nicht recht behalten würde, von wegen dass so viel Wirbel nur für die Kempers gemacht wird.

»Und? Was sagt ihr jetzt?«, will Mama Hannelore von Linna und Mads wissen.

»Hat sie auch verraten, wie das Treffen verlaufen wird?«, fragt Mads grinsend.

Mama Hannelore sieht ihn vorsichtig an. »Tja, ehrlich gesagt wollte ich es nicht erwähnen, weil es nicht gerade viel versprechend klingt. Aber, wo du nun danach fragst: Sie hat gesagt, es wird ein Fiasko.«

Mads hebt die Hände. »Das trifft wahrscheinlich auf annähernd alle ersten Begegnungen von Eltern zweier Partner zu, oder?«

»Ach ja? Trifft es auch auf annähernd alle Partner zu, dass sie kurz zuvor mal eine kleine ›Beziehungspause‹ eingelegt hatten? Und dass die Mutter des Mannes wahrscheinlich nicht damit einverstanden sein wird, dass die beiden sich wieder versöhnt haben, weil sie immer noch an seiner Ex, ihrer Wunschschwiegertochter, hängt?«

Hm. Ich sach das nicht gern. Aber jetzt macht Mads einen irgendwie belämmerten Eindruck. Doch dann räuspert er sich und sagt: »Es gibt für solche Tricksereien immer eine logische Erklärung.«

Mama Hannelore verzieht den Mund. »Das sagt der Polizist in dir, Mads. Aber glaub mir, wenn du dabei gewesen wärst … Es war schon wirklich unheimlich, was sie so alles von sich gegeben hat diese … diese …«

»Sibylla?«, meldet sich Linna da zu Wort.

Mama Hannelore und Mads starren sie an. Ich wette, wenn die beiden auch 'ne Kaustange hätten, würde die ihnen jetzt – peng! – runterfallen.

»Woher …?«, stammelt Mama Hannelore.

»Sie war auch hier bei mir«, gesteht Linna kleinlaut und sieht Mads dabei von unten herauf an. Dann erzählt sie schnell und mit leiser Stimme von dieser Begegnung. Eigentlich alles, was Kasimir mir auch schon erzählt hat. Ich kann also währenddessen weiterkauen.

Erst als die Türglocke noch mal geht, höre ich damit sofort wieder auf.

»Das sind sie«, wispert Mads. Die drei sehen sich an.

»Kein Wort darüber, abgemacht?!«, schlägt Mama Hannelore vor. Linna und Mads nicken erleichtert. Dann flitzt Mads zur Tür.

Mama Hannelore streicht Linna noch einmal kurz über den Arm.

Mads Mama und Papa, die offiziell Frau und Herr Kemper heißen, kommen zur Tür rein, und augenblicklich wird die Atmo irgendwie … ich sach ma, kühler.

Herr Kemper hat einen großen Blumenstrauß dabei, bei dem irgendwie nicht so richtig klar zu sein scheint, wem der jetzt gehört. Denn erst gibt er ihn seiner Frau, die gibt ihn Mads, der gibt ihn Linna – und alle sagen »Danke«. Linna saust in die Küche, um die Blumen in eine Vase zu stellen.

Nachdem Mads und die Kempers sich im Flur einmal im Kreis geschoben haben, weil die Sache mit den Jacken und der Garderobe nicht so einfach zu sein scheint, trompetet Mads mit so komisch krächziger Stimme: »Kommt doch rein! Hannelore ist auch schon da.«

»Hallo, hallo, hallöchen!«, dröhnt Herr Kemper und strahlt übers ganze Gesicht als er mit ausgestreckter Hand auf Mama Hannelore losschießt. »Rudi Kemper, gnädige Frau. Sehr erfreut, Sie kennenzulernen!« Dazu macht er so eine Bewegung, als wollte er Mama Hannelore ganz leicht in den Handrücken beißen. Ich will schon Kasimir darauf aufmerksam machen, höre aber in dem Moment, wie Frau Kemper Mads zuflüstert: »Ich wusste gar nicht, dass ihr schon beim Du seid?!« Sie lässt ihm aber keine Zeit für eine Antwort, sondern reicht Mama Hannelore nun auch ihre Hand. Echt komisch. Ihr Mann wirft sich so nah ran, dass man um Mama Hannelore ja schon Angst haben muss. Frau Kemper selbst hält aber so viel Abstand, dass sie den Arm richtig ausstrecken muss.

Ganz ähnlich wie Linna es macht, wenn sie Kasimirs Pipi-Box im Badezimmer sauber macht.

»Schönen guten Tag, Frau Maifeld«, sagt sie dazu.

Mama Hannelore, die gerade noch Rudi Kemper angelacht und bei seinem kleinen Beißversuch ein bisschen gekichert hat, sieht plötzlich ganz anders aus. Ich sach ma so, ihr fällt das übliche Lachen irgendwie aus dem Gesicht.

»Guten Tag, Frau Kemper«, erwidert sie ein wenig steif. Die beiden sehen sich einen Moment lang an, so richtig von Kopf bis Fuß. Uuuuaaaahhh! Als ich zu Kasimir raufgucke, seh ich, dass sich ihm auch das Fell auf dem Rücken sträubt.

Da kommt Linna aus der Küche. Vor sich den lecker duftenden Kuchen, der auf einer feinen Glasplatte steht. Ich heb mal kurz die Nase, um zumindest ein Schnupperchen zu nehmen. Abbekommen werd ich davon sowieso nix, ist schon klar. Kuchen ist nämlich super heftig verboten.

»Ich dachte, es wär doch ganz nett, bei dem herrlichen Wetter noch etwas draußen zu sitzen. Auf der Terrasse ist es schön geschützt«, sagt Linna und geht voraus durch die offene Terrassentür.

»Ach herrje«, macht Frau Kemper und guckt ihren Mann etwas hilflos an. »Dann wirst du mir wohl doch meine Jacke von der Garderobe holen müssen, Rudi.« Und der stürzt gleich los.

»Hoffentlich haben wir Ruhe vor den Wespen«, sagt Frau Kemper.

Mads und Hannelore gucken sich an. Aber dann ganz schnell wieder weg.

»Ich hol den Kaffee«, murmelt Mads und ist schon in der Küche verschwunden.

»Ist es nicht schön, wenn wir uns nun endlich mal kennenlernen?«, sagt Mama Hannelore zu Frau Kemper. »Das wird bestimmt ein toller Nachmittag. Immerhin gibt's ja auch ein bisschen was zu feiern.« Sie lächelt. Und dabei sieht sie mal wieder total nett aus. Auch wenn es leider Längen entfernt ist von dem Gesicht, das sie immer zu ihrem Kalle-Kalle-wo-ist-mein-kleiner-Kalle? macht.

»Feiern?«, fragt Frau Kemper überrascht.

Mama Hannelore zeigt mit der Hand einmal durchs Wohnzimmer. »Na, dass unsere Kinder sich berappelt haben und in ihrem hübschen kleinen Nest wieder zusammenwohnen.«

Frau Kemper macht mit ihrem Mund so eine Bewegung, die aussieht als würd sie auch gern lächeln, aber sie weiß nicht genau wie's geht.

»Ach das«, sagt sie. »Ich hab Matthias gleich gesagt, dass

er sich besser noch ein wenig Zeit lassen sollte. Einziehen. Ausziehen. Einziehen. Ich sag ja immer: Die jungen Leute nehmen sich heutzutage gar nicht mehr die Zeit dazu, ihre Gefühle auch wirklich zu prüfen.«

»Und ich sag immer: Das Leben ist kurz! Wenn die Liebe an deine Tür klopft, darfst du nicht lange überlegen, sondern musst auch aufmachen«, sagt Mama Hannelore.

Sie und Frau Kemper sehen sich wieder an. Diesmal etwas länger. Und jetzt macht Frau Kemper so 'n schmalen Mund, voll krass. Sieht aus, als hätt sie gar keine Lippen.

»Hey, Kasimir«, flüstere ich zu ihm hoch, während er da oben liegt und regungslos dem seltsamen Treiben zuschaut. »Ich weiß ja, dass du diese Sibylla verdächtig findest. Aber eins muss man ihr lassen: Schätze mal, sie hatte recht. Das Treffen heute wird wahrscheinlich echt ein Ficus.«

»Fiasko«, sagt Kasimir.

11. Kapitel – Kasimir

Immer wieder streifen ein geschmeidiger Detektiv und sein stämmiger Assistent durch die Straßen des Viertels, auf der Suche nach stichhaltigen Hinweisen – doch leider ohne Erfolg.

Mittlerweile frage ich mich wirklich, ob wir in diesem neuen Fall überhaupt jemals vorwärtskommen werden.

Sollten sie etwa dazu verdammt sein, den Spätsommer vorbeistreichen zu lassen, ohne die spannenden Verwicklungen rund um gemeingefährliche Einbrüche aufklären zu können? Käme das nicht einem Scheitern gleich? Einem Scheitern, das der leitende Kommissar von jeher mehr fürchtet als alle Schurken dieser Welt.

Hat der hochsensible Verbrechensaufspürer womöglich etwas übersehen, das er und sein gewitzter Mitstreiter noch tun könnten, um der gemeinen Verbrecherbande auf die Spur zu kommen?

Obwohl ihrer beider Superhirne natürlich unentwegt mit der Lösung dieses Problems beschäftigt sind, ist ihnen vielleicht doch eine Winzigkeit entgangen? Eine unscheinbare Kleinigkeit, die zur Problemlösung führen würde, sich bisher aber dem detektivischen Instinkt entzogen hat?

»Uuuuuuaaaaahhhhh!«, ertönt plötzlich ein lautes Gähnen.

Ich fahre zusammen und bin für einen Moment lang froh, gerade nicht im Verbreitungsumfeld dieses Schnauzengeruchs zu sein. Kalle kommt aus der Küche geschlurft.

»Wieder kein Futter im Napf«, nuschelt er.

»Woher soll das denn auch kommen?«, erwidere ich. »Du

warst heute Morgen schon dreimal in der Küche und hast nachgeguckt. Dabei sind Linna und Mads bei der Arbeit. Das Futter fällt doch nicht von selbst in den Napf.«

»Woher willst du das wissen?«, murrt er und steuert auf sein Körbchen zu. »Boah, bin ich müüüüdäää!«

»Du willst doch jetzt nicht etwa schlafen?«

Kalle, die Vorderpfoten bereits im Körbchen, hält inne und sieht mich verwundert an. »Was denn sonst?«

»Wir haben einen Fall zu lösen!«, erkläre ich ihm.

»Joooo«, gähnt Kalle wieder. Und diesmal ist er leider zu nah. Was für ein Höllenatem. »Stimmt. Aber wer nicht ausreichend schläft, kann nicht gut denken.«

Damit rollt er sich im Körbchen zusammen und schließt die Augen.

Ich kenne meinen Assistenten inzwischen zu gut, um weiter zu insistieren. Ein echter Kalle-Kenner weiß nämlich, dass es zwei Dinge gibt, bei denen mit ihm nicht zu spaßen ist: Das sind sein Futter und seine Schläfchen.

Ich seufze leise. Na gut. Ich kann ja noch ein bisschen weiter über unseren neuen Fall nachdenken. Vielleicht fällt mir doch noch irgendetwas ein.

***

Dieses unentwegte Schnarchen ist Schuld.

Es lullt einen so ein, dass man davon ganz müde wird. Und da muss es wohl passiert sein, und ich bin selbst eingeschlafen.

Ich blinzle. Irgendetwas hat mich geweckt.

War es ein Geräusch?

Da ist es wieder. Ein leises Kratzen. Es kommt von der Terrassentür.

Als ich hinschaue, sträuben sich mir reflexartig alle Haare.

Da ist ein Mann! Ein dünner fremder Mann steht an unserer Terrassentür und macht sich am Schloss zu schaffen!

Er ist auf jeden Fall älter als Mads, vielleicht so alt wie dessen Vater, denn seine Haare wachsen in einem ähnlichen Kranz recht farblos um den Kopf herum, und er trägt einen ausgeleierten blauen Overall.

»Kalle!«, zische ich. »Hey, Kalle!«

»Mmmh … ach, du bist so gigamantisch, Amanda!«, lallt Kalle.

»Kalle, wach auf! Da ist ein Einbrecher!«

Kalles Kopf schießt mit weit aufgerissenen Augen hoch. Seine Ohren zucken wild und richten sich sofort in Richtung Terrassentür. Alle Achtung! So schnell habe ich ihn noch nie aus einem Schläfchen auftauchen sehen. Ich hätte wirklich nicht gedacht, dass ein einziges Wort eine derartige Wirkung auf den kleinen Dicken haben könnte.

Praktisch ist auch: Ich muss ihm gar nicht sagen, was nun zu tun ist. Vielleicht schlägt auch bei einem übergewichtigen schwarzen Mops hin und wieder der Instinkt durch.

Kalle lässt einen Heuler los, der mir in den Ohren klingelt. Und nicht nur mir. Der fremde Mann draußen vor der Tür hält wie erstarrt inne. Doch viel Zeit, um nach der Quelle des infernalischen Lärms zu suchen, hat er nicht. Denn Kalle ist so schnell aus seinem Körbchen gehechtet, als hätte sich sein Napf in der Küche tatsächlich ganz von allein gefüllt.

So rasch seine krummen Beine ihn tragen wetzt er zur Terrassentür und lässt dabei einen ohrenbetäubenden Alarmbeller nach dem anderen los.

Der dünne Mann im blauen Overall packt die Tasche, die er dabeihat, und ist blitzschnell verschwunden.

Doch er hat seine Rechnung ohne meinen diensteifrigen Assistenten gemacht! Kalle presst sich in Rekordgeschwindigkeit durch die Katermopsklappe, und ich höre ihn um die Hausecke sausen. Auf diesen Mops ist Verlass!

Ich mache einen Satz von der Sofalehne, klippklapp, stehe draußen. Vorn an der Straße höre ich Kalles wütendes Gebell. Ich renne um die Ecke und schließe zu ihm auf.

»Er ist über 'n Zaun!«, ruft Kalle mir mit aufgestelltem Nackenfell entgegen, während er sich immer wieder gegen die massiven Zaunlatten wirft. »Los, Kasimir. – Autsch! – Ich kann da nicht rüber, du aber! Schnapp ihn dir! – Autsch! – Mach ihn fertig! Beiß ihn! Halt ihn irgendwie auf!«

Ich springe engagiert auf den Zaun. Und in diesem Augenblick startet der Motor eines Autos, das vor unserem Haus geparkt hat. Innendrin kann ich den dünnen Mann erkennen. Ohne sich noch einmal umzuschauen, fährt er mit quietschenden Reifen los und ist in Sekundenschnelle verschwunden.

Kalle, der sich mit den Vorderpfoten am Zaun hochgestemmt hat, macht ein enttäuschtes Gesicht.

»Menno!«, sagt er und fällt auf seinem dicken Hintern.

Ich betrachte ihn nachdenklich. Manchmal muss man auch seinen Assistenten oder sogar einen guten Freund mit neuen Augen ansehen.

Wie Kalle da so sitzt, fällt mir auf, dass er intensiv schnuppert. Auch ich kann den Geruch des Fremden noch deutlich riechen. Aber da ist auch noch etwas anderes …

»Was hast du?«, will ich wissen.

Kalle hebt den Kopf noch höher und tut etwas, das ich bei einem eleganten, sportlichen Typen wohl als Wittern bezeichnen würde.

Bei ihm sieht es natürlich ein wenig anders aus.

»Den Geruch … kenn ich.« Kalle hält schnüffelnd die Nase in den Wind. So eine Hundenase, auch wenn sie fast im faltigen Gesicht zu verschwinden droht, ist schon eine feine Sache.

»Tatsächlich? Woher?«, hake ich nach.

»Ich … ich komm nicht drauf …« Kalle schließt die Augen

und trippelt ein bisschen in Richtung Zaun, als könnte er dem Geruch geradezu …

Wie elektrisiert richte ich mich auf.

»Kalle, meinst du, du wärst in der Lage, der Spur zu folgen?«, frage ich ihn angespannt.

»Logo«, nickt Kalle.

Dann sieht er mich mit großen Augen an. »Kasimir! Alter Schwede!«, hechelt er. »Worauf warten wir noch?«

Mit einer Behändigkeit, die man ihm im Ruhezustand nie zutrauen würde, wirft er sich herum und wetzt in den hinteren Garten zu den Hortensienbüschen, die das morsche Zaunbrett verbergen. Ich kann es leise quietschen hören. Und Sekunden später sehe ich von meinem Zaunaussichtspunkt, wie sich seine platte Nase und dann der ganze Rest durch die Nachbarhecke quetscht.

Ich springe zu ihm hinunter. »Kann es losgehen, schlauer Assistent?«

»Aye, aye, Boss!« Er hebt wieder den Kopf und läuft, ohne zu zögern, in dieselbe Richtung, in die das Auto verschwunden ist.

Nach zwei Straßenzügen muss Kalle sich mal kurz setzen und verschnaufen. Wenn er zu stark hechelt, kann er nicht mehr gut schnuppern. Das leuchtet ein.

Doch das Ziel, den vermeintlichen Einbrecher zu schnappen, scheint ihn anzuspornen. Schon nach kurzer Zeit richtet er sich wieder auf und hebt wieder die Nase in den Wind. Weiter geht's im Mops-Trab.

Noch um zwei, drei Straßenecken. Dann, auf der Mitte einer schmalen Straße, beginnt Kalle plötzlich, sich im Kreis zu drehen. Einmal, zweimal, dreimal. Dann biegt er in eine Einfahrt und schnüffelt dort intensiv auf dem Boden herum.

»Tatatataaaaa!«, macht er und lässt sich wieder auf den Po plumpsen. »Hier ist es!«

Ich lecke mir einmal kurz die Pfote und fahre damit über

den Kopf. »Somit wissen wir auch, wieso dir der Geruch bekannt vorkam«, stelle ich fest.

Kalle sieht mich verwirrt an.

Doch dann schaut er noch einmal in alle Richtungen und betrachtet das Garagentor, vor dem wir sitzen, genau.

»Wow! Kasimir! Ich werd nicht mehr!«

Wir befinden uns genau vor der Garage, in der wir neulich eine Nacht und einen Tag gefangen waren.

12. Kapitel – Kalle

Ich fass es nicht!

Wir sind doch – Tatsache! – an dieser ollen Garage gelandet, aus der es nach Autobenzin, Plastikplane, Gummireifen und Kartons riecht. Und auch ein bisschen nach … Mops-Pipi.

»Voll der Hammer, Kasimir!«, schnaufe ich. Rennen und zugleich schnuppern ist mächtig anstrengend. »Das war meine allererste Verfolgungsjagd.«

»Da bin ich aber froh, dass ich dabei war«, brummelt Kasimir in seine Schnurrhaare. Aber er wirkt nicht halb so streng wie sonst immer, wenn wir im Dienst sind.

»Ich wette, du hast jetzt so richtig gute Laune, weil wir endlich mal wieder einem Verbrecher auf der Spur sind, oder, Boss?«, vermute ich. »Obwohl uns das ja ein bisschen von unserem Fall ablenkt. Ich meine, wenn wir jetzt diesen Typen im Auge behalten müssen, der versucht hat, in unsere Wohnung reinzukommen, dann haben wir ja nicht mehr so viel Zeit, um uns um diese ganzen Einbrüche im Viertel zu kümmern. Ist doch so, oder?«

Kasimir sieht mich mal wieder so an.

Wieso sieht er mich wieder so an?

»Was guckst du denn wieder so?«, bohre ich nach.

»Wie gucke ich denn?«

»So als ob hier was ganz klar auf der Pfote läge und ich krieg's nicht mit«, sage ich.

»Das bildest du dir nur ein«, erwidert Kasimir.

Echt jetzt? Dabei hätt ich schwören können … Aber wenn er es sagt.

Beide gucken wir auf das geschlossene Garagentor. Da ist der Wagen drin, mit dem der Kerl getürmt ist, der bei uns reinwollte. Wer weiß, was der bei uns wollte? Vielleicht irgendwas mitgehen lassen? Ich hab ja nichts Wertvolles. Außer meinem Körbchen. Und dem Trockenfuttersack. Und Kasimir hat seine alte und die neue Rappelmaus. Glaub aber nicht, dass der Typ es darauf abgesehen hatte – ist irgendwie so ein Gefühl. Aber Linna und Mads gehört zum Beispiel der Fernseher, in dem abends immer die Krimis kommen, die wir alle gucken müssen. Der ist bestimmt was wert. Bei dem ganzen Zeug, was da drin ist. Jau, das ist doch die Idee! Vielleicht wollte der Kerl bei uns einbrechen, um lauter Zweibeinerwertvolle Sachen zu klauen?

»Oh Mann, Kasimir!«, hauche ich, ganz benommen von meiner eigenen Schlauheit. »Halt dich fest, aber ich glaub wirklich, dass dieser Kerl vielleicht zu dieser Einbrecherbande gehören könnte, nach der alle suchen.«

Manchmal weiß auch ich nicht, was Kasimirs Blicke zu bedeuten haben. Jedenfalls atmet er einmal tief ein und wieder aus. Und sagt dann: »Meinst du wirklich?«

Ich find's cool, wenn der Boss meine Ideen so ernst nimmt, und nicke eifrig. Aber bevor ich noch was sagen kann, ertönt plötzlich eine Stimme hinter uns: »Na, wenn dat nich mein schnuckeliger Kalle is!«

»Amanda!«, entfährt es mir.

»Überraschung!«, ruft sie. Au Mann, ich liiiiebe Überraschungen!

»Was macht ihr zwei Schnittchen denn hier, so weit wech von zu Hause?«, will sie wissen und klimpert auf diese Art mit den Augen, von der mir immer ganz komisch im Bauch wird.

»Voll die spannende Geschichte, Amanda!«, lege ich los. »Hatte gerade geschlafen und von dir … also, da war plötzlich dieser Kerl. Riesig. Böse. Ziemlich wild. Der sah doch ziemlich wild aus, oder, Kasimir? Jedenfalls fummelt der doch an unserer Tür rum. Ich so: ›Achtung! Hier wacht der Mops!‹ Er so: ›Ach du Schreck!‹ Ich wieder: ›Wenn ich dich krieg, dann setzt es was!‹ Und dann holtakapolta raus aus'm Körbchen und hinterher. Na, der aber ab über'n Zaun. Rein ins Auto. Zack, weg. Wir aber voll auf der Spur. Und – peng – hier sind wir. War meine allererste Verfolgungsjagd. War aber eigentlich nicht besonders schwer«, schließe ich bescheiden.

Amanda staunt. Herrchen auch. Obwohl der doch bestimmt kein Wort verstanden hat.

»Wir ermitteln in einem neuen Fall«, sagt Kasimir. So was nennt er immer Zusammenfassung.

»'n neuer Fall für meine beiden Helden! Wunnavoll!«, sagt Amanda.

»Na, na, mach den beiden mal keine Angst«, sagt Herrchen zu ihr. »Die sind doch so viel kleiner als du. Aber sag mal …« Er guckt uns genau an. Dann murmelt er: »Das sind doch die beiden Tiere aus Nummer dreißig im Lerchenweg.« Er guckt hierhin und dorthin und brummelt wieder: »So ganz allein?!«

»Das geht schon klar. Wir sind auf Ermittlung«, erkläre ich ihm. Aber natürlich versteht er mich nicht. Er sieht mich nur weiter so zögerlich an. Und dann geht irgendwie ein Ruck durch ihn. Er bindet Amandas Leine an der Straßenlaterne fest.

Aus seiner Jackentasche zieht er einen dünnen Schal. Und mit dem in der Hand kommt er langsam auf mich zu. »Komm mal her, mein Kleiner, hm? Komm mal her«, sagt er mit so Beschwörungsstimme.

»Nö«, antworte ich, vielleicht etwas knapp. Aber 'ne längere Erklärung würd er ja eh nicht verstehen.

Als er kurz vor mir ist, schießen plötzlich seine Hände vor. Ich mache einen Satz zur Seite, und er verfehlt mich knapp.

»Der will mich packen!«, rufe ich verblüfft zu Kasimir rüber, der immer noch am Garagentor sitzt und zusieht.

»Eins zu null für Kalle!«, grölt Amanda.

Herrchen gibt aber nicht auf, sondern versucht echt noch mal die gleiche Taktik. Lock, lock, säusel, säusel, schleich näher und näher, und dann – zack! – zugrapschen.

Wieder und wieder versucht er das. Am Anfang hab ich mich ja gewundert. Aber irgendwann find ich's richtig lustig. Vor allem, weil Amanda an der Straßenlaterne an ihrer Leine zerrt und jedes Mal laut mitzählt, wenn ihr Herrchen mich wieder verfehlt hat. Bei »Siebzehn zu null für Kalle!« verliert Herrchen schließlich die Nerven und fängt an, wie bekloppt hinter mir herzurennen. Ich flitze hin und her und im Kreis. Amanda feuert mich begeistert an: »Kalle! Kalle!«

Bis am Haus gegenüber ein Fenster auffliegt und ein Mann rausbrüllt: »Was soll denn dieser Lärm?«

Herrchen hört sofort auf, mich zu jagen, entschuldigt sich bei dem Mann, wirft mir noch einen letzten sauren Blick zu und bindet dann Amanda von der Laterne los.

»Was 'n Spaß!«, freut die sich. »Kalle, du bis echt 'ne Wucht! So flink und flott. 'n echter Herzensbrecher.« Und dann zerrt Herrchen sie leider die Straße entlang, und sie verschwinden um die nächste Ecke.

Als ich mich umdrehe, ist Kasimir gerade mal wieder dabei, sich zu putzen. Eigentlich keine schlechte Idee. Fühl mich auch ziemlich zerzaust, nachdem ich gerade so Grapschhänden entkommen musste. Aber dieses Geschlecke und Gestreiche ist irgendwie nicht so mein Ding.

Ich zockel also so wie ich bin zu ihm rüber.

»Und … puuhh … jetzt?«, frage ich. Noch etwas außer Atem. Peinlich, dass ich dann immer so schnaufe.

Kasimir reibt sich ein letztes Mal mit der Pfote übers Gesicht. Immer schick und elegant der Boss. Und einen Plan hat er auch.

»Würdest du deine Assistentennase noch einmal rechts und links vom Garagentor einsetzen und überprüfen, ob du da die Spur vom Verdächtigen aufnehmen kannst?«, bittet er mich. Er bittet mich!

Sofort renne ich nach links und schnüffle dort ein paarmal im Kreis. Und dann nach rechts, ebenso.

»Fehlanzeige«, verkünde ich. »Ähm … meine: negativ! Alles total negativ!«

»Hm«, macht Kasimir. »Dachte ich es mir doch.« Und wenn Kasimir sich was denkt, kommt da immer was Kluges bei rum. »Erinnerst du dich an die Tür?«, fragt er und deutet mit dem Kopf zur Garage.

Klar erinnere ich mich: »Die, unter der es nach Waschpulver und nassen Schuhen und noch was anderem komisch Künstlichen roch? Obwohl es vorher doch auch nach leckeren gekochten Nudeln und frischem Hackfleisch und herzhafter Soße und …«

»Schnauze zu!«, kommandiert Kasimir schnell. Ich klappe mein Maul zu und schlucke.

»Genau diese Tür!«, macht Kasimir dann weiter. »Sie muss ins Haus hineinführen. Wahrscheinlich ist unser Verdächtiger in die Garage gefahren. Hat sie von innen geschlossen und ist dann durch die Tür ins Haus gegangen. Fazit?«

Ich starre ihn an.

»Fa …?«

»Fazit – heißt so viel wie: Was schließen wir daraus?«

»Öhm …«

»Wenn es uns gelingt, durch eines der Fenster ins Haus zu schauen, können wir ihn vielleicht observieren und weitere wichtige Schlüsse aus seinem Verhalten ziehen.«

Der Kasimir wieder!

»Dann mal los, Boss!«, schmettere ich und will schon ums Haus rennen. Doch da fällt mir auf, dass Kasimir plötzlich wie hypnotisiert an mir vorbeistarrt. Ich drehe mich um.

»Och, nööö«, entfährt es mir. »Das blöde explodierte Sofakissen.« Da sitzt doch tatsächlich dieser große weiße Kater in den Büschen und glotzt uns an. Dabei hatte ich mich jetzt so auf eine schöne Offerierung gefreut.

»So weit von zu Hause?«, schnarrt der weiße Kerl. »Wollt ihr wissen, was der Große Weiße davon hält? Der Große Weiße findet: Der kleine Kasimir und diese Null von einem kleinen, speckigen Kumpel werden langsam entschieden zu wagemutig.«

»Pass bloß auf, ja!«, blaffe ich. Ich bin vielleicht ein bisschen rund um die Hüften, aber speckig lass ich mich von keinem nennen! »Hast wohl vergessen, dass der Kasimir und ich dich beim letzten Mal ordentlich vermöbelt haben. Kannst dir gerne noch mal 'ne Runde Kloppe holen, wenn du willst!«

Ich höre, wie Kasimir sich räuspert.

Doch der Weißer-Riese-Fusselberg antwortet schon mit einem fiesen Grinsen: »Und du hast wohl vergessen, dass der Große Weiße einen neuen Untertan hat? – Oder hat der winzig kleine Kasimir dir etwa gar nicht davon erzählt? Wollte er dir vielleicht keine … ANGST machen?!«

Diesmal keucht Kasimir sogar ein bisschen.

Untertan? Moment mal! Da war doch was. Meint er etwa …? Ähm …

Vorsichtig sehe ich mich nach allen Seiten um.

»Jetzt fällt es dir wieder ein, kleine Speckschwarte, hm?«, lästert der Blödmann weiter. »Der Untertan des Großen Weißen, der entsetzliche Brutus, wird dir alle Knochen im Leib brechen.«

»Dazu muss er mich aber erst mal kriegen«, piepse ich. Kasimir röchelt.

»Kein Problem für den riesigen, langbeinigen, sportlichen Brutus«, fährt er mit drohender Stimme fort. »Und wenn der Große Weiße es sich recht überlegt, wäre dies eine ideale Gelegenheit, um seinen Untertan zu holen. Wo ihr zwei Winzlinge so weit von euren Zweibeinern entfernt seid. So schuuuuutzlos.«

Schluck! Das ist echt ein fieser Kerl.

Ohne ein weiteres Wort, wendet der gewaltige Zuckerwattebausch sich um und verschwindet im Grün der Büsche.

Kasimir und ich gucken uns an.

»Ich würde sagen …«, beginnt Kasimir.

»… nix wie weg!«, rufe ich. Und wir rennen los.

Den Bürgersteig dieser Straße entlang, um die Ecke, um die nächste und um die nächste. Hey, ich kann echt viel schneller rennen, als ich gedacht hätte!

Als wir an unserem Haus ankommen, machen wir gar nicht halt, sondern Kasimir springt mit einem Satz über den Zaun, und ich flutsche nur so durch die Nachbarhecke, rase nach hinten, Zaunlatte unter den Nickerchenbüschen, quietschqietsch, über den Rasen und durch die Katermopsklappe.

Mann, wie ich so im Körbchen hocke, hängt mir die Zunge echt bis zum Boden. Auch Kasimir auf dem Stuhl am Esstisch hechelt ziemlich doll.

Dauert 'ne Weile, bis wir uns eingekriegt haben. Und dann muss ich erst mal 'ne Runde süppeln. Ich sauf den ganzen Napf leer. Was für 'n Morgen! Würd sagen, jetzt ist 'n Nickerchen dran.

Als ich mich wieder zum Körbchen schleppe, sieht Kasimir mich mit diesem gewissen Blick an.

»Was?«, gähne ich. Hoffentlich will er nichts allzu Anstrengendes von mir.

»Dieser Brutus«, beginnt er. Uns beiden sträubt sich automatisch das Nackenfell. »Dieser Brutus scheint ein wirklich gefährlicher Geselle zu sein.«

Ich nicke langsam. Irgendwie werd ich das Bild in meinem Kopf nicht los. Wie sich ein riesiges Gebiss, dreimal so groß wie ich selbst, direkt vor meinem Gesicht öffnet und dann einfach … mit einem einzigen Happs … au weia!

»Wäre es nicht ideal, wenn wir bei einer Begegnung mit

diesem gemeingefährlichen Kerl so eine Art Leibgarde hätten?«, fährt Kasimir fort. »Ich meine, jemanden, der genauso groß ist und gefährlich aussieht und ein gewaltiges Gebiss hat?«

»Ja, ja, ja!«, stimme ich ihm zu. »Gegen so jemanden wäre echt nix einzuwenden.«

Kasimir sieht erleichtert aus. »Heißt das, du wirst sie fragen?«

»Ähm?« Fragen? Ich? Wen?

»Amanda«, sagt Kasimir.

Ich kann spüren, wie mein Unterkiefer runterfällt.

»Amanda?«, wiederhole ich. »Ich soll Amanda fragen? Die wundervollste aller Dobermannhündinnen mit den zarten Pfoten und dem schicken Hüftschwung soll sich dazwischenwerfen, wenn dieser Brutus sich auf uns stürzt? Dieser Brutus mit den scharfen Zähnen und langen Beinen und glühenden Augen und …? Dieser Brutus?«

Kasimir verzieht den Mundwinkel.

»Vergiss es!«, knurre ich und lege mich in meine Lieblingskörbchenecke.

Kasimir atmet ein paarmal tief ein. Aber er antwortet nicht. Erst als ich schon fast eingeschlafen bin, höre ich ihn murmeln: »Dass er aber auch ausgerechnet da plötzlich so was wie Stolz haben muss.«

13. Kapitel – Kasimir

Zwei wertvolle Tage vergehen, ohne dass Kalle und ich überhaupt Wohnung und Garten verlassen, um das Haus des Verdächtigen aufzusuchen.

Mein störrischer Assistent weigert sich nämlich nach wie vor, diese angenehm bedrohlich wirkende Dobermannhündin um Hilfe zu bitten. In dieser Hinsicht benimmt er sich wirklich unvernünftig ritterlich. Er will nicht, dass ihr etwas zustößt, sagt er. Was aber wäre, wenn seinem Chef, dem leitenden Detektiv etwas zustoßen würde? Eine Begegnung zwischen mir und diesem gewissen Brutus möchte ich mir lieber nicht vorstellen. Letzte Nacht habe ich sogar schon von einem riesigen Höllenhund geträumt, der auf Bäume klettern konnte – der Alptraum aller Katzenartigen!

Weil wir also einen gemeinen Überfall dieser Kreatur befürchten müssen, hocken wir seit zwei Tagen in der Wohnung oder im Garten und trauen uns nicht einmal auf die Straße hinaus.

»Kann doch ganz gemütlich sein. Früher bist du doch auch nie vorne rausgegangen«, erinnert Kalle mich auf demütigend schlichte Weise. »Wir könnten einfach mal 'n bisschen abhängen. Oder wir spielen mal wieder? Weißt du noch, wie wir mal Fangen gespielt haben? Das könnten wir doch wieder machen. Ich lauf auch vorweg.«

Aber es macht keinen Unterschied. Ein echter Ermittler, der den Spürsinn gegen Kriminelle im Blut hat, lässt sich von solchen alltäglichen Nichtigkeiten nur kurzzeitig ablenken.

»Was ist nur mit Kasimir los?«, fragt Linna unseren Mads,

als sie gerade zu Abend essen wollen. »Er wirkt so … ich weiß nicht recht, so eingesperrt.«

Mads betrachtet mich genau. »Findest du? Aber wieso sollte er? Er kann doch schließlich raus, wann immer er will.«

Die beiden unterziehen mich einer genauen Musterung. Während Kalle neben dem Tisch sitzt und darauf hofft, dass irgendwas runterfällt.

Da klingelt das Telefon.

Linna steht auf und guckt auf den Apparat bevor sie auf den Knopf zur Annahme drückt. »Hallo, Mama, wir wollen gerade zu Abend essen. Kann ich dich gleich …?« Sie bricht ab. Aus dem Hörer ist ein aufgeregter Schwall an hohen Tönen zu hören.

»Was?«, quietscht Linna. »Ist dir was passiert?« Noch mehr aufgeregte Töne. »Hast du die Polizei gerufen?«

Mads legt das Messer hin, mit dessen Hilfe er gerade sein Butterbrot mit Schmierkäse bestreichen wollte. Kalle stöhnt leise.

»Ja. Ja, sicher, ich geb ihn dir«, sagt Linna in den Hörer und dann zu Mads: »Bei Mama ist eingebrochen worden.«

Jetzt fliegt auch Kalles Kopf hoch. Ich kann regelrecht sehen, wie die Blasen in seinem Kopf, in denen Leberwurstbrote und Gurkenhäppchen herumgeisterten, zerplatzen.

Mads ist sofort ganz im Dienst. Zackig und sachlich erklärt er Hannelore, dass sie auf keinen Fall etwas anfassen soll, dass er die entsprechende Abteilung informiert und dass sie erst die Tür öffnen soll, wenn er selbst oder ein Polizist mit Dienstmarke davorsteht.

Dann legt er auf und sagt zu Linna: »Komm, wir fahren hin!«

Beide stürzen in den Flur.

»Kalle, aufgepasst!«, flüstere ich. »Wir müssen den Moment erwischen, in dem sie die Tür aufmachen.«

»Gerade jetzt, wo es Abendbrot geben sollte. Ich wette,

Linna hätte mir heute ein Stück Käse runtergeworfen«, meutert Kalle kurz. Doch dann brummt er: »Na gut«, und schlurft in den Flur.

Linna und Mads wirbeln umeinander, um Schuhe und Jacken anzuziehen.

»Kalle, geh doch zur Seite!«, meckert Mads, während Linna flötet: »Husch, husch, Kasimir!«

Doch der wagemutige Ermittler und sein mürrischer Assistent stehen mit scharfen Sinnen parat. In dem Augenblick, in dem Mads die Tür aufreißt, schieße ich hinaus. Und hinter mir kann ich Kalles schlechten Atem riechen.

»Hey! Was soll das denn? – Oh nein! Wer macht denn immer die Haustür nicht zu?!«, dröhnt Mads.

Kalle und ich stehen draußen an Mads' Auto, als unsere beiden Zweibeiner aus dem Haus gestürzt kommen.

»Los, Kalle, ab wieder rein!«, kommandiert Mads und deutet Richtung Haus.

»Sorry, Mads, aber heute ist Kasimir der Bestimmer«, erwidert Kalle höflich und weicht ihm aus, als Mads ihn greifen will.

»Kalleeee!«, droht Mads.

»Kasimiiiiir«, schmeichelt Linna und geht in die Hocke, um mich anzulocken. Ich streiche mit hoch erhobenem Schwanz an der Autotür entlang.

»Komm jetzt her, Kalle!«, knurrt Mads und jagt Kalle einmal rund um das Auto.

Linna nähert sich mir leise säuselnd, doch ich weiche Stückchen für Stückchen vor ihr zurück. »Das darf nicht wahr sein!«, flucht sie schließlich, richtet sich auf und stemmt die Hände in die Hüften.

»Mau?«, mache ich. Und ihre zusammengezogenen Brauen legen sich wieder in den üblichen kleinen Bögen über ihre Augen, und sie seufzt. »Okay, ich bleib hier und versuch, die

Tiere wieder einzufangen. Fahr du schon mal los. Ich komm gleich mit meinem Auto nach«, schlägt sie vor.

Mads nickt und öffnet die Wagentür.

»Jetzt!«, rufe ich, und Kalle und ich stürzen uns ins Auto. Kalle springt vor den Beifahrersitz und ich durch die Lücke zwischen den Sitzen nach hinten, um im Fußraum der Rückbank abzutauchen.

Linna und Mads sind beide derart verblüfft, dass ihnen die Münder offen stehen.

Dann zuckt Mads mit den Schultern. »Meinetwegen sollen sie mitfahren. Aber bei Hannelore bleiben sie im Auto!«

»Da wäre ich an deiner Stelle nicht so sicher«, sagt Kalle freundlich.

Linna steigt also auf der Beifahrerseite ein, wo Kalle schon im Fußraum sitzt, und gemeinsam geht es los.

Zu Hannelore scheint es eine ganze Strecke zu sein. Jedenfalls dauert die Fahrt ziemlich lange. In unserem Viertel wohnt sie ganz sicher nicht. Ich bin ein wenig enttäuscht. Was ist, wenn es sich gar nicht, um unsere Einbrecherbande handelt?

Doch ich hätte mir keine Gedanken machen müssen. Als wir ankommen, steht bereits ein blau-weißes Einsatzfahrzeug der Polizei vor dem Haus. Daneben ein Mann in normaler Zweibeinerkleidung, der mit einem der Uniformierten spricht.

»Da ist ja Rainer!«, ruft Kalle begeistert, während er sich auf Linnas Beine stützt und aus dem Fenster sieht. »Huhuuuu, Rainer! Ich bin's, Kalle, dein alter WG-Kumpel!«

»So, ihr bleibt jetzt aber hier drin. Wir sind gleich wieder da.«, sagt Linna zu uns.

»Kalle, bei drei«, sage ich.

Linna zeigt uns noch einmal ihren erhobenen Zeigefinger. Das ist so ein Tick der Zweibeiner. Offenbar glauben sie, sie könnten uns dadurch in irgendeiner Weise beeinflussen. Mads und sie greifen gleichzeitig nach den Türöffnern.

»Eins«, sage ich.

Mads öffnet seine Tür als Erster.

»Zwei«, sage ich.

Linna sieht sich noch einmal zu mir um. Lächelt. Und öffnet auch ihre Tür.

»Drei!«

»Kalle!«, donnert Mads.

»Kasimir!«, kreischt Linna.

Aber zu spät! Ich renne bereits ein Stück den Bürgersteig entlang und drehe mich dann um. Kalle ist hinter mir und hechelt begeistert. »Was 'ne Gaudi, Kasimir!«

Linna kommt zu uns geeilt und versucht, erst Kalle und dann mich zu greifen. Doch wir sind beide geschickt genug, um ihr elegant (ich) und ulkig hüpfend (Kalle) auszuweichen. Und da ist auch schon eine bekannte Stimme vor dem Haus zu hören.

»Schätzchen! Mads! Da bin ich aber froh, dass ihr auch da seid!« Das ist Hannelore.

Linna wirft uns einen halb beunruhigten, halb warnenden Blick zu und dreht sich dann zu ihrer Mutter um. Ich schubse auch Kalle sanft ein wenig in diese Richtung. Jetzt sollte es uns gelingen, nah genug ranzukommen, um alles mitzuhören und doch so viel Distanz zu wahren, dass wir weiter nicht auffallen.

»Was machen denn Kalle und Kasimir hier?«, will Hannelore verblüfft wissen.

»Frag nicht«, winkt Linna ab. In dem Moment treten Mads und Rainer zu den beiden.

Kalle rümpft ein bisschen die Nase und schnüffelt am Boden einmal im Kreis.

»Hör mal auf zu röcheln. Ich will hören, was sie sagen«, bitte ich. Schlagartig ist er still.

»Und jetzt? Darf ich nicht mehr in meine eigene Wohnung, oder was?«, fragt Hannelore gerade. Obwohl sie meistens eher der fröhliche Typ ist, kann es auch ganz schön haarig werden, wenn sie sauer ist. Da ist sie ähnlich gestrickt wie Linna.

»Lass erst mal die SpuSi durch die Wohnung gehen. Kannst gleich wieder rein. Dann schau ich mich auch noch mal um«, sagt Mads beruhigend zu ihr.

»SpuSi?«, wispert Kalle mir zu.

»Spurensicherung«, raune ich zurück. Ich will nichts verpassen von dem wichtigen Gespräch, das nun sicher folgen wird.

»Spuren. Sichern«, murmelt Kalle langsam. »Aber, Kasimir, wenn sie Spuren wollen, dann …«

»Pssssst! Das ist jetzt wichtig!«, zische ich.

Kalle brummelt etwas, lauscht dann aber mit mir zusammen.

»Ich hab erst gar nicht gemerkt, dass jemand in der Wohnung gewesen ist«, erzählt Hannelore. »Die Tür war zu. Nichts war durchwühlt. Aber dann fiel mir auf, dass die Schublade, in der ich Omas Silber aufbewahre, ein winziges Stück aufstand.« Linna gibt einen erstickten Laut von sich. Hannelore sieht sie niedergeschlagen an: »Alles weg!«

Linna wimmert. Mads legt den Arm um sie.

»Noch mal wegen der Spuren …«, meldet Kalle sich neben mir.

»Schscht!«, mache ich. Er hat einfach noch nicht raus, wann ein Assistent zu schweigen hat.

»Ich bin sofort rüber ins Schlafzimmer. Da sah alles aus wie immer. Aber die Schmuckschatulle unten in meiner Kommode … komplett leer. Und die Uhrensammlung von Onkel Heini …« Wieder dieser Blick zu Linna, die sehr bekümmert aussieht. Irgendwo tief in mir spüre ich das dringende Bedürfnis, ihr um die Beine zu streichen und ein bisschen aufmunternd zu schnurren. Doch das kommt natürlich nicht infrage. Schließlich bin ich im Dienst.

»Was meinst du, Rainer?«, wendet Mads sich an seinen Kollegen.

»Ja, Rainer, was meinst du?«, plappert Kalle nach. »Vor allem wegen der Spuren …«

»Bist du jetzt endlich still!«, knurre ich ihn an. Er verstummt.

»Tja, sieht so aus, als wäre es das gleiche Vorgehen wie bei der Bande, die derzeit in unserem Stadtteil ihr Unwesen treibt«, meint Rainer nachdenklich. »Offenbar wusste jemand ganz genau, wann Sie nicht zu Hause sind, Frau Maifeld. Er hat sich rasch Eintritt verschafft – das Schloss der Wohnungstür ist ein Witz – und dann zielgerichtet die Sachen mitgehen lassen, die sich wirklich lohnen. Wahrscheinlich hat er nicht länger als nur ein paar Minuten gebraucht.«

»Ein paar Minuten?«, wiederholt Hannelore erschüttert. »Während ich bei meiner wöchentlichen Yoga-Stunde bin. Tzzz. Und ich hätte es gar nicht mitgekriegt, wenn nicht die Schublade ein kleines Stückchen aufgestanden hätte. Erst da hab ich gemerkt, dass das ganze Silber von Oma fehlt. Wieso hätte mir auch etwas auffallen sollen? Die Tür war ja zu. Und nichts war durchwühlt.« Linna und Mads nicken teilnahmsvoll, obwohl Hannelore das alles doch gerade schon erzählt hat.

»Ich glaube, jetzt drehen wir uns im Kreis«, stelle ich fest und wende mich an meinen Assistenten, der mittlerweile ziemlich schlecht gelaunt aussieht.

»Also, was wolltest du denn die ganze Zeit unbedingt loswerden?«, frage ich ihn.

Sofort heitert seine Miene sich wieder auf. »Ich dachte nur, Boss, wegen der Spurensicherung und so. Weiß ja nicht, wie die da drinnen die Spuren sichern. Aber was ich ganz sicher weiß ist: Hier draußen riecht es.«

»Es … riecht?«, wiederhole ich langsam.

Er nickt. »Nach Plastikplane, Autoreifen, Kartons. Hier riecht es genau wie in dieser einen Garage.«

»Du meinst, der Wagen, der dort drinnen steht und in dem der Verdächtige von unserem Haus geflohen ist, der …?«

»… hat auch hier gestanden. Yep!«, bestätigt Kalle.

Ich wusste doch damals schon, dass ich genau den richtigen Assistenten ausgewählt habe.

14. Kapitel – Kalle

Voll krasser Einsatz gestern! Nach dem haben wir uns was Gutes verdient! Ich hätte ja auf ein langes Schläfchen nach dem Frühstück getippt. Aber es kommt noch besser: Obwohl es noch ganz früh am Tag ist, vor der Arbeit eigentlich, nimmt Linna uns mit zu dieser netten Nancy und den Lachshäppchen. Oberhammer! Ich bin ja total gespannt, ob sie Kasimir und mir jedem ein eigenes gibt. Vielleicht teilt sie ja auch eins, und wir kriegen jeder nur 'ne Hälfte. Wär auch okay. Aber natürlich wär es gigantisch cool, wenn jeder von uns eins ganz für sich allein kriegen würd. Und diesmal, das schwör ich, werd ich den Leckerbissen auch nicht einfach so runterschlucken. Ich werde ihn in die Schnauze nehmen und erst mal so auf der Zunge liegen lassen. Ja, genau! Mitten auf der Zunge drauf. Und dann werd ich dazu ein bisschen durch den Rachen atmen. Weil, dann riech ich nämlich schon, wie es schmeckt. Genial! Und dann ein bisschen dran lutschen, so ganz genüsslich, einfach nur ein bisschen schmatzschmatz. Und dann kaukau. Möglichst laaaange kaukau. Und dann …

»Du sabberst schon wieder«, raunzt Kasimir.

»'tschuldigung«, grunze ich. Mit so viel Spucke im Maul kann doch keiner normal reden.

»Da sind wir schon!«, zwitschert Linna und öffnet für uns die Tür, durch die Kasimir und ich neulich nicht reingekommen sind.

Sofort schlägt mir ein Geruch entgegen – boah! So was von nasekrampfend ätzend. Ich stemme kurz die Pfoten in die Fußmatte. Aber echt nur kurz. Weil, durch diesen ganzen künstlichen Geruch hindurch kann ich noch was anderes wittern … Fängt mit »L« an und hört mit »achshäppchen« auf.

»Huhu! Bin daha!«, ruft Linna gut gelaunt. Nancy steht zusammen mit einer anderen Frau vorn an der Theke und blättert in einem Katalog. Die andere Frau ist … »Amelie!«, rufe ich und renne zu ihr, um ihr ordentlich Hallo zu sagen.

»Ja, hallo, Kalle!« Sie bückt sich und streichelt mir den Kopf.

»Was 'ne Überraschung!«, freue ich mich. »Bist du auch wegen der Lachshäppchen hier?« Aber sie antwortet nicht.

»Ja, wen haben wir denn da?«, fragt stattdessen die nette Nancy erfreut. »Wenn das mal nicht der hübsche, hübsche Kasimir ist! Und heut hast du deinen süßen, süßen, knuddeligen Freund mitgebracht? Den ganzen weiten, weiten, schlimmen, schlimmen Weg?!«

»Äh?«, mache ich und gucke fix zu Kasimir rüber. Der sieht ein bisschen verlegen aus. »Sie redet manchmal etwas seltsam«, nuschelt er.

»Ach so.«

Nancy hockt sich hin und krault erst Kasimir den Kopf und dann mir. Fühlt sich gut an. Auch wenn ihre Hände ziemlich streng riechen.

»Wir schauen uns gerade die neuen Farben an. Und ein paar ungewöhnliche Strasssteine habe ich auch reingekriegt«, sagt Nancy dann zu Linna und deutet auf den Katalog.

Linna, Amelie und Nancy beugen sich darüber. Offenbar gibt es in Sachen Steine ziemlich viel zu diskutieren.

Kasimir und ich warten ganz brav. Aber als die drei dann nach hinten gehen wollen, tripple ich mal kurz rüber zu dem Schrank, aus dem es so herrlich duftet.

Die drei sehen sich nach mir um. Nancy lacht. »So ein niedlicher, niedlicher kleiner Kerl! Erst mal schnell ein Leckerchen, bevor das Frauchen schöne neue Nägel kriegt, nicht?!«

»Also … echt jetzt? Ich hätte nix dagegen …«, sage ich bescheiden. Kasimir steht auch auf und kommt herüber.

»Also, diese Lachshäppchen müssen wirklich der Knaller sein«, staunt Linna.

Nancy zieht die Schublade auf, greift hinein, und dann kommt der Moment. Sie hat zwei Stück in der Hand! Eins für jeden von uns!

Ich flipp aus!

Zuerst bekommt Kasimir seins. Er nimmt es ganz vorsichtig in das Maul und geht 'n Schritt zur Seite.

Und jetzt. Jetzt komm ich. Au Mann, jetzt krieg ich mein Lachshäppchen! Ich riech es schon! Sie beugt sich vor. Da ist es! Ich mach die Schnauze auf und …

»Huch!«, sagt Nancy und zuckt ein bisschen zurück. »Der hat wohl Hunger?«

»Immer«, antwortet Linna lachend. Dafür, dass sie uns nicht verstehen kann, kennt sie mich schon echt gut.

Das Lachshäppchen aber … wie soll ich sagen? Ist einfach weg.

Menno.

»So, wer möchte zuerst?«, fragt Nancy.

Linna und Amelie setzen sich in die bequemen Fernsehsessel. Nancy schnappt sich Amelies eine Hand und fängt an, daran rumzumachen. Mit Läppchen und Cremchen und all so was. Auf jeden Fall kein Mops-Thema.

»Was gibt es Neues?«, fragt Linna. Doch da bekommt sie plötzlich riesig große Augen. Sie starrt genau auf die Hand, an der Nancy gerade herumwienert. »Amelie!«, keucht sie dann.

Und die strahlt plötzlich übers ganze Gesicht. »Ich hab mich schon gefragt, wann du ihn siehst.«

Alle drei beugen sich über Amelies Hand und begucken sich ganz genau einen Ring, den sie an einem Finger stecken hat.

»Ist das etwa …?«, haucht Linna.

»Ein echter Diamant, ja.« Amelie nickt.

»Oh mein Gott! Der muss ein Vermögen gekostet haben!«

»Schätz ich auch. Den leg ich nur ab, wenn ich in die Sauna geh. Ansonsten wird der mit mir verwachsen!«, verkündet Amelie.

»Aber … aber … wann?«, stammelt Linna. Sie ist wohl total von den Socken wegen dieses Rings. Hm. Kenn ich ja inzwischen: Ich kann echt nicht alles kapieren, was Zweibeiner so treiben.

»Vorgestern«, antwortet Amelie ein wenig atemlos. »Wir waren total unspektakulär im Kino. Hab mich schon gewundert, weil Kai, ohne zu murren, mit mir in diese neue Liebesschnulze gegangen ist. Und dann sitzen wir da, und ich greif in die Popcorntüte und hab da plötzlich dieses kleine Kästchen in der Hand.« Nancy und Linna halten beide die Luft an. »Und in dem Augenblick war die Werbung zu Ende. Und ich dachte, der Film geht los. Aber stattdessen steht da plötzlich ganz groß: ›Liebste Amelie. Hiermit möchte ich um deine Hand anhalten! Willst du meine Frau werden? Dein Kai‹.«

»Oooohhhh«, macht Linna.

»Aaaahhh«, macht Nancy.

»Pffff«, macht Kasimir.

»Hä?«, mache ich. »Kapierst du, wovon die reden?«

Kasimir gähnt einmal ganz weit, und ich kann einen Hauch Lachshäppchen erschnuppern. Menno, hätte ich es doch nicht einfach so in einem Happs verschluckt!

»Selbstverständlich verstehe ich, worum es hier geht«, sagt er. War ja klar. »Es handelt sich um ein Ritual der Paarbindung bei Zweibeinern. Meistens ist es das Männchen, das um die Hand des Weibchens anhält. Was so viel heißt wie, dass sie ab jetzt zusammengehören«, leiert Kasimir herunter.

»Zusammengehören?«, wiederhole ich langsam. Und ich kann echt nix dagegen machen – vor mir taucht ein Bild auf: von einem Paar brauner Augen unter hellbraunen Flecken im schokofarbenen Fell, die hübschen Ohren abgeknickt, der schlanke Hals zu mir runtergebeugt.

»Amanda, hiermit möchte ich um deine Pfote …«, murmle ich.

Kasimir guckt irritiert, aber in dem Moment sagt Amelie: »Und das Verrückteste ist: Eine Wahrsagerin hat mir das alles vorausgesagt!«

Kasimir hebt den Kopf und dreht die Ohren zur Seite. Auch Linna und Nancy sind plötzlich ganz Ohr. Nur ich weiß mal wieder nicht, worum es geht. Wenn doch eine Wahrsagerin … Hey! Moment mal!

»Wahrsagerin, Kasimir?! Meinst du, das war diese Sibylla, die auch hier war und auch bei Linna?«

Stellt sich raus, dass sie es echt war! Gleicher Name. Gleiches Aussehen. Amelie, Linna und Nancy sprudeln alle durcheinander, was sie selbst mit dieser Sibylla erlebt haben, und sind dabei völlig aus dem Häuschen.

»Es gibt einfach Dinge zwischen Himmel und Erde, die man sich nicht erklären kann«, weiß Linna. »Mir hat sie aus der Hand gelesen, dass Mads und ich wieder zusammenkommen können, wenn ich die Zeichen richtig deute. Und was ist passiert? Wir sind wieder zusammen!«

»Und bei mir waren es die Teeblätter. Hab literweise Tee getrunken! Aber dafür hat sie mir auch gesagt, dass Kai mich bald fragen wird. Ist tatsächlich so gekommen!«

»Mir hat sie vorausgesagt, dass ich bald die große Liebe finden werde«, sagt Nancy. Die drei schauen sich an.

»Ich wette, das wird auch noch wahr!«, haucht Amelie.

Nancy lächelt sie schüchtern an. Dann steht sie auf und geht nach vorn zur Theke, um suchend in Sachen zu kramen.

»Hast du heute Abend Zeit? Ich will auch Bea und Kristin Bescheid geben«, sagt Amelie zu Linna.

»Natürlich!«, antwortet die sofort. »Das müssen wir unbedingt feiern!« Aber ihr Gesicht, find ich, passt irgendwie nicht so richtig zu ihrer fröhlichen Stimme. Sie sieht schon aus, als würde sie sich freuen, dass ihre Freundin Amelie jetzt eine Zweibeiner-Paarbindung hat. Aber ich will echt kein Mops mit Lakritznase sein, wenn da nicht noch was anderes ist.

Vielleicht ein kleines bisschen Traurigkeit?

15. Kapitel – Kasimir

Eines weiß ich ganz sicher: Ich werde mein Leben allein verbringen. Solche Verstrickungen wie ich sie jetzt mal wieder bei meiner lieben Linna sehe, lenken doch nur von den wichtigen Fällen ab, die überall auf mich warten.

Das wäre also glasklar entschieden, und ich kann mich voll und ganz auf die laufenden Untersuchungen konzentrieren.

Nachdem Linna und Amelie sich von Nancy die Krallen mit Farbe haben anstreichen lassen, gehen wir zusammen zur Wohnung zurück, und Linna schließt uns die Haustür auf.

»So, Jungs, ich bin dann weg. Ihr hattet ja jetzt wohl ausreichend Unterhaltung für den Tag, hm?«, sagt sie, tätschelt Kalle zum Abschied noch einmal den Kopf und streicht mir über den Rücken. Dann fällt die Wohnungstür hinter ihr ins Schloss.

Unterhaltung. Tz. Was Zweibeiner so unter Unterhaltung verstehen. Ich sag nur Rappelmaus.

Aber der Gang zu Nancy hat auf jeden Fall etwas Gutes bewirkt: Kalle und ich waren draußen auf den Straßen unterwegs, und es war nicht der Schatten eines riesigen, gewalttätigen Brutus zu sehen. Grund genug, um mal wieder einen eignen Streifzug in Sachen verdächtiger Garage zu planen.

Nach einer kleinen Pause, die ich zum Nachdenken und Kalle bestimmt für ein Schläfchen nutzen wirde, wird es also wieder losgehen für das Spezial-Team des Viertels!

»Ich denke, es ist an der Zeit für weitere verdeckte Ermittlungen«, teile ich meinem Assistenten mit.

Doch der, stelle ich fest, ist gar nicht mehr hier im Flur an meiner Seite.

Kalle tapert, wie von einer Schnur gezogen, mit erhobener Nase quer durchs Wohnzimmer.

»Kalle?«

Doch entweder hört er mich nicht, oder er will mich nicht hören. Den dicken Hintern in die Kurve werfend macht er gerade einen scharfen Bogen um den Couchtisch.

»Kalle?!«

Sieht ganz so aus, als wollte er zur Terrassentür.

Meine Alarmsirenen klingeln. Gerade noch waren wir draußen unterwegs, und er hat an ungefähr siebenhundert Bäumen, Ecken und Sträuchern sein Bein gehoben. Er hat ganz sicher keinen Grund, um jetzt so zielstrebig wieder rauszuwollen.

Doch genau das scheint er vorzuhaben, denn er steuert direkt auf die Katermopsklappe zu. Ich fahre zusammen. Da liegt was! Klein, rund, saftig glänzend. Sieht verdächtig aus nach etwas …

»Kalle, neeeeein!« Ich hechte los. Doch es ist zu spät! Kalle ist bereits dort angekommen und hat den kleinen, fleischig riechenden Kloß in einem Happs verschluckt, ehe ich ihn erreiche.

»Was war das?«, kreische ich, kurz davor, die Nerven zu verlieren. »Was hast du da gerade in deinen ewig gierigen Schlund gestopft?«

»'ne Frikadelle«, strahlt Kalle. »Lecker!« Doch dann runzelt er plötzlich die Stirn. »Im Abgang vielleicht n bisschen bitter.«

»Bitter?«, echoe ich.

Kalle guckt betreten. »Tja, so genau kann ich's nicht sagen. Ich hab ehrlich gesagt, diesmal nicht gekaut.«

Mein Hirn rast wie verrückt.

Eine Frikadelle. Die heute Morgen noch nicht da war. Die hier aber fressbereit vor der Katermopsklappe liegt, wenn wir wieder heimkommen. Ein Fleischkloß, der da plötzlich liegt, ohne dass Linna oder Mads in der Wohnung waren. An so ein Wunder kann doch nur ein Mops glauben, der siebenmal täglich nachschaut, ob Futter in seinen Napf gefallen ist.

»Spuck sie wieder aus!«, befehle ich.

Kalles runde Augen werden noch glubschiger. »Hä?«

»Würg sie hoch und spuck sie aus! Na los! Mach schon!«, dränge ich.

»Du willst, dass ich die Frikadelle wieder auskotze?«, fragt Kalle ungläubig.

»Positiv! Und jetzt tu es endlich! Je länger du wartest, desto früher …«

»Ups«, macht Kalle da und setzt sich abrupt hin. Sein eines Auge rollt ein bisschen zur Seite weg, während er mit dem anderen versucht, mich weiter anzusehen. »Mir ist ja plötzlich so … Wie hat Opa Schulze nach drei Bier immer gesagt? … so … blümerant …«

Seine Vorderbeine knicken ein, und er sackt in sich zusammen.

Noch ehe sein breiter Kiefer den Boden berührt, sind ihm schon die Augen zugefallen.

»Kalle!«, brülle ich ihn an. »Nicht einschlafen! Du musst wach bleiben! Nicht einschlafen!«

Doch als Antwort höre ich nur ein leises Röcheln, das bald in infernalisches Schnarchen übergeht.

Ich hab's gewusst! Gleich als ich dieses Ding da liegen sah, wusste ich, dass damit etwas nicht stimmen kann. Verdammt! So etwas hab ich doch schon etliche Male bei meinen kriminalistischen Lehrmeistern im Fernsehen gesehen: Ein Köder wird ausgelegt, das potenzielle Opfer beißt an, und schon ist der Weg frei für …

Ich sehe zur Terrassentür.

Es gibt Momente, in denen selbst gewiefte Ermittler ein paarmal schlucken müssen.

Denn mir ist gerade klar geworden: Wer immer die Frikadelle zur Katermopsklappe hereingeschoben hat, hat das nicht ohne Grund getan. Einen Mops ins Land der seeligen Träume zu schicken muss für den Täter einen bestimmten Zweck erfüllen. Und das bedeutet: Er wird in nicht allzu langer Zeit wiederkommen!

***

Natürlich habe ich versucht, Kalle ein wenig zur Seite zu ziehen. Mein klobiger Assistent liegt ja wirklich mitten im Weg. Was sonst, zugegebenermaßen, nicht seine Art ist. Doch leider ist Kalle mindestens so schwer, wie er aussieht. Es ist mir nur gelungen, ihn aus der Bauchlage ein wenig auf die Seite zu drehen. Da liegt er nun und schnarcht, dass die Fensterscheiben leise klirren.

Um einen besseren Überblick zu behalten, bin ich auf die Sofalehne gesprungen und halte wachsam Ausschau. Und tatsächlich dauert es nicht lange, und ein langer, dünner Schatten gleitet von der Seite her auf die Terrasse.

Als der Mann sich zum Türschloss beugt, erkenne ich ihn wieder. Es ist derselbe wie beim letzten Mal! Und er scheint sich sehr sicher zu sein, diesmal nicht gestört zu werden.

Nun ist es also so weit! Es ist der Moment gekommen, an dem ein beherzter Kater zeigen muss, was in ihm steckt.

Ich mache mich sprungbereit und ducke mich auf die Sofalehne.

Ein leises Klick! Ertönt, und die Terrassentür schwingt langsam auf. Aber nur ein kleines Stückchen.

Bong!

Der kriminelle Fremde und ich sind gleichermaßen verwundert. Er schiebt seinen Kopf durch den Türspalt und schaut nach, was da den Weg versperrt.

Als er sieht, dass nur Kalles breiter Hintern im Weg ist,

schiebt er ihn über den Parkettboden kurzerhand ein Stück zur Seite.

Dann huscht er selbst herein, in der Hand eine große Tasche.

Ich warte auf den richtigen Augenblick. Es muss ein Moment sein, in dem er nicht mit einer Attacke eines wehrhaften Hausbewachers rechnet. Offenbar hat er mich hier auf der Sofalehne noch gar nicht bemerkt. Er sieht sich im Wohnzimmer um und tritt sofort an das Regal, in dem Linna, nur halb verdeckt hinter einem Aktenordner, die kleine metallisch glänzende Kassette aufbewahrt, in die sie immer die Papierscheine und Metallmünzen legt, die sie aus ihrer Kraul-Praxis mitbringt. Ich bringe mich in Position und tripple mit den Hinterbeinen. Das mache ich auch immer, bevor ich zu einem meiner berüchtigten Mäusesprünge ansetze.

Zielgerichtet zieht der Einbrecher die Metallbox heraus, öffnet sie, schüttet den Inhalt in die Tasche und stellt die Kasse und den Ordner wieder an ihren Platz zurück.

In dem Moment, in dem der sich in Sicherheit wähnende Verbrecher mir so beschäftigt den Rücken zudreht, springe ich.

Weil ich die Armlehne des Sofas noch als Zwischenstopp nutze, bekommt mein Angriff gewaltige Wucht. Ich erwische den Kerl im Nacken und schlage meine Krallen voll ausgefahren in die schutzlose Haut an seinem Hals.

Er schreit auf und fuchtelt mit den Armen. Wir drehen uns ein paarmal wie verrückt im Kreis, während ich mich in seinen Nacken kralle. Doch dann erwischt er mich leider mit einer Hand am Schwanz und zieht mit aller Kraft daran. Und bedauerlicherweise muss ich gestehen, dass auch Kommissare im Dienst eine Schwachstelle haben.

Ich jaule auf und lasse los. Durch sein Herumgewirbel werde ich zur Seite geschleudert und knalle gegen Kalles Körbchen. Da hätte ich es schlimmer treffen können.

Keuchend und mit weit aufgerissenen Augen starrt der gemeingefährliche Einbrecher mich an. Und dann schießt er plötzlich auf mich zu.

Gewalttätigkeit liegt mir nicht. Daher nehme ich Reißaus und entkomme mit über das Parkett schleudernden Pfoten durch den Flur ins Schlafzimmer. Doch der Verrückte folgt mir. Wir veranstalten eine kurze Hetzjagd rund ums Bett, die ich gewinne. Doch dann hält der Kriminelle plötzlich inne.

Er hebt seine Hand und schaut auf die Uhr am Handgelenk. Dann wirft er mir einen drohenden Blick zu und dreht sich zu Linnas schöner alter Kommode mit der Marmorplatte und dem ovalen Spiegel darüber. Er zieht die linke obere Schublade auf, schiebt die Seidentücher zur Seite und greift sich Linnas Schmuckkästchen. Hiermit verfährt er genauso wie mit der Kasse: Der Inhalt wandert in die Tasche, das Kästchen zurück in die Schublade. Sogar die Tücher zupft er wieder zurecht. Der gerissene Kerl denkt an alles.

Dann greift er sich nur noch die antike kleine Standuhr von der Marmorplatte, lässt sie auch in die Tasche gleiten und wendet sich wieder zur Tür.

Kalle!, schießt es mir blitzartig durch den Kopf.

So wie dieser Schwerkriminelle gerade auf mich losgegangen ist, traue ich ihm durchaus zu, dass er Kalle irgendetwas antut. Der schwarze Klops ist doch gerade vollkommen wehrlos.

Ich springe vom Bett und rase los.

Der Kerl und ich liefern uns ein Wettrennen ins Wohnzimmer hinüber und auf die Terrassentür zu.

Kurz vor Kalles schlaffem Körper, lege ich eine perfekte Kehrtwende hin. Darüber nachdenken muss ich gar nicht! Mein Assistent, mein treuer Begleiter, ist in Gefahr. Ich kann regelrecht spüren, wie ich über mich hinauswachse. Über meinen gewaltigen Buckel sträubt sich mein Fell solcherart, wie es das noch nie getan hat. Aus meiner Kehle dringen Geräusche, die ich selbst kaum für möglich gehalten hätte. Ein tiefes, grollendes Knurren. Und während meine zu Schlitzen verengten Augen Blitze auf den Übeltäter abschießen, spreche ich doch tatsächlich mit ihm! Es kommt einfach so über mich!

»Wenn du Kalle zu nah kommst, du Unhold, bist du des Todes!«, fauche ich.

Der Einbrecher zögert. Sein Blick huscht von Kalle zur Tür und wieder zurück. Obwohl er mich ganz sicher nicht verstanden hat, signalisiert ihm meine Körpersprache wohl deutlich, was gemeint ist. Er fasst die Tasche noch etwas fester mit der behandschuhten Hand. Dann macht er einen vorsichtigen Schritt.

»Verschwinde!«, knurre ich. »Lass Kalle in Ruhe!«

Noch ein Schritt. Seine Augen huschen immer wieder zwischen Kalle und mir und der Tür hin und her.

Noch ein Schritt. Noch einer. Er ist an der Tür, schlüpft mit einem erleichterten Aufatmen hinaus und zieht sie hinter sich ins Schloss.

Sobald er von der Terrasse verschwunden ist, renne ich hinüber zum Esstisch und springe auf die Fensterbank.

Der verbrecherische Katermopsfeind geht tatsächlich in seinem blauen Overall gemessenen Schrittes den Weg von der Haustür zur Straße. Dort parkt der alte Wagen, der in besagter Garage unter der Plane versteckt war und dessen Geruch Kalle auch vor Hannelores Haus erkannt hat.

Der Einbrecher steigt samt seiner Tasche ins Auto und fährt davon.

Ich sehe mich um. Die Wohnung sieht aus wie immer. Niemand würde erkennen, dass gerade noch ein Unbefugter hier herumgeschlichen ist und Dinge entwendet hat.

Einzig und allein der tief schlafende schwarze Fleck vor der Terrassentür wirkt ungewöhnlich.

Von der Fensterbank und zu Kalle sind es nur ein paar Sätze.

Ich umkreise ihn einmal und streiche ihm mit meinem Schwanz durchs Gesicht. Doch er schläft so tief, dass er nichts merkt.

Seine faltige Schnute bewegt sich ein wenig. Wahrscheinlich träumt er, dass er irgendeine riesige Frikadelle runterschlingt. Ansonsten sieht er eigentlich aus wie immer, wenn er schläft. Wie ich so dasitze und ihn beobachte, fällt mir ein, wie er damals den Großen Weißen mit seinen Kunststückchen in die Flucht geschlagen hat. Oder wie er sich auf diesen gewaltigen Kater gestürzt hat, als er dachte, der würde mich gleich angreifen. Ich denke an die Dutzende Male, zu denen Kalle mich mit offenem Maul und bewundernden Augen angestarrt hat, während ich ihm meine Ermittler-Überlegungen mitgeteilt habe. Und während ich all das Revue passieren lasse, wird es in meinem Bauch ganz warm.

Kaum zu fassen, aber auf irgendeine verrückte Art und Weise hat dieses schwarze Dickerchen es doch tatsächlich geschafft, dass ich es in mein Katerherz geschlossen habe.

Und deswegen ist mir jetzt klarer als je zuvor: Kalle muss wieder aufwachen und dann bitte ganz der Alte sein! Und – was beinahe genauso wichtig ist – er darf niemals etwas von meiner niederen Herkunft erfahren!

Deswegen muss ich wohl ein wenig mehr darauf achten, dass sich bei uns die private und professionelle Schiene nicht vermischt.

Als ich das entschieden habe, rolle ich mich neben ihm ein. Seite an Seite. Ich stelle mich wohl am besten auf eine längere Wache ein.

***

Als ich die Stimmen im Flur höre, bin ich wirklich sehr, sehr erleichtert. Der ganze Tag ist vergangen, und Kalle hat sich nicht einmal bewegt. Zwischendurch hat er sogar ein paarmal aufgehört zu schnarchen, was noch beunruhigender war als sein Geröchel.

»… können wir ja auch morgen ins Kino gehen«, höre ich Linna gerade sagen, als sie zur Wohnungstür hereinkommen. »Amelies Mädelsabend ist ihr bestimmt superwichtig.«

»Kein Problem«, antwortet Mads. Sie hängen ihre Jacken auf und pfeffern ihre Schuhe in die Ecke und kommen zusammen ins Wohnzimmer. »Wenn es trocken bleibt, mach ich mit Kalle mal wieder 'ne große Runde im Wald. Ich glaub, er braucht ein bisschen mehr Bewegung. Und mir kann das auch nicht schaden. Muss schließlich wieder in Form kommen, wenn ich bald meinen Schreibtischstuhl wieder gegen die Verbrecherjagd eintausche.«

Linna lacht und klopft ihm auf seinen flachen Bauch. Dann sieht sie sich um.

»Wo sind denn die Jungs? – Kasimir? Kalle?« Doch in dem Augenblick kommt sie um die Sofaecke und sieht uns beide hier liegen und sitzen.

Und wieder einmal stellt meine liebste Linna unter Beweis, dass sie ein außergewöhnlich intelligenter Zweibeiner ist, denn ihr ist sofort klar, dass hier etwas nicht stimmt.

»Mads!«, quietscht sie und stürzt zu uns. »Oh Gott! Kalle!«

Mads ist sofort hinter ihr.

Beide knien sich hin und fummeln an Kalle herum.

»Was hat er denn nur?«, wimmert Linna.

Mads sieht ganz blass aus. Er streichelt und rüttelt Kalle ein bisschen, hebt seine Augenlider an und auch seine Lefzen, um am Zahnfleisch herumzudrücken. Kalle pennt und pennt und kriegt von alldem nichts mit. »Ich fahr mit ihm zum Tierarzt«, entscheidet Mads dann mit zittriger Stimme. Er eilt in den Flur, zieht Schuhe und Jacke wieder an und ist in Sekundenschnelle zurück. Vorsichtig nimmt er Kalle auf den Arm. Dafür, dass Mads so ein großer und starker Zweibeiner ist, kann er überraschend sanft sein.

»Ich komm mit!«, sagt Linna. Doch Mads schüttelt den Kopf.

»Ruf lieber schon mal bei Doktor Fischer an und sag Bescheid, dass ich in fünf Minuten mit einem Notfall ankomme. Ich melde mich, sobald ich etwas weiß.«

Linna nickt hektisch und hechtet ans Telefon. Mads ist schon mit Kalle auf dem Arm auf und davon.

Nachdem Linna ziemlich aufgeregt telefoniert hat, lässt sie sich schwer seufzend zu mir aufs Sofa fallen und schaut dann immer wieder auf ihr Handy. Offenbar hat sie gerade nichts weiter zu tun. Vielleicht wäre das eine gute Gelegenheit, sie darauf hinzuweisen, dass während ihrer Abwesenheit unerwünschter Besuch hier war?

Ich entziehe mich ihrer etwas fahrig kraulenden Hand und spaziere zum Regal hinüber, um daran entlangzustreichen.

»Ach, Kasimir, hoffentlich ist nichts Schlimmes mit dem armen kleinen Kalle«, sagt Linna mit erstickter Stimme.

»Mau«, mache ich und gehe auf und ab, auf und ab.

Dabei schaue ich immer wieder rauf zu dem Ordner, der den nun leeren Metallkasten nur halb verdeckt.

Linna sieht mir eine Weile gedankenversunken dabei zu, wie ich hin und her streiche, nach oben schaue, nach oben schaue.

Dann runzelt sie irgendwann die Stirn und legt den Kopf schief.

»Was ist denn los, hm?«

Sie steht auf und kommt zu mir herüber. Ganz genau betrachtet sie das Regal und versucht dabei, meinen Blicken zu folgen.

Aber sie versteht einfach nicht, was ich meine.

Nun gut, vielleicht ist es mal an der Zeit, meinen Dünkel über Kalles erniedrigende Kunststückchen beiseitezuschieben. Wie macht er das noch mit diesem Gehüpfe auf zwei Pfoten?

Ich richte mich auf den Hinterbeinen auf und angle mit einer Vorderpfote nach dem Ordner.

Linna schmunzelt. »Was willst du denn damit? Hm? Ist da irgendwo ein Leckerchen versteckt, oder …« Sie hält inne und beäugt den Ordner plötzlich misstrauisch. Als sie ihn von allen Seiten so genau wie möglich betrachtet hat, fasst sie ihn vorsichtig mit spitzen Fingern an und zieht ihn heraus.

Dann linst sie mit mir zusammen in die Lücke, die nun entstanden ist und in der ganz deutlich die Box zu sehen ist.

»Kasimir«, flüstert Linna. »Du hast doch nicht etwa eine Maus hier reingeschleppt, und die sitzt jetzt hier in meinem Regal?«

Seufz!

Erneut richte ich mich auf und angle mit der Pfote in die Lücke hinein.

Linna sieht sich im Wohnzimmer um, greift sich die Fernsehzeitung vom Couchtisch, rollt sie zusammen und stochert damit in der Regallücke herum.

Versehendlich stößt sie dabei auch an den Metallkasten. Das passiert ihr einmal. Und noch einmal. Und beim zweiten Mal stutzt sie plötzlich.

Mit der Zeitungsrolle holt sie umständlich die Kassette nach vorn und greift sie sich. Schon als sie sie hochnimmt, kapiert sie wohl, dass etwas damit im Argen ist. Sie runzelt die Stirn. Benutzt, genau wie der Einbrecher auch, den kleinen Schlüssel, der daran hängt, und öffnet den Deckel.

Ihr entfährt ein kleiner Keucher.

Dann richtet sie sich mit starrem Blick auf.

Sie sieht auf die leere Box in ihren Händen, und plötzlich lässt sie die scheppernd fallen und rennt hinüber ins Schlafzimmer.

Ich folge ihr und kann zusehen, wie sie die linke Schublade aufreißt, die Tücher zur Seite fliegen und Linna entsetzt in ihr leeres Schmuckkästchen blickt.

In dem Augenblick klingelt nebenan auf dem Couchtisch ihr Handy.

Sie saust an mir vorbei und wirft sich regelrecht auf das Ding.

»Mads?!«

Atemlos lauscht sie. Dann sagt sie mit bebender Stimme: »Frag Doktor Fischer bitte, ob es sein kann, dass Kalle betäubt worden ist. Vielleicht mit einem Stück Fleisch mit Schlafmittel oder so was. – Frag einfach!« Wieder lauscht sie eine Weile. »Oh Gott, Mads! Das ist es bestimmt. Ich hab nämlich gerade gemerkt, dass hier eingebrochen worden ist. Die Barkasse ist leer. Und mein ganzer Schmuck ist weg. Und Omas Uhr. – Ja! Ja, macht alles, was nötig ist, und dann komm schnell heim. Wenn ich mir vorstelle, dass jemand hier war, in unserem Zuhause!«

16. Kapitel – Kalle

Boah, is' mir schlecht!

Irgendwie is' oben unten, und unten is' oben, und mit den Seiten stimmt auch irgendwas nicht.

Kommt mir vor, als hätte mich jemand an den Hinterpfoten gepackt und immer im Kreis geschleudert.

»Guck mal, Mads, ich glaub, er kommt langsam zu sich«, höre ich Linna sagen.

Wieso sind meine Lider so schwer? Krieg die Dinger kaum hoch. Deswegen seh ich sie erst auch nur ganz verschwommen: Linna, Mads und Kasimir. Alle drei hocken neben meinem Körbchen.

»Mads, wo kommst 'n du so plöfflich her?«, versuche ich zu sagen. Aber meine Zunge fühlt sich an, als hätte ich 'ne ganze Nacht auf dem Rücken mit offener Schnauze gepennt. Ich sach ma, wie so 'n schlaffes Stück Frotteetuch.

»Ruh dich am besten noch etwas aus. Du bist nämlich betäubt worden«, brummelt Kasimir von der Seite und guckt mich ein bisschen vorwurfsvoll an. »Konntest diese Fleischkloß-Falle ja nicht schnell genug runterschlucken. Und danach hast du sehr tief geschlafen. Auch als der Einbrecher wieder kam. Und diesmal ist er tatsächlich reingekommen und hat ein paar von Linnas Sachen mitgenommen. Das hast du aber alles nicht mitbekommen, und ich musste die Stellung ganz allein halten … – Jetzt mach die Klappe wieder zu, Kalle«, setzt er dann hinzu. »Du riechst aus dem Hals, als hättest du die ganze Nacht mit offener Schnauze auf dem Rücken geschlafen.«

Sag ich doch.

Plötzlich ist auch Rainer da. Er legt Mads die Hand auf die Schulter und sagt: »Im Schlafzimmer sind die Kollegen fertig. Leider ohne Erfolg. Vielleicht haben sie ja hier im Raum mehr Glück. Wenn sie hier auch durch sind, könnt ihr euch wieder frei bewegen.« Mads nickt, sieht dann wieder zu mir runter. Seine braunen Augen gucken mich so lieb an. Sieht so aus, als würd er sich ein bisschen Sorgen machen um mich. Ach, mein Mads!

Rainer wendet sich an Linna: »Sobald wir durch sind, kannst du noch mal überall nachsehen, ob vielleicht doch noch etwas anderes fehlt.«

Doch sie schüttelt den Kopf. »Sonst hab ich wirklich nichts Wertvolles.«

»Wie oft hab ich dir schon gesagt, du sollst die Kasse in ein Schließfach in der Bank bringen«, knatscht Mads. Aber dann guckt er Linna kurz an und lächelt plötzlich. »Wie gut, dass den Tieren nichts Schlimmes passiert ist!«

Linna streichelt mit einer Hand Kasimirs Kopf, und mit der anderen hält sie eine von meinen Pfoten. Fühlt sich schön warm an. Sie muss tief Luft holen, bevor sie sagt: »Ja, stell dir nur vor, die Mistkerle hätten kein Schlafmittel, sondern gleich Gift genommen.«

Mads kneift kurz die Augen zu. »Da denken wir jetzt mal gar nicht dran! Der arme Kalle hatte es schon schwer genug. Frau Doktor Fischer hat gemeint, die Dosis hätte auch eine Dogge von den Beinen gehauen.«

Linna knetet zärtlich meine Pfote. »Ach herrje, armer, kleiner, lieber Kalle!«

»Also, sooo schlimm fand ich das gar nicht«, melde ich mich zu Wort. »Schlafen tu ich doch sonst auch ganz gerne. Und die Frikadelle war echt lecker. So ein dicker, saftiger, schmackofatziger …«

»Hast du nicht zugehört?«, faucht Kasimir dazwischen. »Du hast Glück gehabt, dass es nur ein Schlafmittel war! Sagenhaftes Glück! Hätte genauso gut auch Gift sein können. Und dann würdest du jetzt steif und tot auf dem Seziertisch liegen.«

Bäääh! Ich weiß zwar nicht, was ein Sähziertisch ist, aber der Rest klang echt eklig.

»Okay, okay«, brumme ich. Aber wie ich Kasimir kenne, reitet der jetzt noch 'ne Weile darauf rum, wenn ich ihn nicht auf andere Gedanken bringe. Also setze ich mich ein wenig schwankend im Körbchen auf und sehe mich um. Da wuseln ein paar Leute rum, die Rainer wohl mit Kollegen gemeint hat.

»Mann, sind die gründlich! Oder, Boss? Guck mal, wie die mit diesen kleinen Pinseln alles abpinseln und so«, staune ich. »Dabei hat Linna erst neulich noch alles blitzblank geputzt, als Mads Eltern zu Besuch kamen.«

Kasimir grunzt. »Selbstverständlich sind die Beamten von der SpuSi nicht hier, um zu putzen«, erklärt er mir dann. »Sie suchen auf diese Weise nach Fingerabdrücken. Um den Täter identifizieren zu können.«

Waaaahnsinn! Von Rumermitteln und so hat Kasimir echt so was von Ahnung.

»Sie werden nur nichts finden«, meint er dann noch.

»Nicht? Aber woher weißt das?«, frage ich. Klar ist mein Boss der klügste Katerkommissar überhaupt. Aber alles kann er ja auch nicht wissen.

»Wie ich gerade sagte: Sie suchen nach Fingerabdrücken«, wiederholt Kasimir. »Der Verdächtige hat aber Handschuhe getragen.«

»Oh neeein!«, entfährt es mir, und ich dreh mich zu Rainer herum. »Rainer, voll das Pech, ey, der Einbrecher, der mir diese leckere Frikadelle …« – mir läuft das Wasser im Maul zusammen, und ich muss mich zwingen, an Schlaftabletten könnten auch Gift sein zu denken – »… also, der mich betäubt hat, der hat Handschuhe getragen. Ihr werdet also keine Spuren finden. Könnt mit dem Pinseln aufhören.«

»Er …«, beginnt Kasimir.

»… versteht mich nicht«, beende ich. Was 'n Frust. Denn wenn er mich verstehen könnte, könnte ich ihm ja auch sagen, dass der Kerl, der mich mit dieser unglaublich leckeren, so herrlich saftigen … ähm … vergifteten Frikadelle in die Falle gelockt hat, neulich schon mal hier war. Dass ich ihn da aber mit meinem Alarmbeller verjagt habe. Und dass Kasimir und ich der Spur bis zu der Garage gefolgt sind …

»Die Garage!«, platze ich raus. »Wir müssen unbedingt da hin und olfaktieren, ob Linnas Sachen da drin sind!«

Linna und Mads sehen erst mich und dann sich gegenseitig besorgt an. »Könnte sein, dass das eine Nebenwirkung ist«, meint Mads mit gerunzelter Stirn und mustert mich genau. »Doktor Fischer hat gemeint, es kann sein, dass er noch ein bisschen winselt oder jammert.«

»Aber so ein aufgeregtes Bellen?!«, sagt Linna zweifelnd.

»Wir müssen zu der Garage!«, wiederhole ich winselnd, denn das scheint ja offenbar normal zu sein, nachdem man so eine grandios herzhafte, fantastisch gewürzte Frikadelle gefuttert hat. Ja, ich weiß, hätte auch vergiftet sein können!

»Heute nicht mehr«, entscheidet Kasimir. »Unsre Zweibeiner sind viel zu aufgeregt und behalten uns scharf im Auge. Ich glaube nicht, dass wir es schaffen würden, uns wegzuschleichen.«

Au Mann, ja, da hat er mal wieder recht! Und um ehrlich zu sein, ich bin nicht böse drum. Meine Beine fühlen sich immer noch ziemlich wacklig an.

»Linna, Mads? Habt ihr eine Minute?«, fragt Rainer da gerade. Die beiden stehen auf und gehen mit Rainer zum Esstisch rüber, wo sie sich mit ihm und einer Frau in schicker Polizeiuniform unterhalten.

Na, ich seh schon. Wird mal wieder so 'ne extrem laaange Minute.

»Vielleicht können wir ja morgen zur Garage laufen und da so 'n bisschen rumochserieren«, schlage ich vor.

Kasimir betrachtet mich mit so einem Ausdruck. Also, sieht direkt 'n bisschen stolz aus.

»Du lernst immer mehr dazu über wirklich gute Ermittlungsarbeit«, sagt er dann. »Macht sich eben doch bemerkbar, wenn du bei einem Könner mitarbeitest. Auch wenn dein Naturell dich dazu treibt, dich hin und wieder noch mal etwas gehen zu lassen.«

Ich starre ihn an.

»Die Frikadelle«, erinnert er mich.

»Ach ja.« Wenn er es so sagt, ist es mir ja fast ein bisschen peinlich, dass ich diesen ultraverlockend duftenden Fleischkloß einfach so runtergeschluckt habe. Da hab ich wirklich nicht so richtig ... na ja, nachgedacht.

Dafür hol ich das jetzt voll krass nach. Ich denke und denke. Wahrscheinlich auch so was, was ich von Kasimir gelernt habe – früher war ich da nämlich nicht so gut drin. Und dabei fallen mir ein paar Sachen ein, bei denen sich mir echt die Nackenhaare aufstellen.

»Mann, Kasimir, ist das nicht gruselig, dass ich die ganze Zeit geschlafen habe, als der Einbrecher hier in der Wohnung war?«, überlege ich. »Ich mein, wenn einer sich an Linnas ganz eigenen Sachen vergreift, dann könnte der doch auch ein fieser Mopshasser sein. So was gibt's, sagt Amanda. Sie hat es nämlich immer wieder mit gemeinen zweibeinigen Dobermannhassern zu tun. Und stell dir vor, wenn so ein Mopshasser vor sich einen unschuldigen schwarzen Mops sieht, der irgendwo weit weg im Land der Träume unterwegs ist und deswegen keinen Alarmbeller loslassen und auch nicht beißen und nix kann ...«

Irgendwie hab ich plötzlich so 'n Kratzen im Hals.

Kasimir sagt etwas. Aber so schnell und so leise, dass ich erst denke, ich hab gar nix gehört. Wenn ich aber genau überlege, hat Kasimir wohl so etwas gesagt wie »Ich hab dich beschützt«.

»Ähm … du hast …? Ey, Boss, jetzt ma langsam … du hast mich beschützt?«, bringe ich dann raus.

Kasimir sieht aus, als würde er es lieber nicht zugeben. Doch dann richtet er sich plötzlich zu voller Größe auf – und ist dabei fast so groß wie ich. Dann sträubt er noch das Fell – doppelt so groß wie ich! Und reißt die Klappe auf, dass ich hinten sein Zäpfchen schlackern sehen kann. Dazu lässt er ein Fauchen und Knurren los, dass ich mich vor Schreck echt hinter den Körbchenrand ducke.

»Voll krass!«, kann ich dann nur rausquetschen. »Du … du hast mich vor dem Einbrecher mit deinem eigenen Leben beschützt?!«

Kasimir schrumpft wieder in sich zusammen, legt die Haare an und fängt an, sich zu putzen. »Du konntest dich ja nicht wehren. Hast geschlafen wie ein Welpe.«

Ich kann ihn nur immer weiter anstarren.

»Und geschnarcht hast du«, brummt Kasimir und sieht mich mit diesem superschlechtgelaunten Blick an. »Infernalisch geschnarcht. War echt nicht auszuhalten.«

Aber er macht mir nix vor. Ich weiß jetzt, dass er mich beschützt hat. Vor einem gewalttätigen, furchtbar diebischen Einbrecher, der vielleicht sogar ein Mopshasser ist.

Und das, wie soll ich sagen, ist irgendwie das Größte heute.

Obwohl doch so viel passiert ist. So viel, dass es einen echt hundemüde machen könnte. Ähm … mopsmüde macht.

In dem Augenblick, in dem ich das denke, öffnet sich meine Schnauze ganz von allein, und ich lasse einen mega Gähner raus. Boah, bin ich schlaff! Wie eins von diesen Handtüchern, mit denen Linna mir bei Regenwetter an der Wohnungstür die Füße abtrocknet. Besser ich lege mich gleich wieder in meine bequeme Körbchenecke.

»Mmmh! Schön kuschelig ist das hier, Kasimir«, murmle ich. »Guck ma, Linna hat mir ein warmes Kissen hierhin gelegt. Riecht sogar 'n bisschen nach aufgewärmtem Mittagessen, weil's in der Mikrowelle war. Oah, ist das muckelig! Komm doch auch rein. Du kannst wieder deinen Kopf auf meinen Rücken legen.«

Kasimir sieht mich an, steht auf und hat schon eine Pfote in mein Körbchen gesetzt, als er sie wieder zurückzieht.

»Was 'n?«, gähne ich. »Sach bloß, du hast da jetzt wieder dieses komische Kater-und-Hund-liegen-nicht-im-gleichen-Körbchen-Ding laufen?« Er sieht mich weiterhin an, die Pfote noch in der Luft. In seinem Kopf – das kann ich sogar von außen sehen, ey! – geht's voll ab. Er denkt und denkt und denkt.

»Wieso solltest du nicht hier mit mir abhängen?«, frage ich und schiebe mein Hinterteil noch ein bisschen mehr in die weiche Decke. »Du hast mich vor dem Einbrecher beschützt. Scheint doch so, als wär der kluge Kater inzwischen echt der beste Freund vom schlauen Mops.«

Doch da reißt Kasimir erschrocken die Augen auf. »Unsinn!«, blafft er. »Das wäre vollkommen unprofessionell! Unsere Beziehung verfügt allein über eine rein berufliche Basis, in der private Dinge wie beispielsweise die Vergangenheit des jeweils anderen keine Rolle spielen. Ich bin Ermittler. Und ich bin auf einen guten Assistenten angewiesen. Und das bist du nun mal: ein guter Assistent! Nicht mehr und nicht weniger. Basta!«

Damit dreht er sich um und verschwindet mit erhobenem Schwanz zur Terrassentür hinaus.

Häää?

17. Kapitel – Kasimir

Hier sind sie wieder gemeinsam unterwegs: der professionell Distanz wahrende Ermittler und sein immer noch gähnender Assistent. Schon vor einer ganzen Weile haben wir unseren Beobachtungsposten in der dichten Hecke neben der auszuspionierenden Garage bezogen und behalten seitdem jede Regung rund um das verdächtige Haus im Auge. Wie immer sind all unsere Sinne geschärft. Unsere Nerven sind bis zum Zerreißen gespannt.

»Hier passiert ja heute gaaaar nix!«, mault Kalle.

»Niemand hat gesagt, dass die hohe Kunst des unauffälligen Observierens immer lustig ist«, erwidere ich.

»Aber jetzt hocken wir hier schon total lange. Und die Garage steht immer noch auf und ist immer noch leer, und keiner kommt vorbei. Voll langweilig«, nölt Kalle.

»Wer ist hier der Chef-Ermittler?«, frage ich.

»Du, Boss«, antwortet Kalle widerwillig.

»Wer hat eindeutig mehr Erfahrung und weiß, wie eine Ermittlung erfolgreich durchgeführt wird?«

»Du, Boss.«

»Wer hat den kriminellen Einbrecher dabei beobachtet, wie er Linnas Sachen eingesammelt hat, während ein gewisser Mops schlafend vor der Terrassentür lag?«

»Das war jetzt aber gemein«, beklagt sich Kalle.

Ich will gerade erwidern, dass das die schlichte Wahrheit war, doch in diesem Augenblick biegt ein klappriges Auto von der Straße in die Einfahrt und rollt direkt in die Garage. Es ist der Wagen, der unter der Plastikplane verborgen war und dann sowohl bei uns als auch bei Hannelore vor dem Haus gestanden hat.

»Ruhe jetzt!«, zische ich Kalle zu. Höre ihn aber noch leise etwas murmeln, das wie »Erst gemein sein und dann auch noch recht haben« klingt.

Aus dem Auto steigt ein dünner Mann. Auch ohne seinen blauen Overall erkenne ich ihn wieder: Es ist der Einbrecher!

Er geht um das Auto herum zum Garagentor und winkt freundlich grüßend zu dem Nachbarn hinüber, der gerade seinen Rasen mäht. Dann schließt er von innen das Garagentor.

»Menno! Jetzt sehen wir ja nix mehr«, jammert Kalle.

»Die Tür! Die Tür, die ins Haus führt!«, fällt mir ein. »Komm mit!«

Geschmeidig springe ich aus der Hecke und schleiche lautlos an der Hauswand entlang. Das Geächze und Zweige-Knacken hinter mir versuche ich zu ignorieren.

Wir haben Glück. Auch in diesem Haus gibt es einen Ausgang zu dem winzigen Garten dahinter. Und die Tür hinaus ist voll verglast. Vorsichtig spähen wir um die Ecke, hinein in den wenig einladenden Wohnraum. Selbstverständlich kann nicht jeder Zweibeiner über den exquisiten Geschmack verfügen, mit dem unsere liebe Linna unser Zuhause eingerichtet hat. Aber dennoch würde ich auch von anderen Zweibeinern mehr erwarten als nur einen Tisch mit ein paar Stühlen und einem Computer darauf, ein Sofa und einen Fernseher.

Die schäbig wirkende Tür in den Flur steht weit offen. Und so können wir sehen, wie aus einem anderen Raum weiter hinten plötzlich der besagte Mann in Sicht kommt. Da hinten muss sich also die Tür in die Garage befinden.

Was mich aber komplett verblüfft, ist die zweite Person, die sich bei dem Mann befindet und auf ihn einredet.

»Sibylla!«, keucht Kalle, ebenso erstaunt wie ich.

Tatsächlich hat er recht. Es ist die Wahrsagerin, die Linna so viele wahre Begebenheiten über ihren Vater und über Mads erzählen konnte. Sie sieht genauso aus, wie ich sie damals und auch bei der netten Nancy gesehen habe: die schwarzen Locken ein wenig wirr über der roten Bluse, auf der ein paar Ketten schaukeln, langer Rock und offene Sandalen.

»Wo kommt die denn plötzlich her?«, wundert sich Kalle. »War die schon im Haus, oder was?«

»Das wäre eine Möglichkeit«, antworte ich nachdenklich. »Die andere wäre, dass sie mit im Auto war.«

»Aber wir haben doch gesehen, dass da nur der Mann drinsaß«, meint Kalle.

»Vielleicht hatte sie sich hinter den Sitzen verborgen? Für uns und auch für alle neugierigen Nachbarn unsichtbar?«, grüble ich.

Kalle staunt. »Aber wieso das denn?«

»Das gilt es herauszufinden, Assistent!«, erwidere ich.

Kalle nimmt Haltung an, und wir gehen wieder gemeinsam auf Beobachtungsposten.

»Meinst du, die Sibylla erzählt dem Kerl auch was über seine Zukunft? Dass die große Liebe zu ihm kommt und so?«, mutmaßt Kalle, zu Recht zweifelnd.

Leider sind alle Fenster geschlossen, und wir können nicht hören, was die beiden sprechen. Doch ich bin relativ sicher, dass es sich hierbei nicht um ein Gespräch dieser Art handelt. Dazu sind die beiden einfach zu vertraut miteinander, und Sibylla bewegt sich in dem Raum, als wäre sie dort … ja, als wäre sie dort zu Hause.

Die beiden sprechen und lachen miteinander. Und dann streift Sibylla ihre Sandalen ab und lässt sie einfach da, wo sie gerade steht, liegen. Barfuß geht sie wieder aus dem Raum. Gerade ist noch zu erkennen, wie sie scharf nach links abbiegt und ihr Rockzipfel nach oben hinter ihr herweht.

»Da ist eine Treppe!«, kombiniere ich und schaue mich bereits um. Da vorn steht ein kleiner Baum.

»Halt die Stellung!«, befehle ich Kalle. »Wenn die Situation gefährlich zu werden droht: Alarmbeller!«

»Aye, aye, Boss!«, antwortet er zackig. »Und was machst du?«

»Ich versuche herauszukriegen, was Sibylla im oberen Stockwerk macht.« Damit schleiche ich zum Baum hinüber, fixiere einmal kurz den rauen Stamm, fahre die Krallen aus, und auf geht's!

Natürlich ist es für mich viel leichter als es für kugelrunde Mopsaugen aussehen muss. Trotzdem tut es irgendwie gut, wie Kalle mich von da unten bewundernd anstarrt.

Flink balanciere ich über einen dicken Ast, der fast bis ans Haus heranreicht, und verschaffe mir einen ersten Überblick.

Badezimmer. Labberiger Duschvorhang, der halb aus der Wanne hängt. Hochgeklappter Klositz, igitt, das würde Linna niemals durchgehen lassen. Das nächste Zimmer scheint das Schlafzimmer zu sein. Da steht ein großes Bett, ein Kleiderschrank und eine Art Spiegelkommode mit einem kleinen Hocker davor.

Meine detektivisch feine Nase hatte mal wieder den richtigen Riecher: Gerade erscheint Sibylla in der Tür, geht zur Kommode und setzt sich auf den Hocker.

Einen kurzen Moment lang betrachtet sie sich im Spiegel. So etwas tut Linna auch hin und wieder. Und bei ihr kann ich es auch nachvollziehen. Sie ist für eine Zweibeinerin wirklich ausgesprochen hübsch anzusehen. Diese Sibylla jedoch … Während ich noch aufmerksam ihren Rücken beobachte, tut sie etwas, das mir mit einem Schlag das komplette frisch geputzte Fell zu Berge stehen lässt: Sie greift sich an den Kopf, fasst in ihr volles schwarzes Haar und zieht es sich mit einer einzigen Bewegung herunter.

Ich kann ein entsetztes Keuchen nicht unterdrücken, und von unten wispert Kalle herauf: »Was ist denn, Boss? Soll ich bellen oder was?«

»Negativ! Negativ!«, zische ich hinunter. »Auf keinen Fall bellen!«

»Okay.«

Als ich wieder hinsehe, hat Sibylla ihre Haare schon auf eine kopfförmige Kugel gestülpt, die auch auf der Kommode steht. Die Haare, die sie jetzt trägt, sind mausgrau und kurz. Nun greift sie an ihre langen Wimpern und zieht auch die von den Lidern ab. Sie fasst an ihre roten Krallen und reißt eine nach der anderen einfach so heraus. Allein beim Hinschauen kann ich in meinen Pfoten eine Art Phantomschmerz spüren.

»Kasimir? Alles klar bei dir, Boss?«, raunt es besorgt von unten.

»Pssst!«, bringe ich mühsam heraus.

Sibylla hat noch ein paar weitere Verwandlungstricks auf Lager, wie sich herausstellt. Sie reibt sich mit ein paar Tüchern mehrmals durchs Gesicht. Plötzlich sieht sie gar nicht mehr so braun und bunt aus, sondern eher farblos und blass. Das Grauenerregendste kommt jedoch noch: Mit zwei Fingern hält sie eines ihrer Augen kurz auf, dann schiebt sie kurz darüber, und … das kann doch nicht sein! Ihr Auge, das gerade noch in dem strahlenden Blau leuchtete, ist plötzlich unauffällig irgendwiefarbig.

Mit dem anderen Auge verfährt sie genauso.

Doch plötzlich hält sie inne und schaut angestrengt in den Spiegel. Ihre jetzt natürlich farbigen Augen verengen sich sogar ein wenig. Das ist der Moment, in dem mir klar wird: Wenn ich im Spiegel derart genau den Ausdruck ihrer verwunderten Augen erkennen kann, kann sie auch mich sehen!

Rasch ducke ich mich so weit auf den Ast, dass ich sie nicht mehr im Spiegel sehen kann, und wage es eine Weile nicht, mich wieder aufzurichten.

»Kasimir«, ruft es plötzlich leise von unten herauf. »Hey, Boss, da ist noch eine Zweibeinerin aufgetaucht.«

Ich hebe vorsichtig den Kopf. Das Schlafzimmer ist leer.

So schnell ich kann, balanciere ich über den Ast zurück. Dann kommt dieser gewisse Moment, der jeder Katze nie so ganz geheuer ist. Denn das wissen wir ja alle: Den Baum rauf ist nie ein Problem. Aber wenn wir dann wieder runterwollen …

Gut, dass ich durch die Observationen bei unserem ersten Fall in Sachen Bäume-Klettern reichlich Erfahrung sammeln konnte. Ich drehe mich also herum und robbe den Stamm Stück für Stück rückwärts herunter.

»Guck ma, Boss, guck ma, die ist grad aufgetaucht«, flüstert Kalle aufgeregt.

Ich werfe einen Blick um die Ecke durch die Terrassentür und ziehe mich sofort wieder zurück.

»Genau das habe ich mir gedacht«, sage ich zufrieden.

Kalles Unterkiefer klappt herunter. »Du hast genau das …? Echt jetzt, Boss?«

»Das da drinnen ist keine zweite Zweibeinerin«, kläre ich ihn auf. »Das ist Sibylla.«

Kalles Augen werden groß wie Murmeln, und er linst noch einmal schnell um die Ecke.

»Neeee«, sagt er dann und schüttelt den runden Kopf. »Das ist doch nicht Sibylla. Die sieht doch totaaal anders aus. Die Haare, die Augen, die Klamotten und so.«

Gut beobachtet, mein Assistent! Die Zweibeinerin dort drinnen trägt nämlich nicht länger den langen Rock samt roter Bluse und klimpernden Armreifen und Ketten. Jetzt hat sie eine beige Stoffhose, ein helles T-Shirt und darüber eine ausgeleierte Strickjacke an.

In diesem neuen Outfit steht sie eine Weile hinter dem Mann, der inzwischen am Tisch sitzt und am Computer herumwerkelt. Irgendwann, das schwöre ich mir, werde ich noch herausfinden, was es mit diesem Internet auf sich hat.

Als Kalle gerade neben mir einen kleinen Gähner unterdrückt, beugt die Zweibeinerin sich ein Stück herunter und küsst den Mann mitten ins Gesicht. Dazu streicht sie ihm mit einer ihrer krallenlosen Hände über den Kopf und Rücken. Dann dreht sie sich zur Tür und verschwindet im Flur.

Es sieht aber nicht so aus, als ob sie erneut die Treppe hochgehen würde. Bleibt also noch der Weg in die Garage oder …

Kalles Kopf ruckt ein wenig zur Seite. Seine Ohren zucken und richten sich Richtung Hausecke.

»Melde Türenklappern von vorn, Boss!«, sagt Kalle beflissen.

Beide pressen wir uns an die Hauswand. Und tatsächlich ist zwischen den vereinzelt stehenden Büschen hindurch zu sehen, wie die mausgraue Zweibeinerin, alias Sibylla, vorn an der Straße vorbeigeht.

Kalle sieht mich fragend an.

»Unauffällig folgen und auskundschaften, wohin die Verdächtige geht!«, ordne ich an. Im nächsten Moment sprinte ich bereits über die freie Rasenfläche des kleinen Gartens und suche auf der anderen Seite hinter einer Regentonne Schutz. Die mausgraue Verdächtige hat mich nicht bemerkt, sondern geht weiter den Bürgersteig entlang.

Als ich mich nach Kalle umsehe, bleibt mir jedoch fast das Herz stehen: Der schwarze Mops hat sich auf den Bauch geworfen und robbt ächzend und schnaufend durch das Gras auf mich zu, von allen Seiten bestens zu sehen und noch dazu höchst sonderbar anzuschauen.

»Kalle!«, zische ich. »Komm sofort hier rüber!«

Er hebt den Kopf, und als ich noch einmal leise fauche, springt er auf und kommt zu mir herübergewetzt.

»Was treibst du denn da?«, grolle ich.

»Unauffällig auskundschaften«, antwortet Kalle. »In dem Film mit den Indianern neulich haben die das auch so gemacht.«

Indianer??

Ach verflixt, immer muss man als Kater diesen Mops doch auch nicht verstehen.

»Wir machen das jetzt aber anders!«, sage ich entschieden. »Wir lassen sie vorgehen und beobachten genau, wohin sie verschwindet. Dann folgen wir ihr unauffällig, indem wir, so schnell wir können, von einer Deckung zur nächsten rennen. Klar?«

Kalle überlegt kurz. Dann nickt er und murmelt: »Hab ich doch gesagt: Unauffällig.«

Am Ende der Straße biegt die verdächtige Person – bisher genannt Sibylla, tatsächliche Identität unbekannt – nach rechts ab.

»Los!« Ich renne im Schutz der Büsche, Zäune und niedrigen Mauern den Bürgersteig entlang. Hinter mir das vertraute Röcheln.

An der Straßenecke halte ich an und spähe vorsichtig in die Richtung, in die die verdächtige Person verschwunden ist. Da hinten läuft sie. Sie geht zielstrebig und dreht sich nicht um. Ideale Voraussetzungen für eine Beschattung.

Geduckt laufe ich weiter, immer bereit, mich hinter Büschen oder parkenden Autos in Deckung zu werfen. Kalles heißen Atem im Nacken, folge ich auf diese Art der Verdächtigen ein paar Straßenzüge.

Irgendwann jedoch meldet sich mein Assistent von hinten: »Wahnsinn, Kasimir! Guck ma, wo wir sind. Wir sind in der Straße, wo die nette Nancy mit den Lachshäppchen ihren Laden hat. Meinste, wir können mal ganz kurz reinschauen und …«

»Achtung!«, zische ich. Die Verdächtige ist stehen geblieben und schaut sich um.

Mit einem einzigen Satz habe ich mich hinter eine Mülltonne geworfen und ihrem prüfenden Blick entzogen.

Doch als ich zu Kalle hinüberblicke, traue ich meinen Augen nicht: Der schwarze, dicke Klops versucht doch tatsächlich, sich hinter dem Mast einer Straßenlaterne zu verstecken. Dabei hat er wohl nicht bedacht, dass so ein Laternenmast sehr viel schlanker ist als ein übergewichtiger Mops. Rechts und links guckt jeweils ein gutes Stück Kalle raus.

Die Verdächtige beachtet ihn jedoch gar nicht, sondern scheint völlig zufrieden mit dem Nichtvorhandensein fremder Zweibeiner. Sie dreht sich um und verschwindet mit Bing Bang Bong! in dem Laden, vor dem sie angehalten hat. Es ist Nancys Laden!

»Kalle!« Ich kann von hier aus sehen, dass mein Assistent versucht, den Bauch noch ein wenig mehr einzuziehen. »Kalle?!«

Kalle linst um den Laternenpfahl. »Ist die Luft rein, Boss?«

Ich seufze. »Komm schon! Ums Haus!« Wir flitzen gemeinsam am Schaufenster des Ladens vorbei und um die Hausecke.

Siehe da! Wir haben Glück! Nancys Fenster steht wieder auf, und wir können hören, was gesprochen wird.

Mein Kopf rattert wie eine gut geölte Maschine. Vielleicht können wir Nancy irgendwie auf uns aufmerksam machen? Aber wie sollen wir ihr nur deutlich machen, dass die Zweibeinerin, die gerade bei ihr aufgetaucht ist, eine höchst suspekte Gestalt zu sein scheint, mit mehreren Identitäten. Aus den abendlichen Krimis weiß ich genau, dass so etwas nicht nur eine charakterliche Schwäche, sondern meist auch ein Zeichen für kriminelle Umtriebigkeit ist.

Doch während ich fieberhaft überlege, spitze ich natürlich die Ohren, um alles mitzubekommen, was dort drinnen gesprochen wird.

Nancy bietet der Verdächtigen keinen der Behandlungssessel an. Stattdessen bittet sie sie an einen kleinen runden Tisch in der Nähe der Terrassentür.

»Wie viel Zeit haben wir?«, fragt gerade die Verdächtige mit einem Blick auf ihr Handgelenk.

»Die Nächste kommt erst in einer Stunde«, sagt Nancy. »Was möchtest du trinken? Oder auch etwas essen?«

»Lachshäppchen!«, stöhnt Kalle verhalten, merkt aber gleich, was ihm herausgerutscht ist, und presst mit aller Willenskraft die Kiefer aufeinander.

»Kaffee?«, sagt die Verdächtige.

»Frisch gemacht.« Nancy steht auf und holt ein Tablett mit einer Kanne und zwei Tassen. Der Gestank dieses ekelhaften dunklen Gebräus zieht zu uns heraus.

Die Verdächtige nimmt eine Tasse und nippt daran. »Mmmh, tut das gut. Ich war den ganzen Morgen unterwegs. Und dieses Teegetrinke ist ja so was von lästig. Muss aber natürlich sein. Aber jetzt lass uns anfangen. Das Geschäft ruft. Gibt es neue gemeinsame … Kundinnen?«

»Wie spricht die denn?!«, nuschelt Kalle in mein Ohr. »Die spricht ja voll normal. Gar nicht so komisch wie Sibylla.«

»Das gehört offenbar zu ihrer Tarnung«, wispere ich zurück.

»Wow! Ganz schön tricki, hm?«, macht Kalle beindruckt.

Nancy steht noch einmal auf und geht nach vorn zur Theke. Von dort holt sie ein paar weiße Karten, auf denen das übliche Gekritzel zu sehen ist.

Sie betrachtet eine und seufzt dann: »Hier habe ich immer noch Amelie Haub. Die mit dem Piloten als Freund, der von seinen Reisen gerne kleine, wertvolle Kunstgegenstände mitbringt …«

»Ja, die stehen überall in der Wohnung verteilt. Waren nicht zu übersehen, als ich sie besucht habe.«

»Ja, aber leider arbeitet sie ja von zu Hause, und die Zeiten, zu denen sie mal nicht da ist, sind sehr unregelmäßig. Keine gesicherten, regelmäßigen Termine in der Woche. Zu gefährlich also. Aber hier …« Nancy blättert weiter und hält eine andere Karte hoch. »Theresa Bleuber. Hat gerade von ihrer Mutter geerbt und weiß noch nicht, wohin mit dem Schmuck«, erzählt Nancy, während sie auf die Karte starrt.

Die Verdächtige kichert. »Darüber braucht sie sich nicht mehr lange Gedanken machen.«

»Sie bewahrt ihn momentan irgendwo im Schlafzimmer auf, Näheres hat sie nicht gesagt«, fährt Nancy fort.

»Doch nicht etwa zwischen den Handtüchern? Theresa, Theresa!«, grinst die Verdächtige. »Was muss ich über sie wissen?«

»Vor zwei Jahren geschieden. Das Ungewöhnliche dabei: Ihr Mann ist mit einer wesentlich älteren Frau abgehauen. Zwei schulpflichtige Kinder, leben beide bei ihr. Der Junge hat ADHS. Das Mädchen spielt Querflöte im Orchestra und hat demnächst Vorspielen für irgendeinen Preis.«

»Ah!«, macht die Verdächtige und reibt sich die Nase. »Daraus lässt sich doch schon was machen.« Sie räuspert sich und sagt dann mit der typischen Sibylla-Stimme: »Kann sagen: Trost für die Verlassene ist: Andere, die Liebsten weggenommen, wird viel früher sterben als du, schöne Theresa. – Oh, und Junge … was ist nur mit Junge? Ich sehe so etwas wie Sturm in Kopf. – Mädchen muss fleißig sein! Sehr, sehr fleißig! Sehr nebelig noch, ob Preis gewinnt oder nicht.«

Die Verdächtige und Nancy lachen.

Ich kann Kalle neben mir entsetzt schnaufen hören.

»Die Adresse steht hier drauf?«, will die mausgraue Verdächtige wissen.

»Wie immer«, antwortet Nancy und deutet auf Gekritzel am oberen Kartenrand. »Wie läuft es denn eigentlich mit Frau Auental?«

Frau Auental? Das ist doch Maritta. Die alte Dame mit dem Kuchen im Wintergarten.

»Ach, die frisst mir aus der Hand«, sagt die Verdächtige hochmütig. »Allerdings ist das Haus wirklich groß. Da gibt es viel zu holen. Ich muss mindestens noch einmal hin, um auch wirklich alles auszukundschaften. Bestimmt gibt es einen versteckten Safe. Ich habe auch schon so eine Ahnung, hinter welchem Bild der sein könnte. Das hat sie nämlich von ihrem liiieben Sohn geschenkt bekommen.«

Nancy grinst. »Wann will Papa sie denn besuchen?«

Papa? Moment mal! In meinem Kopf überschlagen sich die Gedanken.

»Nächste Woche wäre ideal. Sie kommt doch diesen Freitag noch mal zu dir?«

Nancy schaut auf eine der Karten. »Ja, Pediküre.«

»Sehr gut. Dann finde mal raus, wann genau sie in der nächsten Woche unterwegs ist«, sagt die Verdächtige.

»Ich wüsste schon, wie wir sie ganz sicher für eine Stunde aus dem Haus bekommen: Könnte ihr einen Termin für Beinenthaarung anbieten. Keine Ahnung, warum die alte Schachtel da noch Wert drauf legt, aber sie ist immer sehr dankbar, wenn ich sie darauf hinweise, dass das mal wieder ansteht.«

Wieder gemeinsames Gelächter.

»Sag mal, das zieht hier aber ganz schön«, sagt die Verdächtige.

Stühlerücken. Über uns wird das Fenster geschlossen.

Kalle und ich sitzen hier, an die Hauswand gedrückt, und schauen uns an.

Ich kann in seinen Augen das Entsetzen erkennen, das ich auch fühle. Aber selbstverständlich kommt es für einen professionellen Ermittler nicht infrage, in solchen Momenten emotional zu reagieren. Daher sage ich nur: »Rückzug. Wir haben genug gehört.«

18. Kapitel – Kalle

»Aber sie hat mir doch Lachshäppchen gegeben!«, sage ich noch einmal. »Ich hätte nie gedacht, dass eine, die Lachshäppchen verschenkt …«

»Frikadelle!«, unterbricht Kasimir mich.

Wir sind wieder zu Hause angekommen und sitzen nun im Wohnzimmer auf unseren Stammplätzen: Kasimir auf der Sofalehne, ich in meinem Körbchen.

»Ja, … na ja, das war 'n Fremder, oder etwa nicht? Ich sach ma so, Fremde machen manchmal schon echt krasse Sachen. Zum Beispiel stecken sie Schlafmittel in einen Fleischkloß und klauen dann lauter wichtige Sachen. Aber Nancy …«

»Ein Ermittler darf sich nie von seinen persönlichen Gefühlen leiten lassen«, ermahnt Kasimir mich. »Er muss stets einen klaren Kopf behalten und die Fakten kühl überblicken.«

»Die Fakten?« Jetzt bin ich aber gespannt! Mir schwirrt nämlich immer noch die Birne von all dem, was wir draußen vor Nancys Laden belauscht haben. Eigentlich hab ich nur eins glasklar kapiert: Nancy ist nicht so nett, wie ich nach der Lachshäppchen-Sache gedacht hab.

Kasimir fängt an, auf der Sofalehne hin und her zu laufen. »Fakt eins: Sibylla besitzt eine zweite Identität, wir nennen sie die ›mausgraue Verdächtige‹.«

Stimmt! Sibylla und die mausgraue Verdächtige sind ja ein und dieselbe Person! Ich stell mir nur spaßeshalber mal vor, ich wäre gleichzeitig noch jemand anders. Mit ganz anderem Fell und so. Aber lustig ist das nicht, sondern eher gruselig.

»Fakt zwei: Während Sibylla und Nancy so taten, als würden sie sich nicht kennen, waren die mausgraue Verdächtige und Nancy sehr vertraut miteinander«, macht Kasimir schon weiter, bevor ich mir das noch weiter ausmalen kann. »Daraus folgt Fakt drei: Nancy weiß, dass Sibylla und die mausgraue Verdächtige identisch sind. Und somit wären wir schon bei Fakt vier: Nancy teilt der Verdächtigen sämtliche persönlichen Details mit, die sie von den Zweibeinerinnen in ihrem Laden erfährt, während sie ihnen die Maske macht. Fakt fünf: Somit wäre geklärt, woher Sibylla ihr geheimnisvolles Wissen über diejenigen erhält, die sie zu Hause besucht.«

Ich sag's ja immer: Kondensieren kann Kasimir einfach!

»Boah, Kasimir, du ziehst hier ja wieder vom Leder!«, staune ich. Und dann muss ich mich ein bisschen am Kopf kratzen. »Aber was hat das alles mit unserem Fall zu tun?«

Kasimir starrt mich einen Moment lang an.

Dann sagt er: »Alles.«

Ich bin total baff.

»Die mausgraue Verdächtige, alias Sibylla, steht sowohl in engem Kontakt mit Nancy als auch mit dem Einbrecher im Haus mit der Garage«, sagt Kasimir. »Und nun verlassen wir den Bereich der Fakten und begeben uns in den nebelverhangenen Sumpf aus Vermutungen und Ahnungen …« Huuaaah! Das klingt voll spukig. Hoffe nur, dass Kasimir nicht erwartet, dass ich dabei volles Brett mitmache – bei dem Vermuten und Ahnen und so. Weil, ehrlich gesagt, ich sach ma, das ist jetzt nicht meine größte Stärke. Deswegen lass ich ihn erst mal einfach nur nachdenken. Das kann er nämlich wie kein Zweiter.

Kasimir geht auf der Sofalehne hin und her, hin und her, dabei wiegt er den Kopf von der einen zur anderen Seite. Dann setzt er sich hin und nickt.

»Ja, so könnte es sein«, sagt er. Au Mann! Ich platze fast! Wenn er nicht sofort sagt, wie es sein könnte, dann platze ich. »Meine erste Vermutung lautet: Der von Nancy erwähnte

Papa ist der Mann im Haus mit der Garage, unserer Einbrecher. Der verdächtige Papa arbeitet höchstwahrscheinlich mit Sibylla zusammen. Denn sie erschleicht sich das Vertrauen der Zweibeinerinnen, über die Nancy ihr private Details erzählt hat. Die als Sibylla verkleidete mausgraue Verdächtige kundschaftet also die Wohnungen aus. Und sobald sie wissen, dass die Zweibeinerin nicht zu Hause ist, bricht der verdächtige Papa ein und raubt das Diebesgut.«

Hammer! Mir bleibt echt die Schnauze offen stehen.

»Kasimir«, stammle ich. »Du bist ja so was wie dieser Schellock … dieser Schörwock …«

»Ich weiß, wen du meinst«, sagt Kasimir und sieht ziemlich geschmeichelt aus. Dabei mein ich das volle Kanne ernst. Er ist einfach der beste Detektiv auf vier Pfoten der Welt!

Da fällt mir etwas ein!

»Aber, au Mann, Kasimir! Nancy und diese mausige Verdächtige, das Aas Sibylla, die haben doch über die Frau Auental gesprochen. Die von der du auch den anderen Namen wusstest. Weißt du noch?«

»Maritta«, murmelt Kasimir.

»Genau! Und wenn du recht hast, Boss, und ich wette, du hast recht, dann will dieser Papa deine Maritta Auental gar nicht wirklich besuchen. Dann hat er vor, bei ihr einzubrechen und lauter wichtige Sachen zu klauen …«, stöhne ich entsetzt.

Ein Ruck geht durch Kasimir, und er setzt sich steif wie 'n Brett hin. »Wir müssen sie warnen!«, beschließt er mit dieser coolen Bestimmerstimme.

»Aber wie nur, Kasimir?«, rufe ich verzweifelt. Mir fällt echt nix ein. Außer … »Hey, ich weiß was! Wir gehen einfach hin, und du ziehst diese Hammer-Nummer mit dem Miauen und aufs Schmuckkästchen starren und so ab. Ich wette, sie kommt drauf, dass da was geplant ist, wenn du es so machst wie mit Linna und dem Geldkasten. Die Maritta und du, ihr kennt euch doch auch, oder? Hast du doch gesagt, oder? Woher kennt ihr euch eigentlich?«

Doch Kasimir will nicht mit der Sprache rausrücken. Er druckst ein bisschen rum. Und schließlich sagt er: »Negativ. Das würde nicht funktionieren.«

Doch da kommt mir noch eine andere Idee! Wahnsinn! Dabei hatte ich doch gerade schon eine!

»Wir sagen es Mads!«, quietsche ich und hüpfe auf und ab. »Au ja, das ist die einfachste Sache der Welt! Wo Mads doch Polizist ist. Der weiß ganz sicher, was man da machen muss. Und vielleicht gibt es wieder so einen coolen Einsatz wie neulich, und wir dürfen wieder mitfahren und dabei zusehen, wie sie die Bande festnehmen und …« Ich bleibe stehen und linse vorsichtig zu Kasimir rauf. Gerade ist mir nämlich was eingefallen. »Ähm … wir … können es ihm nicht sagen. Weil er uns nicht versteht. Richtig?«

»Genau«, nickt Kasimir. Doch er sieht trotzdem nicht so aus, wie er sonst aussieht, wenn ich das mal wieder vergessen habe. Nein, in seinen Augen glimmt so was. Das kenn ich. Ich wette, er hat auch eine Idee.

»Mads kann uns zwar nicht verstehen«, sagt Kasimir da. »Aber Linna hat auch irgendwann begriffen, was ich ihr mit dem Maunzen und Starren auf die Geldkassette sagen wollte. Wir müssen es nur geschickt anstellen. Sodass sie ganz von allein draufkommen, welche Gefahr gerade der alten Frau Auental droht.«

»Und wie machen wir das? Schnell, Kasimir, sag mir doch, wie wir das machen!«, bettle ich.

***

Als wir ihre Stimmen im Hausflur hören, ist alles bereit.

Ich habe Position hinter der Schlafzimmertür bezogen. Darf nämlich nicht zu früh mit der Überraschung rausrücken.

Alles läuft nach Plan.

Linna und Mads begrüßen Kasimir, der um ihre Beine schnurrt. Sie fragen nach mir. Mads sagt, dass ich bestimmt irgendwo draußen ein Nickerchen mache. Er macht die Terrassentür auf, ruft nach mir und holt dann aus der Küche Getränke. Zusammen lassen die beiden sich aufs Sofa im Wohnzimmer fallen.

Das ist der Moment, in dem unser Plan anläuft.

Ein echt irrer Plan. Aber gar nicht so schwer. Als Vorbereitung musste Kasimir nur ein paar Brocken von seinem Trockenfutter aus dem Napf holen und auf den weichen Teppich im Wohnzimmer legen. Das war leicht. Bisschen schwieriger war dann für mich, nicht hinzulaufen und die Brocken aufzufressen.

Und dann war da ja auch noch die Verkleidung, die war knifflig. Diese Bluse von Linna haben Kasimir und ich im Wäschekorb gefunden. Das schwierigste war, meine Pfoten irgendwie durch die richtigen Löcher zu kriegen. Aber jetzt sitzt das Ding ganz gut. Ich finde, es steht mir auch. Rosa mit kleinen Blümchen. Echt schick zu meinem glänzenden Schwarz.

Linna und Mads sitzen also auf dem Sofa und quatschen 'ne Runde. Das machen die jeden Tag, wenn sie sich sehen. Erst mal alles erzählen, was ihnen passiert ist und wen sie getroffen haben und so. Oft machen sie dann auch noch aus, wie der Abend laufen soll. Weggehen. Hierbleiben. Kochen. Fernsehen. All so was.

Heute Abend will Linna aber wohl allein rausgehen, höre ich in meinem Versteck hinter der Schlafzimmertür. Davon plaudert sie schon die ganze Zeit seit sie reingekommen sind.

»Amelie meinte, wir müssen das unbedingt nachholen, nachdem ich doch beim ersten Versuch wegen des Einbruchs nicht kommen konnte«, sagt sie. »Ist doch eine echt schöne Tradition, dass man so was macht, oder? Sich noch mal in aller Ruhe mit den alten Freundinnen treffen. Findest du nicht?«

Es dauert einen Moment bis Mads antwortet. »Tja, weiß nicht. Schätze schon«, sagt er dann.

»Hast du noch nie darüber nachgedacht?«, lässt Linna nicht locker. »Ich meine, würdest du vor deiner Hochzeit nicht noch mal so einen kleinen Umtrunk mit deinen Kumpels machen wollen? Rainer, Sören, Michel, die Jungs vom Squash und so?«

»Ähm ...«, macht Mads.

Ehrlich gesagt weiß ich auch nicht so richtig, was Linna von Mads will. Aber ich kann da jetzt auch nicht so scharf drüber nachdenken. Muss mich voll auf unseren Plan konzentrieren.

»Sag bloß, das hast du dir damals nicht überlegt?«, schießt Linna hinterher. »Immerhin wart ihr ja schon kurz davor, du und ... Nicole.«

Wenn Linna diesen Namen ausspricht, klingt sie immer ein bisschen verschnupft. Und Mads guckt dann meistens irgendwo anders hin, wo es gerade interessant ist.

»Ach das«, sagt Mads jetzt. »Das war ja nur ... so ganz grob angedacht. Da hab ich mir noch nicht so detailliert Gedanken gemacht um das ganze Drumherum beim ... Heiraten und so.« Und dann schielt er zu Linna, als ob er nicht sicher wäre, ob das die richtige Antwort war.

Hm. Würd mal sagen: War es nicht.Denn diesmal dauert es einen Moment, bis Linna antwortet. »Heiraten und so«, wiederholt sie. »So wie du das sagst, klingt es nach einer schlimmen Krankheit.«

»Was? – Nein, so war das gar nicht gemeint. Ich mein, Heiraten ist doch was Schönes. Für immer zusammen. Auch vor dem Gesetz. Find ich gut. Hab nur in der letzten Zeit nicht ...«

»In der letzten Zeit hast du dir einfach noch keine Meinung bilden können?«, fragt Linna.

»Noch nicht im Detail«, gibt Mads zu.

Linna lacht leise. »Mach nicht so ein Gesicht, Mads! Hochzeiten sind nicht ansteckend. Nur weil meine beste Freundin heiratet, heißt das ja noch lange nicht, dass du plötzlich anfangen musst, dir darüber Gedanken zu machen.«

Pause.

»Hhhh«, macht Mads. Was, da muss man ma ehrlich sein, ja irgendwie alles bedeuten kann.

»Wo bleibt denn jetzt Kalle?«, fragt Linna und ruft Richtung Garten: »Kalle-Männchen!«

Jetzt muss es losgehen!

Kasimir, der die ganze Zeit im Flur gesessen hat, dreht den Kopf und nickt mir zu. Dann geht er los. Und ich rutsche auf, um von der Flurecke aus alles anzugucken.

Kasimir hat mir eingeschärft, dass ich mir das Wohnzimmer wie eine Bühne vorstellen soll. Wie beim Kasperltheater im Park.

Also gut.

Auftritt Kasimir.

In der Schnauze hält er die Rappelmaus und legt sie demonstrativ mitten auf den weichen Teppich im Wohnzimmer, direkt neben den kleinen Haufen Trockenfutter. Dann geht er zur Seite.

Das ist mein Auftritt!

Ich komme aus dem Flur und steuere auf die Rappelmaus zu.

Linna und Mads sehen mich beide zur gleichen Zeit. Ich habe nicht darauf geachtet, was sie gerade gesprochen haben, aber Tatsache ist: Als sie mich in Linnas schicker Bluse sehen, hören sie sofort auf damit.

Mads klappt ein bisschen der Mund auf. So was passiert

mir auch manchmal. Hatte nur keine Ahnung, wie ulkig das aussieht. Jetzt bloß nicht ablenken lassen!

Ich gehe zur Rappelmaus und zwinkere ihr zu. »Mein Name Sibylla«, quäke ich. »Kann dir sagen Zukunft! Weiß, dass schlimmer, großer, gefäääährlicher Kater dich packen und schütteln wird!«

Die Rappelmaus gibt sich unbeeindruckt.

Deswegen drehe ich um und gehe ein paar Schritte von ihr weg zu der Stelle, wo Kasimir auf mich wartet.

Wir stecken die Köpfe zusammen.

»Die Rappelmaus hat einen Haufen Trockenfutter auf dem Teppich liegen!«, raune ich ihm zu.

»Mau!«, macht Kasimir.

»Was um Himmels willen …?«, beginnt Mads. Doch Linna hebt die Hand und beobachtet fasziniert, was weiter passiert.

Wieder Auftritt Kasimir.

Während ich in Linnas Bluse unauffällig an der Heizung stehe, schleicht er von der Seite heran und schaut sich immer wieder um. Sieht echt aus, als ob ihm einer auf den Fersen wäre. Voll krass! Der Boss könnte sogar im Kasperltheater mitspielen!

Als er bei der Rappelmaus angekommen ist, titscht er sie mit einem einzigen Schlag unters Sofa. Und dann sammelt er schnell die paar Brocken Trockenfutter ein, schaut sich noch einmal verstohlen um und schleicht wieder davon.

Wir treffen uns hinter dem Sofa.

Kasimir spuckt die Futterbrocken aus.

»Jetzt müssen wir kurz abwarten, bis sie kapiert haben«, flüstert Kasimir.

»Hast du was dagegen, wenn ich in der Zwischenzeit …? Würd auch nicht lange dauern.« Ich kann gar nicht woanders hingucken als auf das kleine Häufchen Trockenfutter auf dem Parkett vor mir.

»Nimm es«, brummt Kasimir.

Mmmmh. Katzenfutter. Und ich hatte recht: Blitzschnell erledigt.

Als ich wieder aufsehe, hängen über uns Linna und Mads und gucken über die Sofalehne auf uns runter.

»Jungs, Jungs!«, grinst Mads. »Was habt ihr da denn für ein irres Spiel erfunden?!«

Doch Linna guckt mich immer noch mit gerunzelter Stirn an.

»Ich weiß nicht, Mads, an irgendwen erinnert Kalle mich in dieser Verkleidung«, sagt sie nachdenklich.

Mads Lippen zucken. »Meine Mutter?«, sagt er dann. Und beide brechen sie in schallendes Gelächter aus. Linna schlägt im Spaß nach ihm. »Scheiße, Mads! Da werd ich jetzt immer dran denken müssen, wenn ich sie treffe!« Mads hält ihre Hände fest, und sie küssen und knuddeln sich eine Weile.

Dann sieht Linna plötzlich auf die Uhr und springt auf. »Ich muss sofort los! Sonst komm ich zu spät! Wie sehe ich aus?«

»Sensationell!«, sagt Mads mit seiner Katerschnurrstimme.

Sie lacht, rennt in den Flur und ist in nullkommanix verschwunden.

»Hm«, mache ich und lecke mir noch mal die Schnute. Vielleicht hätte ich die Trockenfutterbrocken nicht gleich so runterschlingen sollen. Dann hätte ich länger was davon gehabt. »Hat es jetzt geklappt oder nicht?«

Kasimir brummt leise. »Eher nicht.«

Mads kommt ums Sofa herum und zieht mir ratz, fatz die schicke Bluse wieder aus. Dabei lacht er noch ein bisschen. Doch dann wird er wieder ernst.

»Guck ma! Guck ma, Kasimir! Mads denkt nach. Das seh ich genau! Vielleicht kapiert er es ja doch noch? Das kenn ich von mir. Bei mir dauert es auch immer ein bisschen länger, bis ich …«

»Ich glaube nicht, dass er noch über unseren professionell vorgebrachten Hinweis nachdenkt«, meint Kasimir.

Tatsächlich geht Mads ins Bad, wirft die Bluse wieder in den Wäschekorb und steuert danach auf das Telefon zu, ohne uns weiter zu beachten.

»Rainer, hallo, ich bin's. Nee, nee, kein Notfall diesmal.« Er lacht, aber dabei klingt er ein bisschen kläglich. Vielleicht so, wie ich klinge, wenn sich in meinem Bauch irgendwo ein Pups quer gesetzt hat. »Na ja, vielleicht in gewisser Hinsicht doch. Hättest du vielleicht Zeit heute Abend? Ich glaub, ich brauch mal jemanden zum Reden. – Nein, nichts Berufliches. Es geht um … Linna.«

19. Kapitel – Kasimir

Nachdem wir trotz ausgeklügelter Planung in Sachen Verbrechens-Hinweis an die Polizei unglücklicherweise nicht erhört wurden, sind wir trotz unseres Engagements nun dramatischerweise doch wieder auf uns allein gestellt.

Der stählerne Wille des Hauptermittlers, den Fall aufzuklären und weitere Schäden abzuwenden, ist ungebrochen. Daher wird nichts und niemand ihn aufhalten. Mit seinem getreuen Gefährten an der Seite bricht er auf. Sie werden gemeinsam das verbrecherische Gesindel im Garagenhaus auskundschaften und …

»Öhm … Boss?«, macht Kalle. Wir sind gerade dabei, uns am Rand der Terrasse zu trennen, damit er zur morschen Zaunlatte und ich nach vorn zur Straße laufen kann. Doch nun bleibt er wie angewurzelt stehen.

Ich folge seinem Blick. Drüben an den Hortensien sitzt etwas strahlend Helles.

Der Große Weiße. Noch nie ist er in unseren Garten gekommen. Kalle und ich sehen uns beide schnell nach allen Seiten um. Doch von einem gewaltigen Höllenhund ist nichts zu sehen.

»Bisschen schreckhaft die beiden Kleinen, hm?«, schnurrt der Große Weiße herüber, steht auf und streckt sich. »Also seid ihr doch nicht ganz so dumm, wie der Große Weiße annehmen musste?!« Er lacht auf diese gewisse freudlose Art und Weise, die jedem Vierbeiner mit reinem Gewissen das Blut in den Adern gefrieren lässt.

»Was willst du, Fusselgesicht?«, bellt Kalle.

»Ho, ho, ganz schön mutig, kleiner Dicker«, zischt der

Große Weiße. »Brauchst dich aber gar nicht so aufspielen. Der Große Weiße ist nur hier, um euch mitzuteilen, dass sein Furcht einflößender Gehilfe Brutus nunmehr um euer Grundstück seine Bahnen zieht.«

Ich kann Kalle schlucken hören.

»Na, dann werden wir mal zusehen, dass wir ihm schön ›Guten Tag‹ sagen«, bölkt er dann. Eins muss man diesem Mops lassen: Bluffen kann er. Sogar auf diese Entfernung ist zu sehen, dass der Große Weiße verstimmt wirkt.

»Wir werden ja sehen …«, brummt er etwas weniger selbstbewusst, steht auf und verschwindet in den Büschen. Wir können die morsche Zaunlatte quietschten hören.

Kalle dreht sich zu mir um, das blanke Entsetzen im Blick. »Au Mann, Boss, was machen wir denn jetzt? Ich meine … dieser Brutus … guck ma, guck ma, meine Pfote …« Er hält mir eine seiner Pfoten vor die Nase. Sie zittert. »Muss erst mal ein Nickerchen machen.«

»Stopp!«, sage ich und stelle mich ihm in den Weg. Er wollte doch tatsächlich einfach umdrehen und wieder ins Haus zurückgehen. »Du willst doch jetzt nicht aufgeben, nur weil … weil …«

»Weil da draußen ein grausamer, blutrünstiger Kerl wartet, der wahrscheinlich siebenmal so groß ist wie wir beide zusammen und der nur darauf wartet, uns in seinem riesigen Gebiss zu zermalmen?!«

»Fällt dir denn gar nichts auf?«, frage ich ihn.

Kalle setzt sich hin. Wahrscheinlich weil er im Sitzen besser denken kann, wie er immer behauptet.

»Was 'n?«, rülpst er dann. »Oh, sorry. Da siehst du's. Ich hab 'n sehr empfindlichen Magen. Dem bekommt das gar nicht gut, wenn da so ein fieser, mächtig gemeiner Hund …«

»Den wir aber noch nicht ein einziges Mal zu Gesicht bekommen haben«, falle ich ihm ins Wort, ehe er sich weiter hineinsteigern kann.

Kalle glotzt mich an.

»Habe ich nicht recht?«, fahre ich fort. »Der Große Weiße spricht zwar immer von ihm. Aber in Wahrheit haben wir diesen gewissen Brutus doch noch nie auch nur aus der Ferne gesehen.«

»Äh«, macht Kalle. Ich kann es in seinem Kopf rattern sehen.

»Aber … aber jetzt mal ehrlich, Boss, ich mein … ich sach ma so: Ist doch auch besser, wenn wir ihm erst gar nicht übern Weg laufen, oder?«

Ich lege den Kopf schief. »Sofern er tatsächlich existiert, hast du wahrscheinlich recht.«

Wieder dauert es eine kleine Weile.

Dann sieht Kalle mich mit einem Mal mit seinem typischen Kalle-Ausdruck an. Jetzt weiß ich: Ihm ist ein Licht aufgegangen.

»Ist ja nicht zu fassen, Boss! Du meinst, das olle Sofakissen tut nur so, als ob dieser gemeingefährliche Riesenhund hinter uns her ist?! Den gibt's gar nicht?!«

»Wäre doch eine Möglichkeit.«

Kalles Mimik wechselt von mühsam errungener Erkenntnis zu grimmiger Entschlossenheit. »Also! Worauf warten wir noch?!«, ruft er. »Auf geht's zum Off…opps…ausspionieren!«

Damit zockelt er los zur Ecke der Hortensien.

Einen winzigen Augenblick lang sehe ich ihm nach. Von so einem Assistenten kann jeder Ermittler doch nur träumen. Er stellt meine gewagten Ideen niemals infrage. Sogar dann nicht, wenn ich selbst nicht hundertprozentig von ihnen überzeugt bin.

Als ich sein schwarzes Hinterteil durch die morsche Zaunlatte verschwinden sehe, wende auch ich mich um und laufe ums Haus herum zum Zaun an der Straße. Graziös wie immer springe ich hinauf. Und als Kalle sich vorn durch die Nachbarhecke zwängt, lasse ich mich neben ihn fallen.

»Auf zur verdächtigen Garage!«, schmettert Kalle, und nebeneinander traben wir die Straße hinunter. Na ja, ich trabe. Kalle hopst eher.

»Voll krass, Kasimir«, plaudert er dabei. »Ich sach ma so, wenn dir nicht aufgefallen wäre, dass es diesen Brutus gar nicht gibt, dann läge ich jetzt zu Hause in meinem Körbchen. Also nicht, dass ich irgendwas gegen mein Körbchen hätte. Ist bestimmt das supergemütlichste Körbchen der Welt und so. Aber Ermittlung ist Ermittlung. Und da darf man nicht nur rumliegen, wenn man beim spannenden Rumkundschaften dabei sein will. Ist doch so? Wirklich klasse, dass du den aufgeblasenen Zuckerwattestopfen durchschaut hast!«

Ich räuspere mich leicht. »Na ja«, sage ich. Natürlich schmeichelt mir die Anerkennung, aber ich will ja fair bleiben. »Absolut wasserdicht sicher ist es natürlich nicht. Aber die Wahrscheinlichkeit, dass es sich um einen Bluff handelt, ist doch relativ groß.«

Kalle hat sein Tempo deutlich verlangsamt. »Wasserdicht? Was meinst du damit, Kasimir?«

Herrje, ich hatte vergessen, dass diese Formulierung bei einem Mops, der sowohl Regen als auch die Badewannendusche zutiefst verabscheut, womöglich Misstrauen erwecken könnte.

»Du meinst doch nicht, dass es vielleicht sein könnte, dass es diesen Brutus-Kerl doch gibt?!«

»Nun ja … also … um ehrlich zu sein …«, beginne ich.

Kalle bleibt stehen. »Echt jetzt? – Riesengroß. Massiger Kopf. Glühende Augen. Gewaltige Schnauze. Messerscharfe Zähne. Das alles kann doch …?« Seine kugelrunden Augen im zerknautschten Gesicht starren mich halb entsetzt und halb vorwurfsvoll an.

Ich will ihm gerade beruhigend erklären, wie unwahrscheinlich es ist, dass der Große Weiße sich einen derartigen Gehilfen beschaffen konnte, als wir unterbrochen werden.

»Kalle und Kasimir?«, ruft eine dröhnend tiefe Stimme vom anderen Ende der Straße.

»Ja?«, antworte Kalle ganz automatisch. Auch mein Kopf fliegt herum.

Und dann sehen wir ihn: Er ist hell mit unregelmäßig über den ganzen massigen Körper verteilten schwarzen Flecken. Und wirklich gewaltig.

»'ne Dogge!«, kreischt Kalle. Dann rennt er Hals über Kopf los. Einfach die Straße hinunter. Und ehe ich auch nur daran denken kann, dass ich als Katze ja auch auf einen der nahen Bäume klettern und von da oben herunterfauchen könnte, setze ich ihm nach.

An der Straßenecke sehe ich noch einmal zurück. Der Doggenrüde mit seinen erschreckend langen Beinen ist bereits auf der Mitte der Straße. Seine fleischigen Lefzen fliegen auf und ab. Seine Zunge hängt ihm aus dem Maul. »Wartet!«, donnert er.

Da müssten wir ja schön blöd sein!

Kalle rast wie ein Irrer vor mir den Bürgersteig entlang.

»Er holt auf!«, keuche ich.

»Haken schlagen!«, blafft Kalle panisch. Und tut etwas, von dem er immer gesagt hat, dass man das auf keinen Fall tun sollte, wenn man draußen auf den Straßen unterwegs ist: Er rennt einfach über die Fahrbahn, ohne vorher nach rechts oder links zu gucken. Und das Furchtbare ist: Ich folge ihm, ohne nachzudenken, wie in einem Sog!

Reifen quietschen. Autos halten abrupt an. Ein Zweibeiner brüllt wütend. Jemand ruft: »Das gibt's ja nicht! Da jagt 'ne Katze einen Hund!« Aber diese Eindrücke sind rasend schnell vorüber. Schon sind wir über die Rasenfläche eines Hauses ohne Zaun gebrettert und um die Mauer gebogen. Weiter geht es durch den Garten, zwischen niedrigen Bäumen hindurch, über eine Terrasse, auf der gerade eine Zweibeinerin Wäsche aufhängt und bei unserem Anblick laut aufkreischt. Ich möchte wirklich nicht wissen, was sie tun wird, wenn Brutus uns auf der Spur folgt.

Kalle wetzt durch Kindersandkästen und an Kaninchenställen vorbei, prescht durch Hecken und schafft es sogar, über eine niedrige Mauer zu springen. Bis wir endlich, endlich hinter einer Hausecke anhalten und nach Atem ringen.

Kalles Röcheln kann doch nicht gesund sein. Und ein bisschen befürchte ich auch, dass ihm mal die Augen rausfallen könnten, wenn er sie weiter so aufreißt.

»Haben … röchel röchel … wir … hechel hechel … ihn … schnauf schnauf … abgehängt?«

»Glaube schon«, antworte ich und schaue noch einmal um die Hausecke. Aber da ist nichts zu sehen außer …

Ich spitze die Ohren. »Kalle, weißt du, wo wir sind?«

Mein Assistent ist mit lebenserhaltenden Maßnahmen beschäftigt und kann außer einem Kopfschütteln keine Antwort herausbringen.

»Da vorn ist der Wintergarten von der alten Dame. Maritta Auental.«, teile ich ihm mit. »Komm, wir schauen, ob sie zu Hause ist.«

Ich schleiche los in die nächste Deckung der Hollywoodschaukel, die auf der Terrasse steht. Kalle stolpert mir nach, immer noch keuchend wie ein defektes Ofenrohr.

Wir schaffen es unerkannt bis zum Wintergarten, aus dem ich neulich die rote Blume, die Rose mit dem romantischen Namen, entwendet habe. Diesmal steht die Tür jedoch nicht auf. Aber wir können durch die blank geputzte Scheibe hineinschauen, und darin sitzt Frau Auental an dem Tisch, an dem sie auch die anderen alten Damen mit Kuchen bewirtet hatte. Und sie sitzt dort nicht allein.

»Si-byl-la!«, formt Kalle mit seinem breiten Maul. Denn kontrollierte Töne bringt er immer noch nicht heraus. Ich nicke ihm zu und bin froh, dass keines der Fenster aufsteht. Kalles Schnaufen wäre bestimmt auch drinnen zu hören. So können wir jedoch unerkannt beobachten, wie Sibylla der Dame Auental ein paar vertrocknete Blätter in eine Tasse wirft und das Ganze dann mit heißem Wasser übergießt. Maritta trinkt das Wasser aus, und Sibylla lässt sich dann viel Zeit, um den Boden der Tasse zu betrachten, mit einer nun wieder langen roten Kralle darin herumzuangeln wie ein Kater am Goldfischteich und dabei jede Menge zu erzählen. Dieses Ritual wiederholen sie mehrmals. Ich erinnere mich, dass das auch der Fall war, als Sibylla Linna besucht hat. Noch eine Tasse. Und noch eine Tasse. Und tatsächlich steht auch Frau Auental irgendwann auf und entschuldigt sich kurz.

Als sie irgendwo im Haus verschwindet, streift Sibylla ihre Sandalen ab und holt ihr Handy aus der Tasche. Damit fotografiert sie sowohl das Schloss der Tür, die aus dem Wintergarten in den Garten führt – Kalle und ich müssen uns blitzschnell hinter die niedrige Mauer neben der Tür ducken –, als auch das von der Tür, die vom Wintergarten ins Haus führt. Dann verschwindet sie auf leisen Sohlen im Inneren des Hauses. Aber nur, um kurze Zeit später wieder zu erscheinen. Sie lässt sich auf ihren Stuhl gleiten, versenkt das Handy in ihrer Tasche und sitzt dort scheinbar ganz vertieft über ein paar Karten, als Frau Auental ein paar Sekunden später wieder herauskommt.

Dann fangen sie erneut mit den Blättern und dem Wasser und dem Reden an.

»Es ist wirklich zum Verzweifeln«, murmle ich. »Nun wissen wir endlich, wie es sein kann, dass der Einbrecher so gut Bescheid weiß in den Wohnungen – aber wir können es der Polizei nicht mitteilen.«

Kalle, dessen Atem sich langsam normalisiert hat, schielt mich aus dem Augenwinkel an. »Ach so … ähm … wissen wir das, ja?«

»Sie macht Fotos«, sage ich und deute mit dem Kopf hinein zu Sibylla. »Die wird sie ihrem Einbrecher-Komplizen zeigen. Und so kann er sich vorbereiten auf die Räume, zu denen er sich dann unerlaubt Zutritt verschafft.«

Kalles Schnauze formt sich zu einem »Ooohhhh!«. Dann huscht sein Blick über mein Gesicht. »Mach dir keine Sorgen, Kasimir. So 'ner Grübelbacke wie dir fällt bestimmt irgendwas ein.«

Manchmal ist er wirklich rührend in seinem unerschütterlichen Glauben an meine Fähigkeiten.

Aber diesmal, es fällt mir schwer, das einzugestehen, bin ich wirklich ratlos.

»Wie wäre es, wenn wir erst mal nach Hause gehen?«, schlägt Kalle vor. »Diese ganze Rennerei und so. Das macht müde. So ein Nickerchen in meinem gemütlichen Körbchen wäre jetzt genau das Richtige.«

Und ich werde auf meiner Sofalehne wohl sehr angestrengt nachdenken müssen. Ich nicke, und wir gehen los.

»Hungrig macht so was natürlich auch«, brabbelt Kalle leise, während wir durch die angrenzende Hecke schlüpfen. »Ich glaub, ich guck als Erstes in meinen Napf. Vielleicht ist da ein bisschen Futter reingefallen.«

20. Kapitel – Kalle

Dieser Fall ist echt knifflig. Das muss ich mal sagen.

Deswegen ist es auch so enorm wichtig, ab und zu mal an was anderes zu denken. Das tu ich auch. Zum Beispiel denke ich an das Männergespräch zwischen meinem Mads und Rainer neulich Abend.

Ich hab erkannt, dass es ein Männergespräch war, weil Linna ja unterwegs war und weil Mads und Rainer Bier getrunken haben und im Fernseher ein Fußballspiel lief, aber ohne Ton. Dabei haben sie dann ganz viel gequatscht. So was machen nur Männer, sagt Linna immer.

Erst haben sie über die Arbeit und Mads baldige Versetzung in Rainers Abteilung gesprochen und so. Aber dann irgendwann kam das Thema Zweibeinerinnen auf. Erst so ganz allgemein. Aber dann nur noch Linna. War schon komisch, wie sie da nebeneinandersaßen und auf das Fußballspiel glotzten, und ab und zu machten sie mal »Args!« oder »Jawoll!«, aber ansonsten haben sie ganz ernst miteinander gesprochen.

Über Gefühle und so was.

Kasimir verdrehte die Augen und ging hoch erhobenen Hauptes auf die Pipibox im Bad. Ich konnte ihn da herumscharren hören. Aber ich fand es eigentlich ziemlich interessant, was Mads und Rainer so geredet haben.

Es ging eine Weile darum, wie man merkt, ob es die Richtige ist.

Mads erzählte von Linnas Freundin Amelie und wie ihr Freund Kai um ihre Hand angehalten hat. Dann hat er lang und breit darauf rumgeritten, dass die beiden noch gar nicht so lange zusammen sind. Rainer meinte aber dazu, dass die

Zeit völlig unwichtig ist. »Wenn es die Richtige ist, dann spürt man das einfach«, hat er gesagt.

Und das war der Moment, wo ich kapierte, dass Amanda für mich die Richtige ist! Sie ist gigamantisch obercool mit ihren langen Beinen und den hellen Augenbrauen und der Schokoladenfarbe und der Wahnsinnsstimme. Einfach ein Rasseweib. Und sie mag mich, ich spür, dass sie mich mag. So wie sie mich mit ihren plinkerplinker schönen braunen Augen ansieht und »Hey, Kalle« sagt.

Was mich aber echt ins Grübeln gebracht hat, war dann die Stelle, wo Rainer zu Mads sagte: »Du kannst es ganz einfach testen. Stell dir das Größte und Beste vor, was ein Mann hat. Das, was einem echten Kerl am wichtigsten von allem ist …«

Mads hat ihn ein bisschen verwirrt angesehen, und Rainer hat tatsächlich kurz nicht aufs Fußballspiel geguckt, sondern Mads angeschaut. »Deine Freiheit, Alter!«, hat er gesagt. Und Mads hat eifrig genickt. »Okay. Und wenn du dir dieses Größte und Beste nun vorstellst und daran denkst, wie du es dieser einen Gewissen schenkst – und zwar auf Nimmerwiedersehen, kapiert?« Wieder Nicken von Mads. »Wenn du dir das also vorstellen kannst, ohne hier oben so ein enges Gefühl zu bekommen.« Rainer fasste sich an die Gurgel. »Dann ist sie die Richtige. So einfach ist das.«

Damit drehte er sich zum Fernseher und rief: »Hacke noch mal! Hast du Tomaten auf den Augen?!« Er meinte aber nicht mehr Mads, sondern einen von den Zweibeinern im Fernseher.

Mads saß dann eine ganze Weile einfach da. Er hat zwar auf den Fernseher geguckt, aber ohne was mitzukriegen. Das hab ich daran gemerkt, weil Rainer einmal vom Sofa sprang und »Tor!« schrie, und Mads sich volles Brett erschrocken hat.

Na jedenfalls denke ich jetzt öfter mal an diese Sache. Und ich hab mich schon gefragt, was genau das sein soll: Freiheit.

Als ich Kasimir danach gefragt hab, hat der mich nur angesehen und gebrummt: »Etwas, mit dem du definitiv nicht umgehen könntest.«

Wirklich schlauer bin ich dadurch zwar nicht geworden. Aber wenn Kasimir das so sagt, ist ja wohl klar, dass ich dieses Freiheit gar nicht habe. Vielleicht ist es so ein Zweibeinerding.

Am Abend von dem Tag, an dem Kasimir und ich dem grauenhaften Brutus entkommen sind, kommt Linna ziemlich spät nach Hause. Mads und ich sind schon längst von unserem Parkspaziergang zurück.

»Ich war noch mit Hannelore zusammen einkaufen«, erzählt sie Mads und schleppt zwei große Taschen in die Küche. Ich springe aus dem Körbchen und stelle mich in die Küchentür. Manchmal hat Linna nämlich etwas besonders Gutes für mich mitgebracht. »Hat ihr gutgetan, dass wir was zusammen gemacht haben. Irgendwie trauert sie richtig um das Silber und die Uhr von Oma. Das waren die einzigen Dinge, die sie noch von ihr hatte.«

Mads, der ihr beim Ausräumen der Tüten hilft, legt kurz den Arm um sie. »Lieb von dir, dass du ihr ein bisschen zur Seite stehst. Du hast ja selbst ein paar Sachen verloren.«

»Ach, die Kasse. Das war doch nur Geld«, winkt Linna ab. »Und auch der Schmuck waren keine Erbstücke. Ärgerlich, aber nicht unersetzlich. Der Verlust von Dingen, an denen die Erinnerung an geliebte Menschen hängt, ist viel schwerer zu verwinden.«

»Da hast du bestimmt recht. – Verdammt, wenn wir bei der Aufklärung dieser Einbruchserie nur ein bisschen vorwärtskämen!«

»Na, du bist gut. Die Nummer mit mir in der Sibylla-Bluse, Kasimir als Einbrecher und der Rappelmaus als Maritta Auental habt ihr ja nicht kapiert«, sage ich.

Die beiden sehen zu mir runter.

Linna lächelt sehr lieb und geheimnisvoll. »Du möchtest wohl wissen, ob ich etwas Leckeres für euch mitgebracht habe, was, Kalle?!«

»Was ist es denn?«, ertönt Kasimirs Stimme von der Sofalehne. Er hört also doch zu, obwohl er immer so tut, als ob nicht.

»Weiß noch nicht«, rufe ich zurück und merke, dass meine Pfoten vor lauter Aufregung zu trippeln anfangen. Ich kann da nix gegen machen. »Au Mann, Linna, schnell! Zeig mir, was es ist! Oder, nein! Warte! Lass mich raten!« Ich recke die Nase in die Luft und schnuppere. »Ist es ein gefüllter Kauknochen? Die Sorte, die so lecker nach Pansen riecht? Oder ist es ein Schweineohr? Au Mann, ich hoffe, es ist ein Schweineohr! Von denen hat man so lange was, weil man die auf keinen Fall am Stück runterschlucken kann. Oder ist es vielleicht eins von diesen Hähnchenstreifen? Diese knusprigen, kleinen … Oder Fisch? Oh ja! Fisch hatten wir schon lange nicht mehr. Getrocknete Dorschhaut vielleicht?«

»Nun gib's ihm schon«, murrt Mads. »Sonst kriegt er gleich einen Herzinfakt.«

Linna zieht aus der einen Tasche eine Tüte. Und die erkenne ich sofort! In diesen lecker riechenden Tüten ist immer was vom Metzger drin. Und das ist obermegaselten. Linna geht normalerweise da nicht hin, weil sie auf keinen Fall Tiere isst, wie sie immer sagt. Ehrlich gesagt versteh ich das nicht so richtig – ich ess schließlich auch keine Tiere, nur Kasimir schleppt manchmal tote Mäuse an und lutscht auch in echt an denen rum – aber egal! Linna hat eine Tüte vom Metzger mit!

»Hannelore hat für mich nachgefragt, ob es Reste gibt«, sagt Linna zu Mads und reißt die Tüte auf.

Plötzlich steht auch Kasimir neben mir.

»Mau?«, macht er, und Linna strahlt ihn an. »Für dich gibt's auch was, mein Schmusebär!« Sie schüttet mit spitzen

Fingern aus einem kleinen Plastikschälchen etwas in Kasimirs Napf auf der Arbeitsfläche. Gut, dass der da oben steht. Ich sach ma so, ich könnt jetzt für nix garantieren.

»Herzen«, schnurrt Kasimir, springt rauf – wie er in so einer Situation noch so elegant sein kann! Der Oberhammer! – und fängt an, genüsslich zu futtern.

Dann beugt Linna sich zu mir runter und hält mir einen Knochen entgegen.

Und wenn ich Knochen sage, dann meine ich Knochen! Das Teil ist mindestens so lang wie mein Vorderbein und doppelt so dick. Und Fleisch und Knorpel hängt auch noch dran. Ich flipp aus!

Meine Schnute macht so ein komisches schmatzendes Geräusch, als ich sie öffne. Wahrscheinlich wegen der ganzen Spucke, die sich da drinnen schon gesammelt hat.

Linna schiebt ihn mir vorsichtig zwischen die Zähne, und ich halte ihn erst einmal nur fest. Ein Knochen! Ein echter, richtiger Knochen! Der wird den ganzen Abend halten. Wahrscheinlich sogar noch morgen. An dem werd ich stundenlang nagen und kauen.

So ein echter Knochen ist wirklich das Größte und Beste, was ein Mops nur …

Ich will schon mit dem Knochen in mein Körbchen verschwinden, als ich plötzlich mitten in der Bewegung erstarre.

Das Größte? Das Beste?

Linna, Mads und Kasimir sehen alle drei zu mir runter wie ich hier mitten in der Küchentür stehe wie festgewachsen.

»Was ist denn, Kalle?«, fragt Linna und geht neben mir in die Hocke. »So was magst du doch, oder?«

»Ifff liiebä efff«, antworte ich mühsam an diesem großen, saftigen Knochen vorbei.

Linna gibt mir einen kleinen Klaps auf den Po, und ich setze mich in Bewegung.

Zuerst wirklich in Richtung Körbchen. Aber dann, ich

weiß gar nicht genau, wieso, gehe ich doch daran vorbei. Langsam gehe ich zur Terrassentür hinüber. Da ist die Katermopsklappe. Bong. Bong. BONG!

Mads erscheint in der Küchentür. »Was treibst du? – Ach, du willst das Ding lieber draußen fressen.« Er kommt zu mir rüber und öffnet mir die Tür. »Kalle frisst den Knochen lieber draußen, Linna!«, ruft er über die Schulter. »Hätte ich nicht gedacht, dass er so reinlich ist.« Damit geht er wieder zurück. Und ich?

Stehe hier auf der Terrasse. Mit dem hammermäßig tollsten, leckersten Knochen der Welt im Fang. Und weiß genau, was ich tun muss.

***

Am nächsten Tag betrachtet Kasimir mich immer noch mit diesem gewissen scheelen Blick.

Gestern Abend hat er mich bestimmt siebzigmal gefragt, ob ich mich krank fühle. Ständig ist er um mich herumgestrichen und hat mir besorgte Blicke zugeworfen.

Linna und Mads haben sich auch kurz gewundert, waren damit aber viel schneller fertig.

»Hat er ihn schon aufgefressen?«, hat Linna verblüfft gefragt.

Mads hat mich genau angesehen. »Kann ich mir nicht vorstellen.«

Und dann: »Guck mal, er hat eine ganz erdige Nase, und die Pfoten sind auch dreckig. Vielleicht hat er den Rest vergraben?«

»Machen Hunde das?«, wollte Linna wissen.

»Schlaue Hunde, ja«, antwortete Mads, ziemlich stolz.

Damit war die Sache für unsre Zweibeiner erledigt. Kasimir allerdings hat nicht so schnell lockergelassen. Nach einer Runde durch den Garten kam er wieder rein und stand vor meinem Körbchen: »Im Staudenbeet unter dem Fliederbusch, richtig?«

Ich habe ihn nur angeguckt.

Es gibt eben Dinge, die muss ein Mops mit sich allein ausmachen.

An diesem Vormittag gehen Kasimir und ich jedenfalls nicht vorne raus.

Ich hab einen ganz speziellen Grund dafür. Und Kasimir schlägt auch nix vor – wahrscheinlich denkt er auch noch an diesen Brutus. Ich sach ma so, dem will man nicht so schnell ein zweites Mal begegnen.

Also hängen wir hier drinnen so ab und machen einfach gar nix. Ist auch mal schön.

Ich geh auch nicht raus, um mein Bein irgendwo zu heben. Hab auf der Morgenrunde mit Mads alles rausgedrückt, was in der Blase war, weil … ehrlich gesagt trau ich mir da selbst nicht so richtig übern Weg. Wenn ich erst mal draußen im Garten wäre, wär der Weg zum Staudenbeet nicht weit …

Erst als es Mittag ist, quetsche ich mich durch die Katermopsklappe, mache einen großen Bogen ums Blumenbeet unterm Fliederbusch und schiebe vorn an der Straße Wache.

»Was tust du hier?« Kasimir sitzt plötzlich an der Hausecke und schleckt sich die Pfote, um sich dann damit durchs Gesicht zu fahren.

»Ich muss was … erledigen«, sage ich.

»Du führst dich wirklich reichlich seltsam auf, wenn ich das sagen darf«, meint Kasimir. »Da drüben im Beet liegt dieser riesige, eklige Knochen, wegen dem du die ganze Nacht durchgesabbert hast. Aber du frisst ihn nicht. Wieso?«

Au Mann! Kasimir ist der Hauptermittler bei uns beiden. Mein Boss sozusagen. Aber obwohl er superschlau ist und sich mächtig auskennt, gibt's eine Sache, bei der er irgendwie immer die Augen verdreht. Wie soll ich ihm das also erklären?

Mein Kopp ist mal wieder total leer gefegt, und ich kann ihn irgendwie nur anstarren.

Doch dann zucken plötzlich meine Ohren.

Da ist ein leises Klimpern zu hören. Ein feines Schellen, wie es nur ein dünnes Kettenhalsband macht. Und dazu das Tickticktick von langen Krallen auf dem Asphalt.

Das ist sie!

Jetzt ist keine Zeit für Erklärungen! Ich wetze los nach hinten in den Garten. Da ist der Fliederbusch. Das Staudenbeet. Die Erde fliegt mir nur so um die Ohren. Da ist der Knochen! Ich packe ihn und renne damit zu dem morschen Zaunbrett. Bong. BONG! Menno! Vielleicht mit dem Hintern zuerst? Das klappt bei der Katermopsklappe auch. Bisschen sperrig so insgesamt. Aber es klappt. Und als ich erst mal durch bin, krieg ich das mit etwas Zerren auch mit dem Knochen hin. Jetzt über das Nachbargrundstück und durch die Hecke.

Sie ist nur noch ein paar Schritte entfernt. Ihr Herrchen zuckt zusammen, als ich durch die Büsche breche.

»Der Kalle!«, ruft Amanda. Klingt so, als würde sie sich mächtig freuen.

»Amnda!«, sage ich. Na gut, vielleicht ein bisschen undeutlich.

Aber dann tue ich es: Ich lege den Knochen vor ihre Pfoten und trete einen Schritt zurück.

Amanda staunt.

Wenn auch nicht so doll wie Herrchen.

Aus dem Augenwinkel kann ich etwas Rot-Weißes auf dem Zaun sitzen sehen.

Jetzt bloß nicht rumdrucksen! Sonst trau ich mich am Ende doch nicht.

»Amanda«, sage ich deswegen. Blöd, dass meine Stimme dabei so 'n bisschen kiekst. »Das hier ist der größte und beste Knochen, den ich je hatte. Und ich schenk ihn dir. Auf Nimmerwiedersehen, kapiert?«

Amanda blinzelt. Diese dichten kleinen Haare an ihren Lidern … bombastisch!

Ich muss noch einmal tief Luft holen: »Darf ich um deine Pfote anhalten, Amanda?«

»Was geht denn hier jetzt ab?«, murmelt Herrchen und guckt sich nach allen Seiten um.

Amanda sieht mich einen Moment lang ganz genau an. Sie ist sonst immer so vergnügt und lustig. Und wie sie mich so ernst anguckt, wird mir plötzlich ganz anders. Ich meine – Scheibenkleister! –, was ist, wenn sie jetzt gar nicht will?

Doch dann senkt sie den Kopf und schnuppert an dem herrlichen Knochen. Bisschen erdig vielleicht.

»Keine Ahnung, wat dat sein soll, Kleina. Abba ich würd ma sagen: Du bist jetz' mein Typ, odda?«, sagt sie.

Dann schleckt sie einmal über den Knochen.

»Danke schön«, haucht sie.

»Gerne schön«, hauche ich auch. Und bin total hin und weg.

21. Kapitel – Kasimir

Was tut ein souveräner Detektiv nicht alles, um seinem moppeligen Assistenten in jeder Lebenssituation beizustehen? Obwohl ich niemals selbst die Fesseln derartiger Bindungen auf mich nehmen würde – siehe Sherlock Holmes oder Hercule Poirot oder Columbo –, sitze ich geduldig dabei, während mein Assistent seiner Angebeteten seine Liebe erklärt.

Und tatsächlich gibt es da diesen einen kleinen Moment, in dem die große, sehnige Dobermannhündin Kalle ansieht und verwundert mit den Lidern klappert. Dieser Moment, in dem mein zu Empathie durchaus fähiges Katerherz ein wenig schneller schlägt, weil ich plötzlich befürchte, dass sie Kalle abweisen wird. Aber nein! Amanda ist offenbar nur von der Art und Weise seines Antrags überrascht. Und nicht nur sie. Ihr Herrchen staunt auch mit offenem Mund. Ihre und seine Verwunderung zusammengenommen können trotzdem nicht mithalten mit meiner eigenen Verblüffung über Kalles heldenhafte Tat: Er hat den riesigen, unappetitlichen Knochen, den Linna ihm gestern gegeben hat, nicht angerührt! Das muss für ihn das größte Opfer sein, das er zu bringen in der Lage ist.

Selbst als Amanda seine Liebesgabe annimmt, zeigt Kalle keinerlei Reue in Sachen verpasster Mahlzeit, sondern strahlt einfach nur. Ein bisschen größer als sonst kommt er mir auch plötzlich vor.

»Du kleiner Schnuckelpopo, du!«, flötet Amanda und schleckt ihm doch tatsächlich einmal über den Kopf. Igitt! Doch Kalle hechelt begeistert.

»Komm schon, Amanda, jetzt geht's aber weiter«, drängelt ihr Herrchen und zieht an der Leine.

»Herrchen hat schlechte Laune«, erklärt Amanda uns. »Is' grad bei unsa Freundin Maritta mit dem dünnen Kerl annandergeraten. Hausmeister! Pfff!« Sie schnaubt, während ihr Herrchen erneut an der Leine zuppelt.

Kalle starrt sie nur weiter mit weit offenem Maul an, als könnte er sein Glück immer noch nicht fassen.

Doch in meinem Kopf hat bei Amandas Worten irgendetwas geklingelt. »Entschuldige, wenn ich mich einmische«, sage ich und balanciere auf dem Zaun etwas näher. Amandas Herrchen fasst sofort ihr Halsband. »Sagtest du gerade, dass du eine Freundin hast, die Maritta heißt?«

»So isses!«, nickt Amanda. Herrchen stemmt sich mit den Hacken in den Boden. »Voll nett dat alte Mädken! Abba der Hausmeister, der geht gar nich! So wat von unfreundlich, der dürre Kerl!«

In meinem Kopf klingelt es jetzt nicht mehr nur leise. Es schrillt Alarm da drinnen.

»Der Hausmeister trägt nicht zufällig einen blauen Overall?«

»Schlauet Kerlchen!«, grinst Amanda. Die Reihe ihrer blitzweißen Zähne sieht dabei nicht gerade vertrauenserweckend aus. »Kennste den auch? Parkt mit seina Schremmelmühle in Marittas Einfahrt und pampt rum, weil Herrchen ihn drauf anquatscht. Pfffff! – Ich glaub …«, röchelt sie. »Ich muss weiter.«

Mit einem zugegeben eleganten Schlenker ihres schlanken Halses greift sie sich den Knochen und trabt schon neben ihrem Herrchen die Straße hinunter.

»Aaaaaaaahhh«, macht Kalle leise, während er ihr mit vernebeltem Blick hinterherglotzt.

»Kalle«, sage ich.

Mit einem leise schmatzenden Geräusch klappt er seinen

Unterkiefer hoch. »Sabber ich schon wieder?«, fragt er etwas beschämt.

»Kalle, hast du mitbekommen, was Amanda gerade gesagt hat?«

Er schaut immer noch ziemlich belämmert aus dem schwarzen Fell. Aber er nickt langsam. »Klaaaaar«, haucht er. »Ich bin jetzt ihr Typ.«

Seufz. »Das meine ich nicht. Ich meine das, was sie danach gesagt hat.«

Kalle sieht mich ratlos an.

»Der dünne Mann im Overall, der mit seinem alten Auto in Maritta Auentals Einfahrt parkt«, erinnere ich ihn.

»Das hat sie gesagt?«, wundert sich Kalle.

»Nicht mit diesen Worten«, gebe ich zu. »Aber das war der Inhalt. Und dieser dünne Mann im Overall, der sich als Hausmeister ausgibt, was denkst du, wer das ist?«

In Kalles Kopf rattert es regelrecht. Und plötzlich reißt er die Augen auf.

»Boss!«, quäkt er. Und dann wirft er sich herum und wetzt los die Straße hinunter.

Ich setze ihm mit langen Sprüngen nach.

»Kalle?«, rufe ich.

»Worauf warten wir noch?«, brüllt Kalle über die Schulter. Ein wirklich tatkräftiger Assistent, das muss ich sagen.

Wir rennen gemeinsam den Bürgersteig entlang, biegen am Ende der Straße auf den Kinderspielplatz und von dort aus in den nächsten Garten. Durch ein paar Hecken und über eine niedrige Mauer. Da wir diesmal nicht den entsetzlichen Brutus hinter uns haben, müssen wir nicht unser Letztes geben, und Kalle ist längst nicht so aus der Puste wie beim letzten Mal, als wir beim großen Haus mit dem Wintergarten ankommen.

Die Tür ist offen, und wir sehen vorsichtig hinein. Aber

heute sind dort nur die großen Pflanzen und die Korbstühle zu sehen. Keine alten Damen. Keine Maritta Auental.

Kalle schnüffelt. »Garagenmuff!«, murmelt er. »Der Einbrecher war hier.«

»Irrtum«, flüstere ich ihm zu. »Er ist noch hier!« Denn ich kann im Haus leises Rumoren hören.

Kalle ist schon halb durch die Tür, als er plötzlich umdreht und mich mit sich hinter die Ecke schubst.

Schritte sind zu hören. Dann erscheint im Wintergarten der dünne Mann im Overall. Ich hatte recht! Und Kalles Nase hatte auch recht. Es ist tatsächlich der von der Polizei gesuchte und von uns schon längst gefundene Einbrecher. In beiden Händen hält er jeweils einen schwarzen Müllsack, aus dem es leise scheppert.

Natürlich haben Zweibeiner oft merkwürdige Vorstellungen davon, was wertvoll ist. Die Geräusche aus den Säcken klingen jedoch so, als handelte es sich darin um Dinge, bei denen sich zumindest Zweibeiner einig sein könnten.

Der dünne Overallträger verschwindet mit den Säcken um die Hausecke, lässt die Tür zum Wintergarten jedoch offen stehen.

»Rein? Oder was, Boss?«, wispert Kalle.

Doch mein detektivischer Spürsinn sagt mir, dass wir an anderer Stelle wahrscheinlich größeren Ermittlungserfolg haben werden. »Ums Haus herum«, entscheide ich. »Wir schauen, was er da treibt. Aber aufgepasst! Der Dieb will sicher noch einmal zurückkommen.«

Kalle und ich versuchen, geräuschlos zur Hausecke zu schleichen. Mir gelingt es selbstverständlich. Aber Kalle … ach, Schwamm drüber!

Der Einbrecher macht sich vorn in der Einfahrt an dem uns wohlbekannten Auto zu schaffen. Die hintere Klappe ist offen, und drinnen sind schon etliche Müllsäcke zu sehen.

»Ist nich' wahr!« Kalles Unterkiefer klappt kurz herunter,

und er lässt ihn mit einem leisen Schmatzen wieder zuschnappen. »Voll krass, ey! Der Einbrecher-Garagentyp schleppt da ja ganz schön was raus. Und das auch noch mitten am Tag!«

»Es gibt gerissene Kriminelle. Und es gibt dreiste Kriminelle«, sage ich leise. »Und offenbar handelt es sich hier um einen der letzteren Sorte.«

Der dünne Mann stopft gerade einen der beiden Säcke zwischen all die anderen. Dann schlägt er die hintere Klappe am Auto zu und öffnet eine der Seitentüren. Den anderen Sack legt er vorsichtig auf den Rücksitz.

Dann dreht er sich um und läuft wieder zum Haus zurück. Mit großen Schritten geht er an uns vorbei, während wir uns zwischen den Büschen auf den Boden ducken. Als er um die Ecke verschwunden ist, sehe ich zu Kalle. Mein Assistent versucht, sich ganz flach an die Erde zu pressen, mit – man muss es wohl so sagen – eher niederschmetterndem Erfolg. »Wir müssen ins Auto!«, ordne ich an. »Komm mit!« Ich setze aus der Deckung zum Wagen hinüber und mit einem Sprung zur offenen Tür hinein und auf den Rücksitz. Hier sind tatsächlich auch schon einige der schwarzen Säcke verstaut. Kalles rundes Gesicht erscheint in der Wagentür. »Auf den Sitz darf ich aber nicht«, sagt er kleinlaut. Dieses verflixte schlechte Gewissen. Hunde sind durch diesen angeborenen Fehler irgendwie immer im Nachteil, finde ich.

»Kalle, das ist das Fluchtauto eines Kriminellen. Was soll das Geziere?«, ermahne ich ihn. »Außerdem wird er es doch gar nicht merken, dass du hier drin warst.«

Seine Miene hellt sich auf. »Er wird das gar nicht merken, Kasimir? Meinst du? Ich könnte meine Pfoten auch ein bisschen …« Er beginnt im Kies der Einfahrt zu scharren.

»Was machst du denn da?«, zische ich, denn natürlich veranstaltet er dabei einen echten Hinterhofkatzenlärm.

Kalle hüpft zu mir herein. »Hab nur die Pfoten abgeputzt«, sagt er. »Aber was soll ich überhaupt hier drin?«

»Wir müssen einen Beweis sicherstellen!«, erkläre ich ihm.

»Beweis?«, echot Kalle. »Etwa so was wie das bedruckte Papier, das der verdächtige Lorentz in seinem Garten vergraben hatte?«

»Genau! Nur dass du diesmal nicht zu graben brauchst.«

»Ah. Gut.« Ihm ist die Erleichterung anzusehen. Als wir unseren geheimnisvollen Nachbarn Lorentz in Sachen Falschgeldherstellung überführt haben, war Kalle bei unseren Ermittlungen ein paarmal ziemlich ins Schwitzen geraten.

Ich sehe ihn an.

Er sieht mich an.

»Äh … Boss?«

»Einer von uns sollte jetzt möglichst schnell seinen Kopf in diesen Sack hier stecken und ein Beweisstück herausholen«, sage ich.

Kalle bekommt große Augen. »Au Mann, Kasimir … ich mein, Boss, darf ich das machen? Ich wette, ich kann das richtig gut. Meinen Kopf irgendwo reinstecken und das Beweisstück sicherstellen. Ist sowieso besser, wenn ich das übernehme, weil … Also, ich sach ma so, in meine Schnauze geht einfach mehr rein.«

Ich tue so, als müsste ich einen Augenblick nachdenken.

»Ich glaube, du hast recht. Also los! Damit wir hier raus sind, bevor der Verdächtige wiederkommt.«

»Aye, aye, Boss!« Kalle steckt eifrig den Kopf in den Sack und wühlt darin herum.

»Hier ist jede Menge Krempel. Was soll ich denn nehmen?«, dringt seine Stimme dumpf aus dem Plastiksack.

»Nimm irgendwas Kleines.«

»Hier ist n Glitzer-Blitzer-Ring?«, schlägt Kalle vor.

Was in drei Katers Namen soll das sein?

»In Ordnung«, sage ich. »Nimm den.«

»Offee.« Kalle zieht seinen Kopf wieder aus dem Müllsack.

Seine Schnauze sieht ein wenig aufgeblasen aus, eben genau so, als würde er darin ein kleines Beweisstück verbergen.

»Zeig mal«, fordere ich ihn auf.

Er öffnet den Fang, und auf seiner Zunge sehe ich einen goldenen Ring liegen, wie Zweibeinerinnen sie an den Fingern tragen. An ihm stecken lauter kleine, blitzende Steine, die in Kalles düsterem Schlund tatsächlich glitzern. Das Ding sieht definitiv so aus, als wäre es in Zweibeinerkreisen viel wert.

Ich will ihn gerade für seine gute Auswahl loben, als ich erstarre. Auf dem Weg vom Haus her nähern sich Schritte.

Kalle hat es auch gehört, klappt seine Schnauze zu und will schon aus dem Wagen springen. Doch ich kann ihn gerade noch mit ausgefahrenen Krallen zurückhalten.

»Mmmppff!«, beklagt er sich sofort.

»Hinter den Sack da!«, raune ich und schubse Kalle in den Fußraum, wo er sich gehorsam zwischen Rückenlehne und Sack quetscht. Zwischen all dem schwarz glänzenden Plastik ist er tatsächlich kaum zu erkennen. Ich springe ebenfalls hinunter und krieche geschickt unter den Beifahrersitz.

Keine Sekunde zu früh, denn schon sind die schweren Schritte auf dem Kies zu hören. Plastik raschelt. Es landen weitere Tüten auf dem Sitz. Dann wird die Tür zugeworfen.

Das ist jetzt nicht mehr Teil meines genialen Plans. Auch nicht, dass der dünne Mann die Fahrertür öffnet, auf den Sitz schlüpft und die Tür wieder schließt. Der Motor startet. Schon rollen wir aus der Einfahrt von Maritta Auentals Haus.

Wenn ich den Hals strecke, kann ich zwischen Sitz und Säcken ein Stück von Kalles lackschwarzem Fell erkennen. Aber hier unten ist leider nicht auszumachen, wohin wir fahren. Was, wenn der gemeine Dieb eine lange Fahrt mit uns unternimmt? Womöglich in eine andere Stadt?

Wegen dieser Schreckensszenarien bin ich regelrecht erleichtert, als der Wagen schon nach kurzer Zeit wieder abbremst, ein Stückchen ausrollt, und der Motor dann nur noch einmal stottert.

Der dünne Mann steigt aus und geht ums Auto herum. Ein lautes Rattern ist zu hören. Dann wird es dunkel.

Wir sind in der uns bekannten Garage. Und die wird nur erhellt von einer kleinen nackten Lampe, die von der Decke baumelt.

Der Einbrecher öffnet die hintere Klappe, und wir hören ihn hin und her laufen, eine Tür klappt zu.

»Boff? Was 'n jetzt?«, raunt Kalle.

»Offensive!«, flüstere ich.

»Hmmmm?«, macht Kalle.

Im nächsten Augenblick wird eine der Seitentüren geöffnet. Nur wenig Licht fällt herein. Doch ich kann erkennen, wie der Kriminelle mit beiden Händen je einen schwarzen Sack greift.

»Hhmmmpfff!«, höre ich Kalle schnaufen.

Der dünne Mann schreckt zusammen und lässt einen der Säcke sofort wieder los, als hätte er sich an ihm verbrannt.

»Hhhhhööööö«, macht Kalle erleichtert. Doch im nächsten Moment blendet das helle Licht einer kleinen Lampe, die genau auf Kalle gerichtet ist.

»Das gibt's doch nicht!«, flucht eine dunkle Stimme. »Du schon wieder!«

Mit beiden Händen greift der gemeingefährliche Kerl in Kalles Fell und zerrt ihn zwischen den Säcken hervor. Kalle gibt einen hohen Fiepton von sich. Solche Geräusche macht er nur, wenn ihm etwas wirklich wehtut. Wie beispielsweise damals, als er sich im Rahmen unserer letzten Ermittlung mit dem Großen Weißen geprügelt hat und unser Erzfeind ihn mit seinem Raubtiergebiss am Hals gepackt hat. Dieser hohe Ton geht einem durch Mark und Bein. Und einem beherzten Chefermittler bleibt gar keine andere Wahl, als …

Ich schieße unter dem Beifahrersitz hervor und springe

fauchend und spuckend über die Plastiksäcke auf den dünnen Mann zu.

Der Überraschungsangriff gelingt! Vor lauter Schreck lässt der Kerl Kalle los, der unsanft auf den Boden der Garage plumpst.

»Herrschaftszeiten!«, brüllt der Einbrecher und versucht, auch nach mir zu greifen. Doch selbstverständlich ist so ein katerunerfahrener Zweibeiner viel zu langsam, um einen wendigen Kommissar auf vier Pfoten zu erwischen. Ich fliege regelrecht aus dem Auto und über Kalle hinweg. Der wetzt sofort mir nach um den Wagen herum, während der dünne Mann im Overall uns fluchend verfolgt.

»Schneller, Kalle! Schneller!«, rufe ich. Seine Pfoten trommeln regelrecht auf den Boden, während wir noch eine Runde um das Auto drehen, unseren Verfolger immer dicht hinter uns.

Kalle legt noch mal zu und überholt mich tatsächlich an der nächsten Längsseite. Selbst ein wenig verblüfft darüber dreht er kurz den Kopf nach hinten, um mich anzusehen, prescht um die nächste enge Autokurve und … »Hab ich dich!«, triumphiert der Einbrecher. Und diesmal packt er richtig zu.

Kalle fiept und fiept und strampelt mit den dünnen Beinen. Doch der gemeine Verbrecher lässt ihn nicht los, sondern klemmt ihn sich regelrecht unter den Arm und fummelt mit der freien Hand am Garagentorknauf herum. Mit einem Ächzen gibt es nach, und das Tor öffnet sich einen Spalt. Dieser gemeingefährliche Kriminelle schubst Kalle hinaus und versucht sogar noch, ihm dabei einen Tritt zu versetzen. Doch das Garagentor ist im Weg, und so macht sein Schienbein schmerzhaft Bekanntschaft damit.

Jaulend schießt der Kerl herum. Doch bevor er sich auch auf mich stürzen kann, bin ich schon durch den Spalt unter dem Tor hindurchgeschossen. Ohne uns umzusehen, rennen Kalle und ich die Straße hinunter.

Um die nächste Ecke und dann in den erstbesten Garten, der ein paar Büsche zum Schutz bietet.

Dort hocken wir und ringen um Atem. Diesmal dauert das aber gar nicht so lange, bis wir wieder sprechen können. Allmählich, würde ich mal sagen, bekommen wir tatsächlich Übung.

»Menno!«, mault Kalle. »Wieso bin immer ich der, der durchgeschüttelt wird?«

Das ist eine von seinen Fragen, auf die ich besser keine Antwort gebe. Was würde es nutzen, ihm etwas von Wendigkeit und eleganter Geschmeidigkeit zu erzählen? Einem übergewichtigen Mops?!

»Mir gibt sehr zu denken, dass er uns sicher wiedererkannt hat. Täter können mitunter ziemlich niederträchtig werden, wenn sie sich vor Augenzeugen fürchten müssen«, sage ich stattdessen.

»Niederträchtig?«, wiederholt Kalle. »Würd sagen rabiat.« Dabei schüttelt er sich noch einmal. Und plötzlich erstarrt er mitten in der Bewegung.

Seine runden Augen werden noch ein wenig größer, und ein Ausdruck von Begreifen erscheint in ihnen. Nicht unbedingt häufig, dass ich das zu sehen bekomme. Daher frage ich natürlich gleich nach:

»Was ist denn, Kalle?«

Kalle sieht mich betreten an. »Na ja, Boss, wie soll ich's sagen? Das mit dem Durchgeschüttle und Rausgewerfe und so, das war vielleicht irgendwie 'n bisschen aufregend, und da hab ich wohl den Ring …«

Jetzt fällt es mir auch auf. Er spricht wieder ganz normal!

»Oh nein!«, entfährt es mir. »Du hast den Ring fallen lassen?«

Kalles Gesicht verzieht sich zu einer verlegenen Miene.

Doch ich denke daran, wie laut er gefiept hat, als dieser brutale Kerl ihn so schmerzhaft gepackt hatte. Wäre nicht fair, ihm jetzt Vorwürfe zu machen.

»Mach dir nichts draus, Kalle. Im Eifer des Gefechtes kann so etwas eben passieren, Beweismittel zu verlieren«, sage ich deswegen.

»Also … Boss, ich sach ma so«, stammelt Kalle, nun wirklich sehr beschämt. »So richtig verloren hab ich den Ring eigentlich nicht.«

»Nicht?«

»Nee, also, ehrlich gesagt … ich hab doch da diesen irgendwie komischen Schluckreflex …«

Oh nein, das darf nicht wahr sein!

22. Kapitel – Kalle

Mannomann! Ich hab doch keine Ahnung, wie lange das dauert, bis irgendwas, das vorne reingerutscht ist, hinten wieder rauskommt.

Mal ganz ehrlich, wer achtet denn da drauf?

Jetzt ist es aber klaro ziemlich wichtig. Und noch wichtiger ist, dass ES nicht irgendwo passiert. Zum Beispiel im Wald oder so. Da lässt Mads mich nämlich immer ein bisschen vom Weg ab unter die Bäume laufen und kümmert sich nie darum, was ich da so fabriziere. Ich ehrlich gesagt auch nicht. Ich sach ma so, was rausmuss, muss raus. Fertig.

Im Park ist es was anderes. Wenn wir unsere kleine Morgenrunde machen, hat Mads immer so Tütchen dabei, in die Linna normalerweise Reste vom Essen in die Gefriertruhe packt. Also, in frische Tütchen, nicht in die, die Mads mit im Park hatte.

Und der Moment, in dem Mads sich bückt, um mit den Tütchen aufzusammeln, was ich so fallen gelassen habe, das ist dann jetzt wohl der gewisse Moment. Ganz wichtig: Mads muss sich die Bescherung genau angucken. Nicht einfach einsammeln, zuknoten, ab in die nächste Mülltonne. Ich selbst bin auch gefragt. Und weil sechs Augen mehr sehen als vier, kommt Kasimir jetzt auch immer mit.

»Irgendwie sind die Tiere komisch«, sagt Mads, als wir am nächsten Tag beim Frühstück sitzen. Es ist Wochenende. Das merke auch ich inzwischen. Denn Linna und Mads sind viel entspannter und essen in aller Ruhe ihre Brötchen. Und wenn was vom Rührei übrig bleibt, krieg ich auch mal ein Fitzelchen. Jammi!

»Was meinst du mit komisch?«, hakt Linna nach.

»Na, gestern Abend schon«, erzählt Mads. »Als ich mit Kalle im Wald war, wollte er gar nicht richtig laufen. Wollte immer zum Auto zurück. Sein Geschäft hat er auch nicht gemacht. Aber als wir dann zu Hause waren, hat er rumgedrängelt, weil er dringend in den Park wollte. Und Kasimir wollte auch unbedingt mit.«

Linna nimmt einen Schluck von dem gelben Saft, den sie morgens trinkt, und schaut erst zu mir runter und dann zu Kasimir, der wie immer auf der Sofalehne liegt. Sie lächelt. »Ich find's süß, dass unser Schmusebär mit auf die Spaziergänge möchte. Früher hat er nie auch nur den Garten verlassen. Aber seit Kalle da ist, geht er sehr gern mit raus.«

»Ist ja auch süß«, nickt Mads. »Aber gestern Abend haben die beiden sich echt komisch angestellt. Kalle hat direkt sein Geschäft gemacht, und dann haben beide darum einen riesigen Aufstand gemacht. Kasimir ist immer drum herum geschlichen und hat so kläglich miaut. Und Kalle hat ganz intensiv dran geschnüffelt. Bis ich es eingesammelt hatte. Das machen sie doch sonst nicht.«

»Wenn er das so erzählt, klingt das irgendwie schräg, oder, Kasimir?«, sage ich.

»Man muss eben Opfer bringen, wenn eine Ermittlung erfolgreich verlaufen soll«, antwortet er.

»Brauchste mir nicht zu sagen. Ich bin schließlich der, der immer am Hintern gepackt und durchgeschüttelt wird.«

»Vielleicht hatte Kalle irgendetwas Ungewöhnliches gefressen?«, überlegt Linna. »Roch vielleicht irgendwie … besonders.« Sie und Mads sehen sich an, verziehen beide ihre Gesichter und kichern dann.

»Hab ich auch erst gedacht«, sagt Mads dann. »Aber heute Morgen war es genau das Gleiche: Kasimir wollte unbedingt mit raus. Kalle erledigt im Park sein Geschäft. Und beide machen einen richtigen Affentanz darum.«

»Komisch«, sagt Linna jetzt auch. Diesmal betrachten sie uns beide ganz genau.

»Weiß ich doch nicht, ob ich das merke, wenn der Glitzer-Blitzer-Ring wieder rauskommt«, meine ich. »Ehrlich gesagt hab ich da auch 'n bisschen Muffe vor, weil … also, der war schon ganz schön rau, als ich ihn so auf der Zunge liegen hatte.«

»Also bitte!«, beschwert sich Kasimir.

»Ist doch wahr«, sage ich.

»Übrigens hat es gestern schon wieder einen Einbruch im Viertel gegeben«, erzählt Mads da.

»Wissen wir schon. Wir waren dabei«, informiere ich ihn.

»Psst!«, zischt Kasimir.

»Oje«, macht Linna und guckt besorgt.

»Ja, und diesmal haben sie sich einen richtig fetten Fisch ausgesucht. Eine schwerreiche alte Dame, die ein paar Straßen weiter wohnt. Diese hübsche weiße Altbauvilla im Akazienweg mit den hohen Fenstern und dem kleinen Erker zur Straße hin, weißt du?«

»Ist viel weggekommen?«

»Hm. Hat sich gelohnt für die Bande«, antwortet Mads. »Viel wertvoller Krempel und sehr viel kostbarer Schmuck. Ich werd echt nie kapieren, wieso die Leute ihre Sachen nicht in der Bank in einem Schließfach deponieren.«

»Ach, Mads, das ist doch einfach umständlich«, erwidert Linna. »Schmuck will man doch spontan anlegen können. Zum Beispiel am Wochenende, wenn keine Bank geöffnet hat.«

Mads brummelt etwas Undeutliches. Das macht er manchmal, wenn er anderer Meinung ist als Linna, es aber nicht so richtig sagen will.

»Öhm, was ist denn jetzt mit dem Rührei? Will das keiner mehr?«, frage ich höflich.

***

Am Nachmittag wollen Mads und Linna zusammen mit Rainer und mir einen schönen langen Spaziergang machen – um das Herbstwetter noch ein bisschen zu nutzen. Als sie ins Schlafzimmer gehen, um sich dafür umzuziehen, krieg ich echt Panik.

»Schöner, langer Spaziergang, au Mann, Kasimir«, jammere ich. »Das bedeutet mindestens zwei Stunden, wahrscheinlich sogar drei. Das schaff ich doch nie, mein Geschäft so lange einzuhalten. Aber … hey, ich hab ’ne Idee, wie wäre es, wenn ich einfach so tue, als würde ich schlafen? Ich leg mich ins Körbchen und schnarche ganz laut. Vielleicht lassen sie mich dann liegen?« Ich stiefele ins Körbchen, lege mich gemütlich in eine Ecke und schließe die Augen. Das mit dem Schnarchen wird wahrscheinlich gleich ganz von allein kommen. Aber als ich ein bisschen blinzle, sehe ich, dass Kasimir zu mir runtersieht. Und er hat wieder diesen Blick drauf.

»Nein? Hm, hast wahrscheinlich recht.« Ich stehe wieder auf und klettre aus dem Körbchen. »Aber – Moment mal! – was ganz sicher klappt, ist: Ich stell mich tot! Au ja, Kasimir. Das ist es! Ich glaub, das kann ich ganz gut. Guck mal …« Ich lasse mich auf den Rücken plumpsen und recke alle vier Pfoten in die Luft. Augen zu. Schnauze auf. Und Zunge ein bisschen rausgucken lassen. Schade, dass ich mich selbst nicht sehen kann. Ich wette, ich sehe mächtig tot aus.

Aber als ich wieder blinzle, guckt Kasimir immer noch auf diese bestimmte Art.

»Wie wäre es, wenn du die Gunst der Stunde nutzt und einfach schnell raus in den Garten läufst und da dein Glück versuchst?«, schlägt er vor.

Meine Zunge schluppt zurück, und ich setze mich auf. »Wie jetzt? Du meinst, ich soll in den Garten machen?«

Kasimir nickt.

Ich überlege blitzschnell. Manchmal geht das. Ein Gedanke, noch ein Gedanke und so weiter. Und am Ende kommt raus: »Stimmt!«

Kasimir atmet tief ein und wieder aus und springt dann vom Sofa. »Na, dann los!«, sagt er und geht klippklapp durch die Katermopsklappe.

Bei mir dauert das immer einen winzigen Moment länger. Weil das mit meinem Mittelteil irgendwie ein bisschen knapp ist. Aber dann steh auch ich draußen auf der Terrasse. Und sofort fang ich an, auf dem Rasen hin und her zu laufen.

»Kalle!?«, stöhnt Kasimir.

»Sorry, Boss. Aber ich sach ma so, ohne Bewegung tut sich da nix bei mir. Ich muss immer ein bisschen rumlaufen vorher. Und wenn ich dann genug rumgelaufen bin …«

»Kalle?«, ruft Mads da von der Tür her.

Mist!

»Versuch es!«, sagt Kasimir mit dieser strengen Kommissarstimme.

»Kalle, komm her!«, fordert Mads und winkt mir zu.

Hin und her. Hin und her.

Linna kommt auch dazu und legt den Kopf ein bisschen schief. »Was läuft er denn da so hektisch rum?«

»Keine Ahnung«, rätselt Mads. Doch plötzlich geht ihm wohl ein Licht auf. »Och nööö! Kalle!«

»Jetzt!«, ruft Kasimir.

Ich hocke mich hin und drücke, so doll ich nur kann.

Zwar bin ich noch nicht wirklich viel gelaufen. Aber die ganze Aufregung hilft vielleicht auch ein bisschen. Jedenfalls klappt es tatsächlich.

»Tzzz«, macht Mads. »Hatte das nicht Zeit, bis wir gleich im Wald sind?« Damit dreht er sich um, um ein Tütchen zu organisieren.

Kasimir kommt aus der Nickerchenbuschecke und beäugt intensiv meine Hinterlassenschaft.

»Und?« Ich schaue es mir auch genau an.

Ich höre noch wie Linna »Tatsächlich. Das gibt's ja nicht!« murmelt, doch dann ruft Kasimir: »Da ist er!«

»Echt jetzt? Ich hab gar nix gemerkt!«, belle ich begeistert.

»Au ja. Da ist er. Mitten drauf! Wow! Wie hab ich das gemacht, Kasimir?«

»Meisterleistung!«, lobt mein Boss mich. Und ich weiß: Ich kann wirklich stolz auf mich sein.

»Du hast recht«, sagt Linna, als Mads gerade wieder neben ihr auftaucht. »Die beiden benehmen sich wirklich merkwürdig. Guck mal, wie aufgeregt sie sind.«

»Wäre ich auch, wenn ich mich irgendwo niedergelassen hätte, wo ich eigentlich nicht darf«, brummelt Mads und kommt mit dem Tütchen zu uns rüber.

»So, dann zeig mal, was du da …«, sagt er. Doch dann hört er einfach mittendrin auf. Er guckt und guckt.

»Was ist?«, will Linna wissen.

Mads schiebt seine Hand in den durchsichtigen Plastikbeutel und tippt einmal kurz an mein Geschäft. Dann greift er mit zwei spitzen Fingern vorsichtig zu. Er nimmt aber nicht alles hoch, wie sonst immer, sondern nur den Glitzer-Blitzer-Ring.

»Guck dir das an!«, staunt er.

Linna kommt tatsächlich. Zusammen gucken sie sich den Ring ganz genau an.

»Ich hab nicht viel Ahnung von Schmuck«, sagt Linna schließlich zögernd. »Aber ich glaube …«

»Der ist echt!«, sagt Mads selbstbewusst.

In dem Augenblick macht es Bing Bong! an der Tür.

»Das wird Rainer sein.« Linna läuft schnell rein und öffnet die Tür. Es dauert nur ein paar Sekunden, da ist sie zurück – zusammen mit Rainer.

»In echt jetzt?«, ruft der Mads entgegen. »Kalle hat einen Diamantring ausgeschissen?«

***

Wir sind dann doch nicht spazieren gegangen.

Es gab ziemlich viel Aufregung um den Glitzer-Blitzer-Ring.

Zuerst musste er ordentlich abgeschrubbt werden, mit richtig viel Seife und so. Und dann machte Rainer mit seinem Quasseldings, mit dem man auch Fotos machen kann, ein Bild davon. Er quatschte mit jemand und kündigte an, dass er ein Bild rüberschickt, dass verglichen werden muss.

»Die arme Betty hat Wochenenddienst«, erklärt er uns jetzt. »Muss die Versicherungsunterlagen durchgehen vom gestrigen Einbruch. Da kommt dieser Fund gerade recht. Gott sei Dank gibt's von allen Schmuckstücken fotografische Abbildungen.«

»War es nicht irre viel, was die Bande da mitgenommen hat?«, will Mads wissen.

»Unbeschreiblich!«, nickt Rainer. »Und wieder kein einziger Fingerabdruck. Einzige Spur ist der Ölfleck in der Einfahrt. Da muss er den Fluchtwagen geparkt haben. Ganz schön dreist, oder? Die arme alte Dame tat mir wirklich leid. Hat immerzu von einem besonderen Ring gesprochen. Verlobungsring und so weiter. Der war ihr besonders wichtig.« Er sieht mich freundlich an. »Mensch, Kalle, wenn du doch nur sagen könntest, wo du diesen Ring gefunden hast.«

»Ich könnte euch das schon zeigen«, sage ich. Und nach einem Seitenblick von Kasimir: »Aber ihr versteht mich ja nicht.«

»Schade, dass wir sie nicht verstehen können«, seufzt Linna.

»Sag ich doch.«

Rainer, Mads und Linna reden noch eine Weile darüber, wie verrückt es ist, dass ich irgendwo so einen wertvollen Ring gefressen habe. Dabei gucken sie sich das Ding immer wieder an.

Irgendwann plärrt Rainers Quasseldings.

»Betty, schon was gefunden?«, meldet er sich. Und dann lauscht er. »Tatsächlich? Kein Zweifel möglich? – Ist ja 'n Ding! – Ja, der Hund hat ihn offenbar irgendwo aufgelesen. – Ja, verrückt, ne?!«

Als er aufgelegt hat, guckt er noch ein bisschen auf sein Quasseldings. »Die Betty ist echt 'ne Nette«, murmelt er dann. Linna und Mads grinsen sich an, und plötzlich kriegt Rainer mit, dass wir alle ihn angucken. »Der Ring gehört tatsächlich zu dem gestrigen Raub«, sagt er schnell. »Besteht wohl kein Zweifel. Tja, irgendwie eine vertrackte Situation, oder? Wir finden ein Beweisstück an einem ziemlich … ungewöhnlichen Ort. Und können damit wirklich überhaupt nichts anfangen, solange wir nicht wissen, woher Kalle ihn hat.«

Mann, das ist echt zum Aus-dem-Fell-Fahren! Dabei bin ich ganz sicher: Wir sind schon irre nah dran!

23. Kapitel – Kasimir

Der mittlerweile verzweifelte Ermittler und sein grundlos optimistischer Assistent haben nun schon mehrmals vergebliche Versuche gestartet, die Polizei in ihre laufende Untersuchung einzubeziehen. Doch wir werden einfach nicht erhört.

Auf den kleinen Spaziergängen zum Park und zurück haben Kalle und ich es in den letzten Tagen dreimal geschafft, Mads und Linna davon zu überzeugen, in der gewissen Straße mit der gewissen Garage vorbeizugehen.

Jedes Mal, wenn wir dort sind, zieht Kalle wie verrückt in Richtung Garage. Gut, dass er ein Ganzkörpergeschirr trägt und nicht so ein Kettenhalsband wie Amanda, sonst hätte sich mein Assistent mittlerweile in Ausübung seiner Pflicht wahrscheinlich schon selbst erdrosselt.

Ich selbst trage selbstverständlich auch meinen Teil bei, indem ich am Garagentor auf und ab streiche und mein eindeutigstes »Mau!« ertönen lasse.

Aber alles, was dabei herauskommt, ist, dass Mads heute zu Linna sagt: »Ich hab ja fast den Verdacht, dass in dieser Garage ein paar Säcke Hundefutter gelagert werden. Wahrscheinlich ist Kalle deswegen auch darin eingesperrt worden.«

Sie lachen beide darüber und lümmeln sich dann weiter auf dem Sofa herum.

Die Abende unter der Woche verbringen unsere beiden Zweibeiner sowieso in der Regel auf dem Sofa. Linna liest in dicken Büchern und Mads in Zeitungen. Oder sie gucken gemeinsam fern. Gerne auch mal einen Krimi, bei dem dann auch ich wieder etwas lernen kann. Kalle verpennt diese Gelegenheiten ja leider meistens.

Doch an diesem Abend scheint es mit der trauten Viersamkeit mit einem Schlag vorbei zu sein, denn es klingelt an der Tür.

Linna und Mads sehen sich fragend an.

Kalle hebt im Körbchen den Kopf, gähnt herzhaft und schlurft dann zur Tür, um Wer-immer-das-sein-mag in seiner üblich euphorischen Art zu begrüßen.

Das kleine Blickduell zwischen unseren Zweibeinern gewinnt Linna. Mads steht auf und geht Richtung Tür, macht aber einen kleinen Schlenker am Fenster neben dem Essplatz vorbei.

»Huch«, macht er und schaut erschrocken zu Linna hinüber. »Das sind meine Eltern.«

Linna springt vom Sofa, als ob sie sich an etwas verbrannt hätte, und sieht sich hektisch im Wohnzimmer um.

Kalle, der gerade in der Tür zum Flur angekommen war, hat Mads natürlich auch gehört, dreht sich nun abrupt um und trottet wieder zurück in sein Körbchen. Das macht ihn wirklich sympathisch: Obwohl er anfangs durchaus offen war ihnen gegenüber, gehören Mads Eltern schon längst nicht mehr zu seinen bevorzugten Besuchern. Wobei seine bevorzugten Besucher eigentlich alle Besucher außer Mads Eltern sind.

Mads geht gemessenen Schrittes in den Flur, und ich höre, wie er auf den Türöffnerknopf drückt. Währenddessen flitzt Linna mit der ihr eigenen Wendigkeit einmal im ganzen Raum herum und sammelt lauter herumliegende Kleinigkeiten ein, um sie mit einem geschickten Griff unters Sofa zu pfeffern.

Als Mads die Tür öffnet und ins Treppenhaus hineinruft: »Na, das ist aber eine Überraschung!«, lässt Linna sich wieder in ihre Sofaecke fallen und greift nach dem dicken Buch.

Erst als Frau Kemper schon ihren Kopf ins Wohnzimmer

streckt, schaut Linna freundlich interessiert auf und legt das Buch dann zur Seite, um aufzustehen.

»Wie schön! Ein Überraschungsbesuch!«, strahlt sie. Aber in ihrer Stimme schwingt etwas mit, das mich als feinfühligen Vierbeiner auf alle Fälle stutzig machen würde.

»Ach, kein richtiger Besuch«, winkt Frau Kemper ab und kommt trotzdem herein.

»Nicht doch! Nicht doch!«, dröhnt Herr Kemper mit seiner unangenehm lauten Stimme. »Wir waren nur gerade im Reisebüro. Aida für nächstes Frühjahr gebucht, wisst ihr. Und da dachten wir, wir schauen einfach kurz vorbei und sagen ›Hallo‹.«

»Hallo«, sagt Kalle aus seinem Körbchen.

»Da ist ja auch der kleine Ralle!«, grölt Herr Kemper.

»Kalle«, sagen Mads, Linna und Kalle gemeinsam.

»Wie geht's euch denn so? Wollt ihr denn an so einem schönen Spätsommerabend gar nichts unternehmen?«, fragt Frau Kemper. Und dann dreht sie sich zu Mads: »Weißt du noch? Mit Nicole warst du immerzu unterwegs.«

Linnas Strahlen wirkt plötzlich ein wenig giftig, als sie antwortet: »Wissen Sie, wir sind uns eben selbst genug. Wir brauchen nicht ständig irgendwelche Ablenkung. Und jetzt, wo Mads die Übergabe für seinen Nachfolger vorbereitet, hat er immer so viel zu tun, dass er abends wirklich entspannen muss.« Auch sie wendet sich an Mads: »Ich find's ja so toll, dass du schon in ein paar Tagen wieder in deiner alten Abteilung arbeiten wirst! Richtige Ermittlertätigkeit! Wow!«

Mads lächelt schwach.

»Tja, ich finde ja, die Entscheidung war überstürzt«, antwortet Frau Kemper. »Das Klima in deiner jetzigen Abteilung ist doch so nett.«

Herr Kemper sieht ein bisschen angespannt zwischen seiner Frau und Linna hin und her. Ich kann ihn sogar verstehen. Ich würde auch nicht gern als Puffer zwischen ihnen stehen.

Bevor Linna noch etwas erwidern kann, klingelt es erneut an der Tür.

Wieder sehen Mads und Linna sich verwundert an.

»Noch ein Besucher?«, flötet Frau Kemper.

Mads beeilt sich, zur Tür zu gehen. Kalle setzt sich im Körbchen auf. Wahrscheinlich will er erst mal schauen, ob sich das Aufstehen lohnt.

»Guten Abend, ich hoffe, ich störe nicht?!«, ertönt es aus dem Flur, während es hier im Wohnzimmer ganz still geworden ist. »Sind Sie Herr Kemper?« Die Stimme. Kommt mir bekannt vor. Auch Kalle scheint etwas damit zu verbinden, denn er spitzt die Ohren.

»Bin ich«, sagt Mads freundlich, aber immer noch verwundert.

»Mein Name ist Auental. Maritta Auental«, hören wir alle. »Ihr Hund hat …«

»Frau Auental!«, sagt Mads erfreut. »Kommen Sie doch herein!«

Und schon steht Frau Auental im Wohnzimmer.

Sie sieht sich freundlich in der Runde um und gibt allen die Hand, während die Zweibeiner sich vorstellen.

Interessanterweise ist Frau Kemper plötzlich der reinste Sonnenschein. Sie lächelt so breit, wie ich es bei ihr noch nie gesehen habe. Deswegen befürchte ich anfangs schon, sie habe irgendeinen Krampf.

»Entschuldigen Sie die Störung«, sagt Frau Auental noch einmal.

»Aber, aber, das macht doch nichts!«, donnert Herr Kemper.

»Ich wollte mich nur unbedingt bei … ach, da ist er ja! Der kleine Held!«, sagt Frau Auental lächelnd und sieht dabei Kalle an.

»Öhm?«, macht Kalle und sieht verwirrt aus.

»Tja, sieht ganz so aus, als hätte Kalle einen sehr wertvollen Gegenstand … ähm … gefunden, der Frau Auental gestohlen wurde«, erklärt Mads rasch seinen Eltern.

Die drehen beide die Köpfe und staunen Kalle an.

Mein Assistent reckt sich ein bisschen im Körbchen. »War doch 'n Klacks«, murmelt er bescheiden.

»Wertvoller Gegenstand, ja«, wiederholt Frau Auental und streckt ihre Hand aus. Daran glitzert der goldene Ring mit den vielen kleinen blinkenden Steinen, den Kalle … na ja, wir wissen ja alle, was damit passiert ist. »Es ist der Verlobungsring, den mein Mann mir damals geschenkt hat. Vielleicht nicht das finanziell wertvollste Schmuckstück, das ich je besessen habe, aber trotzdem das kostbarste.« Versonnen blickt sie auf den Ring. »Es sind so viele wunderschöne Erinnerungen damit verbunden. Und wissen Sie, manchmal vergisst man, dass man all diese herrlichen Bilder und Momente in sich trägt. Dann braucht man mal wieder einen kleinen Stups, um sich ihrer zu erinnern und sich daran zu freuen. Und deswegen war es das größte Geschenk seit Langem, als ihr kleiner Hund diesen Ring für mich gefunden hat!«

Linna sieht Frau Auental an. In ihren Augen schimmert etwas, während ihre Miene ganz weich wird.

Frau Kemper aber starrt auf Kalle hinab, der etwas verlegen in seinem Körbchen sitzt, weil alle ihn ansehen.

»Das war jetzt wirklich schön gesagt«, brummt Herr Kemper.

»Das …«, beginnt Mads und muss sich räuspern. »Das hat Kalle bestimmt sehr gern gemacht.«

»Ähm … ich sach ma so, war eigentlich irgendwie anders gemeint. Also, ich mein, wegen der Sicherstellung von 'nem Beweisstück und so«, gesteht Kalle und schaut zu mir herauf.

»Diese Katze …«, sagt Frau Auental da und betrachtet mich genau.

»Das ist Kasimir«, erklärt Linna ihr.

So wie Maritta Auental mich ansieht, ist mir klar, dass sie sich an mich erinnert. Es gibt durchaus Zweibeiner, die eine Katze kaum von einem Hund und erst recht keinen Kater von einem anderen unterscheiden können. Diese Zweibeinerin hier aber kann es. Das spüre ich. Sie weiß es. Sie weiß, dass ich es war, der ihre rote Blume mitgenommen hat.

Doch sie sagt nichts, sondern kommt nur mit leichtem Schritt zu mir herüber und streckt mir die Hand hin. »Du bist aber ein Hübscher, Kasimir«, sagt sie leise.

Weil Linna mich genau beobachtet, will ich ihr natürlich keine Schande machen. Auch ein vierbeiniger Ermittler hat hin und wieder häusliche Pflichten zu erfüllen. Deswegen beginne ich zu schnurren und stupse mit dem Kopf gegen ihre Hand. Sie streichelt mich.

»Zwei wunderbare Tiere haben Sie da!«, sagt Frau Auental.

»Und Katzen sollen ja so reinlich sein«, macht sich Frau Kemper wieder bemerkbar. Doch niemand reagiert.

»Wenn ich gewusst hätte, dass Sie auch einen so hübschen Kater haben, hätte ich ihm auch etwas mitgebracht«, sagt Frau Auental zu Mads und Linna. »Aber nun habe ich leider nur etwas für meinen kleinen Helden dabei.«

Damit öffnet sie die Handtasche, die sie über dem Arm trägt und zieht eine Tüte heraus.

»Die Metzger-Tüte!«, ruft Kalle fassungslos.

»Oh, aber das wäre doch nicht nötig gewesen«, sagt Frau Kemper.

Und Mads sagt: »Er ist sowieso ein bisschen zu …«

Doch Frau Auental fragt schon: »Darf er was haben?«

Mads sieht Kalle an. Kalle sieht Mads an. Und wieder mal habe ich Angst, dass meinem rundgesichtigen Assistenten irgendwann mal die Augen einfach rausfallen werden.

»Ja«, sagt Mads dann. »Natürlich darf er.«

Frau Auental öffnet die Tüte.

Kalle beginnt in seinem Körbchen zu beben.

Aus der Tüte zieht Frau Auental mit zwei Fingern einen Knochen, der mindestens so groß ist wie der, den Kalle neulich seiner Amanda geschenkt hat.

»Hammer!«, haucht er.

Frau Auental beugt sich vor und hält ihm den Knochen hin, während sich an Kalles hinterem Ende sein geringelter Schwanz wie ein Ventilator dreht. Da läuft auch schon Sabber. War ja klar. Na, ich muss ja nicht hinsehen.

Kalle bricht im Körbchen über dem Knochen regelrecht zusammen und knabbert sofort hingebungsvoll an dem einen Ende.

»Scheint zu schmecken!«, bellt Herr Kemper vergnügt.

»Vielen Dank in Kalles Namen«, sagt Linna lächelnd.

»Das hat er sich wirklich verdient«, nickt Frau Auental. »Wissen Sie, neulich hat mir jemand geweissagt, dass ich einen schweren Verlust erleiden werde. Und natürlich ist bei dem Diebstahl viel entwendet worden, an dem mein Herz hing. Aber das Wichtigste habe ich zurück!«

Einen Moment lang schweigen wir alle und sehen tatsächlich dabei zu, wie ein dicker schwarzer Mops einen riesigen, ekligen Knochen vollsabbert.

Dann sagt Frau Auental: »So, nun will ich Sie nicht länger stören.«

»Bleiben Sie doch noch ein bisschen!«, bietet Frau Kemper ihr an. »Wir könnten doch zusammen einen Tee trinken?«

»Vielen Dank für das Angebot, aber ich muss leider los. Ich habe noch einen späten Termin bei meiner Kosmetikerin. Morgen ist Opernabend, und ab einem bestimmten Alter muss man ja früh anfangen mit dem Hübschmachen.«

Alle lachen. Am lautesten und schrillsten Frau Kemper.

Mads bringt Frau Auental zur Tür. Die Kempers rufen »Auf Wiedersehen!« hinter ihr her.

Und als Mads dann wieder ins Wohnzimmer kommt, wispert Frau Kemper aufgeregt: »Meine Güte! Frau Margret Auental hier. In dieser Wohnung. Mit uns.«

»Kennen Sie sie?«, will Linna verwundert wissen.

Mads Eltern machen beide große Augen. »Jetzt sagen Sie bloß, Linna, Sie wissen nicht, dass Margret Auental die reichste Witwe der Stadt ist?«, flüstert Frau Kemper, während Herr Kemper dröhnt: »Da sind schon einige auf die Idee von Freiersfüßen gekommen, kann ich euch sagen. Aber sie spricht immer nur von ihrem verstorbenen Mann. Ganz große Liebe und so.«

»Das ist doch schön«, sagt Linna leise.

Aber ich klinke mich aus. Diese Begegnung hat die grandiose Maschinerie in meinem Kopf wieder in Gang gebracht.

Und auch Mads sieht so aus, als hörte er nur mit halbem Ohr zu. In seinem Kopf scheint es genauso wie in meinem zu rattern. Vielleicht sind ihm die gleichen Dinge aufgefallen wie mir? Vielleicht wäre er ja jetzt bereit für den nächsten Schritt des ermittelnden Vier-Pfoten-Teams?

»Hey, Kasimir, du hast ja schon wieder diesen irren Kommissarblick drauf«, sagt Kalle da schmatzend von unten. »Sach bloß, dir ist irgendwas eingefallen?«

Ich hebe die Pfote, schlecke sie ein bisschen und fahre mir damit über den Kopf. Ganz wie von selbst spüre ich ein leises Schnurren in mir heraufziehen.

»Kalle, halt dich bereit! Ich glaube, ich habe tatsächlich die Idee!«

24. Kapitel – Kalle

Boah, bin ich satt!

So satt war ich echt schon lange nicht mehr. Den Trick mit dem Hungrig-Gucken könnt ich heute voll knicken. Und mir ist auch schon den ganzen Tag nicht danach, in die Küche zu laufen und nachzusehen, ob Futter in meinen Napf gefallen ist. Eigentlich auch mal ganz schön. Diese ständige Hin-und-her-Gelaufe ist manchmal wirklich anstrengend.

Ich könnte einfach nur hier in meinem urgemütlichen Körbchen liegen und dösen und dösen und …

»Kalle! Aufstehen!«

Och nööööö.

Am besten ich beweg mich nicht. Vielleicht ist es nicht so wichtig, und er lässt mich einfach weiter hier liegen.

»Kalle, was wäre, wenn da noch so ein großer Knochen wie der von gestern im Garten läge?«

»Was?« Ich springe aus dem Körbchen und renne zur Katermopsklappe. Aber schon bevor ich da angekommen bin, kapier ich, was hier läuft. Ich dreh mich zu Kasimir um, der immer noch auf der Sofalehne liegt und mir zuguckt.

»Mennooooo«, brumme ich. »Das war gemein.«

»Ich staune immer wieder, wie schnell du dich bewegen kannst, wenn es um Futter geht«, sagt Kasimir.

Ich guck mir die Strecke vom Körbchen bis hierher mal genauer an. Ist schon ein ganzes Stück, muss ich zugeben. Und ich war in, ich sach ma so, einer Minisekunde ungefähr von da vorn schon hier.

»Wow!«, sage ich. »Ich glaub, du hast recht, Kasimir. Das war echt schnell. Weißt du was? Ich glaub, das kommt von dem Knochen. Opa Schulze hat immer gesagt, wer viel isst, hat viel Kraft. Vielleicht wusste er gar nicht, dass man davon auch echt schnell wird? Au Mann, Kasimir! Vielleicht kann ich dann auch viel schneller denken als sonst? Los, lass uns das ausprobieren! Frag mich was! Irgendwas Schweres am besten.« Vor lauter Aufregung fangen meine Beine an herumzutrippeln.

»Spar deine Energie für unseren Plan«, antwortet Kasimir. »Es geht jeden Augenblick los.«

»Echt jetzt?!« Au Mann, es ist so weit! Ich werd verrückt. Der neue Plan geht jeden Augenblick los! Und ich bin so was von gespannt. »Verrätst du mir jetzt, was wir machen, Kasimir? Ach, komm schon, alter Geheimnisbrösel, jetzt kannst du es mir doch sagen, wo es doch gleich losgeht. Warum musste ich Amanda heute Morgen fragen, ob sie heute Nachmittag noch mal mit Herrchen vorbeikommt? Und warum genau dann, wenn Mads mich noch mal kurz vor die Tür lässt, bevor er mit Rainer zum S-quatsch loszieht?«

Meine Beine zappeln so doll, dass es für mich aussieht, als würde Kasimir auf der Sofalehne hoch- und runterhüpfen.

»Nur Geduld«, sagt Kasimir. Er ist echt der coolste Boss der Welt. So lässig wie er immer ist.

Ich setz mich hin, weil, also wenn meine Beine so weitermachen, wird mir direkt 'n bisschen schwindlig.

»Kasimir, willst du etwa, dass Amanda mit Mads über das Einbrecherhaus spricht? So ›Amanda sag Mads das und das‹?«, erkundige ich mich.

Jetzt hat er wieder diesen Blick drauf. So als müsste ich eigentlich selbst draufkommen. Und au Mann! Ich komm echt selbst drauf! »Moment mal! Wenn Mads mich nicht verstehen kann, dann kann er Amanda bestimmt auch nicht … oder?« Kasimir schüttelt den Kopf. »Schade eigentlich. Ich dachte nur, weil … sie hat 'ne echt beeindruckende Stimme.« Allein wenn ich dran denke, krieg ich Gänsehaut.

Kasimir sträubt die Schnurrhaare. »Ich glaube nicht, dass Lautstärke dabei eine Rolle spielt. Nein, es geht zwar tatsächlich um so eine Art Mitteilung, aber die wird wahrscheinlich eher versteckter Natur sein.«

»Eine versteckte Mitteilung? Gigomatisch!« Bei Kasimir lerne ich jeden Tag irgendwas Tolles dazu. Ist fast so, als würden mir Linna und Mads jeden Tag ein neues Kunststückchen beibringen.

Da höre ich den Schlüssel in der Haustür und Mads tap-tap-tap auf den drei Stufen vor der Wohnungstür. Kasimir erhebt sich, und ich renne schon mal vor in den Flur, um Mads Hallo zu sagen. Das ist nach der ganzen Zeit, die wir jetzt schon zusammen sind, immer wieder schön. Wenn er weg war und nach Hause kommt, ist das jedes Mal was Besonderes.

»Ja, ja, Kalle, ist ja gut, ist ja gut!« Mads lacht und rangelt ein bisschen mit mir. Wir sind halt zwei ganze Kerle, mein Mads und ich. »Na, Kasimir, kommst du auch mal gucken?« Mads streicht Kasimir über den Kopf. Ihn ruckelt er nie so durch, fällt mir gerade auf. Aber Kasimir ist auch irgendwie ein ganz anderer Typ als ich.

»Heute ist nur ’ne ganz kurze Visite am nächsten Baum drin, klar?«, sagt Mads zu mir, während er ins Schlafzimmer stürmt und seine Arbeitsklamotten gegen Sportsachen tauscht und die große Tasche aus dem Schrank zerrt. »Linna kommt bald und macht ’ne große Runde mit dir. Vielleicht sogar in den tollen Wald, in dem du so gern bist. Da werdet ihr jede Menge Spaß haben!« Einen kurzen Moment hält Mads inne. Dann schüttelt er den Kopf und murmelt: »Was quatsch ich hier eigentlich? Mach ich doch nur, um mein schlechtes Gewissen zu beruhigen.«

»Ich find’s schön, wenn du mit mir sprichst«, gebe ich offen zu.

Er tätschelt meinen Kopf und ist schon wieder an mir vorbei, um aus der Küche eine Flasche Wasser zu holen.

»So, dann schnell vor die Tür, Kalle!«

»Aye, aye, Mads!« Ich stehe schon parat. Kasimir auch.

Mads sieht ihn mit hochgezogenen Brauen an, doch dann zuckt er mit den Schultern und lässt uns beide raus.

Ich wetze raus und um die Ecke und an meinen Lieblingsbaum.

Kasimir bleibt auf dem Zaun sitzen und guckt die Straße rauf und runter.

»Wo bleiben sie denn?«, murmelt er.

Und dann hab ich sagenhaftes Glück! Weil nämlich genau in dem Augenblick, in dem ich mein Bein superheftig hochhebe und über die Markierung am Baumstamm pinkle, an der Ecke Amanda auftaucht. Natürlich mit Herrchen im Schlepptau.

Ehrlich gesagt kann ich nicht so wirklich lange auf drei Beinen und so. Deswegen ist der Augenblick echt perfekt. Noch ein paar Tröpfchen. So. Das wäre erledigt. Ich scharre noch ein bisschen auf dem Boden. Schließlich guckt Amanda mir schon entgegen. Und dann warte ich hier auf sie. Denn ich bin ja jetzt ihr Typ.

»Sind wir noch im Ermittler-Modus?«, erkundigt sich Kasimir vom Zaun herunter. Und ich klappe schnell meine Schnauze zu.

»Was soll ich tun, Boss?«

»Der Plan sieht zwingend vor, dass Mads und Amandas Herrchen ins Gespräch kommen«, erklärt Kasimir und beginnt, auf dem Zaun auf und ab zu balancieren.

»Aye, aye! – Amanda, hey, Amanda!«, rufe ich.

»Bin schon da, Süßer, bin ja schon da«, flötet sie zurück. Wahnsinnsstimme eben.

»Hallöchen«, keucht hinter ihr ihr Herrchen.

»Tag«, nickt Mads.

»Das gilt wahrscheinlich noch nicht als Gespräch?«, erkundige ich mich bei Kasimir. Der schüttelt den Kopf.

»Na, mein kleines Lackhandtäschken«, säuselt Amanda und schleckt mir einmal kurz über den Kopf. Hihi, ich muss kichern.

»Huch«, macht Mads und zuckt für eine Sekunde zusammen, aber dann lacht er, wenn auch etwas angespannt. »Irgendwie denk ich immer, sie frisst ihn gleich.«

»Aaaaach, Amanda tut keinem was. Ist nur 'n bisschen wild und stark für die meisten. Was mein Mädchen?«, sagt Herrchen und klopft Amandas Rippen, dass ich es richtig pochen höre.

»Autsch?!«, mache ich mitfühlend. Muss doch voll wehtun.

Doch Amanda lacht nur leise. »Ach, daran gewöhnste dich. Herrchen is schon 'n Netter.«

Und dann sehen wir uns an. Und sehen uns an. Und ihre Augen sind einfach so ich-weiß-nicht-was-in-meinem-Bauch-rumfliegt-aber-der-Knochen-ist-es-bestimmt-nicht.

»Hi, Mads! Hallo auch!« Da taucht plötzlich Rainer auf, eine große Tasche über der Schulter und auch in Sportklamotten.

Mads und Herrchen sagen beide Hallo, lächeln und nicken. Und Rainer fragt Mads: »Wollen wir dann?«

Kasimir faucht vom Zaun: »Das ist zu früh!«

»Was?«, fragen Amanda und ich zusammen. Hach … z u s a m m e n.

»Zu früh!«, zischt Kasimir. »Sie sind noch nicht aufs richtige Thema gekommen. Wenn dein Herrchen und Mads wieder auseinandergehen, Amanda, ist der Plan gescheitert. Wir müssen sie irgendwie dazu bringen, sich noch weiter zu unterhalten.«

»Ja, aber …«, keucht Amanda, weil Herrchen sie am Halsband weiterzieht.

»… wie denn?«, setze ich fort.

Schon ist Amanda ein paar Meter entfernt.

Mads und Rainer wollen wohl gerade anfangen, sich nach ihren Arbeitstagen zu fragen, wie Zweibeiner das immer so machen.

Da bleibt Herrchen doch stehen und dreht sich noch mal um.

»Ach, eins wollt ich noch gesagt haben«, sagt er. Ich sehe zu Kasimir hoch. Seine Schnurrhaare stehen in alle Richtungen, sein buschiger Schwanz zittert hoch erhoben über seinem Rücken. »Ich weiß ja nicht, ob Sie das wissen, aber Ihre Tiere laufen manchmal auch allein in der Siedlung rum«, vollendet Herrchen.

Kasimir nickt langsam. Irgendwie bewegt sich auch ein bisschen seine Schnauze. Sieht fast so aus, als wollte er Herrchen was vorsagen.

»Allein?«, wiederholt Mads verwundert.

»Ja, ich hab sie selbst neulich mal ein paar Straßen weiter gesehen. Ich glaub, das war im Kastanienweg. Sie saßen da in einer Einfahrt herum.« Kasimir atmet erleichtert aus. »Wollte den Hund einfangen, aber er ist mir immer ausgebüchst.«

»Hihi, dat war lustig, ne, Kallemännlein?!« Amanda kichert.

»Und dann hat eine Nachbarin erzählt, dass sie sie fast überfahren hätte. Rennen beide einfach vor ihr auf die Straße«, erzählt Herrchen weiter.

»Waaas?«, entfährt es Mads und Amanda gleichzeitig.

»Diese Tiere?« Mads zeigt auf Kasimir und mich. »Sind Sie ganz sicher?«

Herrchen nickt bestimmt.

»Fast überfahren?!«, stammelt Mads entsetzt.

»Sach ma, Schnuckelpopo, wat macht ihr denn für Sachen!«, sagt Amanda ein bisschen streng. »Is dat wahr? Einfach über de Straße rennen, ohne zu gucken?! Wo gibt's denn so wat?!«

Jetzt, wo sie es so sagt, merk ich selbst, dass das wohl ganz schön gefährlich war. Aber in dieser Situation hab ich einfach, ich sach ma, die Nerven verloren.

»Meine Nachbarin hat erzählt, die beiden wären gerannt, als wär der Teufel hinter ihnen her«, sagt Herrchen.

»Na ja, Amanda, das war so … Da gibt's diesen Kerl. Riesig groß. Schwarz-weiß gefleckt. Mit soooolchen Lefzen. 'ne Dogge eben. Der tauchte am Ende der Straße auf und …«

»Dat war der Oskar!«, unterbricht sie mich. »Den hab ich doch geschickt!«

Kasimirs Kopf schnellt herum.

Auch ich vergesse irgendwie, was ich erzählen wollte, von wegen Brutus, der Untertran … ähm … Lebertran … der Gehilfe vom Großen Weißen und so.

»Aber wieso sollten Kalle und Kasimir mitten am Tag über Straßen rennen oder in irgendwelchen Einfahrten Straßen entfernt herumsitzen?«, wundert Mads sich laut.

Rainer sieht auch überrascht von einem zum anderen.

»Den Oskar kenn ich schon, seit er soooo klein war.« Amanda stupst einmal kurz mit der Nase an mein Knie. »Is echt 'n feiner Kerl, der Oskar. Hab ihn im Park getroffen. Und als ich mitgekriegt hab, dass er deine Straße langgehen würde, hab ich ihm gesagt, er soll dir 'n Küssken ausrichten.«

Neben mir schnappt Kasimir nach Luft.

Ein Küsschen? Von Amanda? Au Mann, ich glaub, ich krieg ganz weiche Knie.

»Tja, vielleicht müssen Sie mal den Zaun kontrollieren?«, rät Herrchen Mads noch. »Tschüss dann!« Und damit gehen Amanda und er weiter.

Ich starre ihr nach, bis sie um die Ecke gebogen ist. Dieser wiegende Gang.

»Sabbern einstellen!«, ordert Kasimir an.

»Jawoll!«, sage ich knackig.

»Plan, zweiter Schritt.« Kasimir springt vom Zaun. Aber nicht nach drinnen in den Garten, sondern raus zu uns, auf den Bürgersteig. »Auf zur verdächtigen Garage!«

Rainer und Mads drehen sich schon zum Haus, und Mads guckt sich nach mir um, um mich wieder reinzuscheuchen.

»Wie jetzt?«, frage ich Kasimir. »Jetzt gleich?«

»Sofort, um genau zu sein«, sagt Kasimir und läuft mit hoch erhobenem Schwanz voraus. Ich renne ihm nach.

»Kalle!«, höre ich Mads noch verblüfft rufen.

»Folgen sie uns?«, will Kasimir am Ende der Straße wissen, bevor wir abbiegen.

»Kalle! Hierher! Sofort!«, brüllt Mads hinter uns.

»Yep«, sage ich.

Wir traben also die ganze Strecke bis zu der gewissen Garage recht flott. Einmal legen Mads und Rainer einen kurzen Spurt ein, und wir müssen auch Gas geben. Aber da sind wir eh schon fast da.

An der Einfahrt angekommen, biegen Kasimir und ich da ein.

Überraschung! Das Tor steht auf. Und das Auto ist nicht drin. Nur die Regale mit dem Kramszeug, die Autoreifen und der Stapel mit den Kartons, der wieder aufgebaut worden ist.

Kasimir setzt sich in die Einfahrt vor die Garage und ordnet seinen Schwanz schön vorn rund um die Pfoten. Sieht superlässig aus. Aber das kann ich vergessen. Das schaff ich mit meinem kurzen Schwanz nie.

»Das …«, japst Mads, während Rainer und er vor der Einfahrt stehen bleiben und beide ein bisschen nach Luft schnappen müssen. »Das gibt's doch nicht.«

»Was … genau?«, keucht Rainer.

Mads holt tief Luft. »Na, du weißt schon, an dem Abend, als du die Wohnungstür nicht richtig zugemacht hattest und

Kalle abgehauen ist und dann wahrscheinlich die ganze Nacht und den ganzen Tag in dieser Garage eingesperrt war …«

»… und Linna deswegen so aufgeregt war, dass sie sich mit dir wieder versöhnt und dich gebeten hat, wieder bei ihr einzuziehen?«, fällt Rainer ihm ins Wort.

Mads boxt ihn in die Seite, und sie grinsen sich an. Bisschen schwer atmen tun sie aber immer noch. Okay, okay, ich auch. »Genau das mein ich, Mann«, sagt Mads. »Also, das war diese Garage.«

»Diese Garage?«, wiederholt Rainer ungläubig. Das kenn ich von mir. Ich muss Sachen auch manchmal wiederholen, bevor ich sie so richtig … also, verstehe.

Mads nickt. »Hier muss irgendwas Besonderes sein. Als wir die letzten Male hier vorbeigekommen sind, hat Kalle an der Leine immer zu diesem Haus gezogen. Wir dachten schon, dass irgendwas verführerisch riechen muss. Aber was ist, wenn es nicht allein das ist?«

»Sondern?«, fragt Rainer.

»Ich weiß nicht, vielleicht …« Mads sieht ein bisschen verlegen aus. »Das hier ist der Kastanienweg. Der Nachbar mit der großen braunen Hündin hat doch gerade gemeint, dass er Kalle hier auch schon gesehen hat in den letzten Tagen. Und jetzt dachte ich gerade: Wenn Kalle sich doch offenbar öfter hier rumgetrieben hat, dann könnte es doch sein, dass er auch genau an dieser Stelle …«

Mads guckt Rainer mit diesem Blick an, den Kasimir auch immer draufhat. Diese Du-weißt-schon-Bescheid-Nummer. Das Blöde daran ist nur: Ich weiß irgendwie nie Bescheid.

»Kasimir?«, murmle ich. »Was geht hier ab? Hat der Plan jetzt funktioniert oder nicht?«

»Abwarten«, antwortet Kasimir gelassen. Aber so wie er den Schwanz jetzt plötzlich hält, so wedelwedel hoch in die Luft, könnt ich wetten, er weiß schon mehr.

In dem Moment pfeift Rainer plötzlich leise durch die

Zähne. Er guckt an Kasimir und mir vorbei in die Garage. Genauer gesagt glotzt er mit mächtig großen Augen auf den schwarzen stinkenden Fleck, der da mitten auf dem Boden schimmert.

»Na endlich«, schnurrt Kasimir und fängt an, sich die Pfote zu schlecken.

Also, echt jetzt, ich versteh nur Bahnhof.

25. Kapitel – Kasimir

Ich hatte mal wieder das richtige Näschen. Dank meines vorausschauenden Handelns konnte die Verstärkung in Form der Zweibeiner-Polizei gesichert werden. Grandios, wie ich das wieder hinbekommen habe.

»Kasimir? Wieso glotzen Mads und Rainer denn beide diesen schwarzen Stinkfleck so genau an?«, will Kalle in diesem Moment wissen.

Ähm … Der kluge Detektiv und sein manchmal eher langsamer Assistent?

»Hattest du nicht gesagt, die einzige Spur, die ihr bei dieser reichen Witwe gefunden habt, war ein Ölfleck in der Einfahrt?«, sagt Mads sehr leise zu Rainer, bevor ich etwas antworten kann. Dabei huschen seine Augen am Haus entlang und bleiben an jedem einzelnen Fenster einmal kurz hängen.

Rainer nickt und macht eine kurze Kopfbewegung zur anderen Straßenseite hinüber. Weil auf dieser kleinen Seitenstraße kaum Autos fahren, gehen wir alle möglichst unauffällig rüber.

»Was machen wir jetzt?«, will Mads leise von Rainer wissen.

Der wiegt den Kopf. »Auf jeden Fall können wir nicht das Haus stürmen und alle Bewohner festnehmen mit der Begründung, ein Hund hätte uns zu ihnen geführt.«

»Kater und Mops, wenn es dir nichts ausmacht«, meldet Kalle sich höflich, während ich mich auf die hübsch mit Blumen bepflanzte Mauer setze. »Kasimir ist nämlich der Boss-Ermittler. Und dass ich den Ring aus dem Sack holen soll, war seine Idee. Auch wenn das mit dem Runterschlucken, also, wie soll ich sagen, das passiert mir irgendwie immer einfach so.«

»Kalle?«, sage ich.

»Ja, ja, sie verstehen mich nicht«. Niedergeschlagen setzt er sich auf seinen dicken Hintern.

»Tag, die Herren«, sagt da plötzlich eine Stimme hinter der Mauer.

Rainer, Mads und Kalle zucken zusammen. Offenbar habe nur ich mitbekommen, dass aus der Haustür hinter uns ein Mann getreten und zu uns herübergeschlendert ist.

»Wahnsinn!«, japst Kalle da unten. »Jetzt hab ich mich aber verjagt. Hab doch gerade total megakonzentriert zum verdächtigen Haus rübergeguckt, und da quatscht plötzlich … ach, das ist doch der Rasenmähermann von neulich!«

»Wenn Sie zu den Schäfers wollen, die sind nicht da«, sagt der Mann zu Rainer und Mads. Mit dem Kopf deutet er hinüber zu dem Haus mit der offen stehenden Garage, in der der Ölfleck schimmert.

»Hallo«, antwortet Mads freundlich, aber vage. »Tja, das hatte ich befürchtet. Der Wagen ist ja nicht da, oder?«

»Jo. Sind beide vorhin weggefahren. Hab ich zufällig mitbekommen.« Der Nachbar lehnt sich jetzt an die Mauer und mustert Mads und Rainer genau. »Sie sind doch von der Polizei, oder?«

»Wie kommen Sie denn darauf?«, fragt Rainer mit einem schiefen Lächeln.

»Sie haben so eine gewisse Ausstrahlung«, antwortet der Mann und lächelt zurück. Entspannt. Er sieht nicht so aus, als würde die Anwesenheit der Polizei ihn beunruhigen.

»Meint er mich auch?«, fragt Kalle von unten. Er blinzelt hoffnungsvoll zu dem Fremden hinauf. »Kasimir? Meint er mich auch mit dieser Sache mit der Ausstrahlung und so?«

»Tja, da haben Sie wohl recht«, sagt Mads und klopft ein paar unsichtbare Flusen von seinem Sportdress. »Allerdings sind wir nicht im Dienst. Haben nur einen kleinen Gang mit den Tieren gemacht.« Er deutet auf Kalle und mich. »Aber wo wir gerade dabei sind: Sind Sie schon lange Nachbarn? Sie und die …?«

»Schäfers«, wiederholt der Mann. »Nein. Die sind erst vor drei Monaten hier eingezogen. Leben sehr zurückgezogen. Man grüßt sich und so, Sie wissen schon.« Der Mann beugt sich ein bisschen über die Mauer und raunt: »Ist irgendwas mit der Frau?«

Rainer und Mads tauschen einen Blick. Kalle trippelt ungeduldig mit den Pfoten.

»Mit der Frau?«, wiederholt Mads.

»Ja. Die ist ja schon reichlich … merkwürdig, wenn Sie mich fragen. Immer diese irre Verkleidung. Uns ist schon klar, dass sie denkt, wir kriegen es gar nicht mit. Schleicht sich hinten raus, und dann ist sie auch immer schnell verschwunden. Aber, ich bitte Sie, was soll denn diese Kostümierung? So eine wilde Perücke und das lange Kleid und das Geklimper an den Armen und so? Wir haben doch noch nicht Karneval.« Er lacht scheppernd.

Hinter uns wird ein Fenster gekippt. »Hermann!«, ruft eine Frauenstimme. »Das Essen wird kalt!«

»Na dann …«, sagt Herr Mann und reibt sich die Hände. »Wenn Sie Fragen haben, wir sind meistens da.« Und schon ist er mit steifen Schritten wieder im Haus verschwunden.

»Lass uns am besten verschwinden«, schlägt Rainer leise vor. »Bevor sie zurückkommen.«

Unsere kleine Ermittlertruppe setzt sich also wieder in Bewegung. Mads und Rainer wechseln immer wieder den einen oder anderen ernsten Blick. Doch sie sagen erst wieder etwas, als wir bei unserem Haus angekommen sind und Mads für uns die Wohnungstür aufschließt.

»Die Verkleidung dieser Frau Schäfer«, sagt Mads da und kratzt sich am Kopf. »Irgendwie hat es da bei mir geklingelt.«

»Bravo!«, sage ich und springe geschmeidig auf die Sofalehne.

»Inwiefern?«, will Rainer wissen.

Kalle blickt mit offenem Fang zwischen den beiden hin und her und sieht aus, als würde er das auch gern wissen.

»Na ja …« Mads zieht einen Stuhl vom Esstisch heran und lässt sich darauf nieder. »Die Perücke, das lange Kleid, Geklimper an den Armen. So ähnlich hat Linna die Wahrsagerin beschrieben, die vor einer Weile mal bei ihr war. Und halt dich fest! Genau die gleiche Wahrsagerin ist schon öfter im Viertel aufgetaucht. Sie war unter anderem auch bei Hannelore, Linnas Mutter.«

»Nein!«, macht Rainer.

Mads nickt.

Ich glaube wirklich, sie sind auf dem richtigen Weg.

»Das schreit nach einem Zusammenhang«, nickt Rainer nun auch.

Und sie beginnen darüber nachzudenken, wie dieser Zusammenhang aussehen könnte. Ich halte währenddessen Stellung auf der Sofalehne. Kalle geht in die Küche – wir wissen alle, was er dort macht – und lässt sich dann mit einem Seufzen im Körbchen nieder. Ich höre ihn etwas davon murmeln, wie anstrengend Ermittlungen und Nachdenken sein können. Und wahrscheinlich döst er eine Weile vor sich hin. Bis schließlich Linna zur Tür hereinkommt. Da muss Kalle natürlich wie eine Kanonenkugel auf vier Beinen aus dem Körbchen schießen und den üblichen Tanz beginnen.

»Nanu!«, ruft Linna, noch im Flur. »Ihr seid ja noch hier. – Ja, hallo, Kalle, mein Kleiner. Ja, feiner, kleiner Kalle! – Ich hoffe, es ist nichts passiert und ihr seid nicht deswegen nicht beim Squash?!«

»Nein, nein, jedenfalls nichts Schlimmes«, antwortet Mads. Und nachdem Linna hereingekommen ist, Rainer umarmt und Mads einen Kuss gegeben hat, erzählt er ihr, was heute Nachmittag passiert ist.

Linna lässt sich mit großen Augen auf einen Stuhl sinken, den Rainer ihr hinzieht.

»Echt? Ihr meint, diese Wahrsagerin Sibylla hat was mit den Einbrüchen zu tun? Aber ... aber das kann nicht sein. Ich habe das Geld, mit dem ich sie bezahlt habe, aus der Kasse genommen. Und da war alles andere noch da.«

»Hat sie etwa gesehen, woher du das Geld genommen hast?«, hakt Mads nach.

Linna schaut ihn an. Er seufzt.

»Aber danach ist sie sofort gegangen«, erklärt Linna weiter. »Und auch vorher hatte sie keine Möglichkeit, sich umzusehen. Ich war die ganze Zeit bei ihr, ich ...« Sie stutzt. Dann blinzelt sie zu Rainer und Mads hin. »Na ja, der viele Tee, den wir getrunken haben, war natürlich ... also, das waren aber höchsten zwei Minuten.«

»Reicht«, nickt Rainer. »Um Fotos von Wertgegenständen und Sicherheitsvorkehrungen zu machen.«

Linna schluckt. »Aber woher wusste sie diese ganzen Einzelheiten über mich? Sie hat Sachen gewusst, die sie unmöglich wissen konnte als Fremde.«

»Irgendwo muss es eine Schnittstelle geben«, grübelt Rainer. »Bevor wir die nicht haben, können wir nicht zuschlagen. Denkt nach. Es muss eine Schnittstelle geben zwischen der falschen Wahrsagerin und euch. Irgendjemand, der euch vielleicht sogar nahesteht. Jemand, der persönliche Dinge weiß und diese weiterzugeben bereit ist, sie vielleicht sogar weiterverkauft, wer weiß.«

»Meine Freundinnen würden bestimmt nie ...«, empört sich Linna.

»Wir müssen nur alle Möglichkeiten ausschließen«, sagt Mads sanft und legt seine Hand auf ihre.

Und deswegen fangen sie dann an, alle Menschen in Linnas Freundes- und Bekanntenkreis durchzugehen.

Eine Stunde später sind sie aber immer noch nicht weiter. Es ist zum Schnurrhaareraufen!

Irgendwann sagt Rainer: »Hm, heute Abend werden wir das Rätsel wohl nicht mehr lösen. Ich schätze mal, ich lass euch jetzt besser mal allein und geh nach Hause.«

Da springt plötzlich Kalle aus seinem Körbchen. Ich vermute schon, dass er dringend draußen sein Bein heben muss. Doch er läuft nicht zur Flurtür, sondern verschwindet im Bad.

Von dort höre ich Geräusche, die darauf schließen lassen, dass Kalle irgendwo raufzuspringen versucht. Und man muss Kalle nicht mal näher kennen, um zu wissen, dass das nur ins Auge gehen kann.

Das Gespräch der Zweibeiner dreht sich ja sowieso im Kreis, daher kann ich wohl bestimmt mal kurz nachschauen, was mein Assistent denn da treibt.

Als ich in der Badtür erscheine, sehe ich gerade noch, wie Kalle mopskläglich versucht, an der Waschmaschine hochzuspringen.

»Was tust du denn da?«, will ich wissen.

Kalle fährt zusammen. Doch als er sieht, dass ich es bin, hellt seine Miene sich auf.

»Schaffst du es da rauf?«, fragt er.

26. Kapitel – Kalle

»Selbstverständlich«, sagt Kasimir. Und weil er es so gern hat, recht zu haben, springt er einfach so, ohne Anlauf oder so was, schwupps, rauf auf die Waschmaschine.

Diese Waschmaschine ist echt groovy. Ich sach ma so, wenn Mads da Klamotten reinstopft und dann ein paar Knöpfe drückt, dann geht's da drinnen richtig ab. Manchmal, wenn ich möchte, dass es mir so richtig dusselig wird im Kopf, setz ich mich einfach davor und guck zu. Rum und rum und rum.

Aber darum geht's jetzt grade nicht. Ich glaub, das ist auch Kasimir klar. Von da oben guckt er mich an. Ein bisschen auf diese obercoole Hauptermittlerart. Aber auch ein kleines bisschen erstaunt.

»Ist da oben Linnas kleines grünes Täschchen?«, will ich wissen. »Kann ich nämlich von hier unten nicht sehen.«

Kasimir wirft einen Blick über die Schulter. »Positiv«, sagt er.

»Au geil! Es ist da! Das Täschchen ist da!«, freue ich mich. Aber dann reiße ich mich ganz fix zusammen. »Kannst du mir das bitte runterwerfen, Boss?«

Er guckt mich mit so 'nem Fragezeichen im Gesicht an. Das sieht man bei Kasimir nicht oft. Sieht scharf aus irgendwie. Aber jetzt ist keine Zeit. Nicht fürs Anstaunen vom Kasimir. Und nicht für lange Erklärungen. Ich hör schon aus dem Wohnzimmer diese typischen Geräusche von aufbrechendem Besuch, Umarmungen, Schönen-Abend-noch-blabla.

Kasimir hört es auch, denn seine spitzen Ohren drehen sich ein bisschen zur Tür. Und dann dreht er sich um, und ich krieg für 'ne Sekunde oder so nur seinen Schwanz zu sehen.

Aber dann ist er wieder da. Und mit seiner feinen, kleinen Katerschnute hat er das grüne Täschchen gepackt. Er zieht es bis zum Rand der Waschmaschine. Dann noch ein kleiner Schubser mit der Pfote.

»Autsch!«, murre ich.

»Warum bist du denn nicht aus dem Weg gegangen?«, antwortet Kasimir. Und irgendwie … tja, hat er wohl recht. Aber egal.

Ich schnapp mir das Täschchen und flitze damit ins Wohnzimmer rüber.

Rainer, Linna und Mads stehen vor dem Sofa rum, und Rainer macht gerade schon einen Schritt in Richtung Tür, als ich um die Ecke geschossen komme.

»Huch!«, sagt er, weil ich fast gegen seine Beine pralle. »Kalle hat wohl seine dollen fünf Minuten?«

Jetzt kommt der schwierigste Teil: der Reißverschluss. Damit hab ich 's nicht so. Hab ich schon nicht geschafft, als Kasimir und ich mal gucken wollten, ob in Linnas Lieblingskissen auf dem Bett ein Geheimnis versteckt ist. Und seitdem hat sich da in Sachen Kalle und Reißverschlüsse nicht viel verändert, sach ich ma. Also muss es wohl wieder auf die harte Tour sein.

Ich packe das grüne Täschchen an einem Zipfel und schleudere es hin und her.

»Was hat er denn da überhaupt?«, will Linna da schon wissen. Ihre Stimme klingt irgendwie ein bisschen höher als sonst.

Mads greift nach mir, aber ich hüpfe zur Seite und schüttle und zerre am Täschchen, dass es mir echt um die Ohren fliegt.

Bei dem Kissen hat es damals ziemlich lange gedauert. Aber vielleicht hat Linna vergessen, den Reißverschluss so richtig bombensicher zu zu machen. Jedenfalls macht es plötzlich Klack, Klack, Klick, Klong!, und rund um mich fliegen lauter kleine Sachen auf den Holzboden.

Linna quietscht: »Meine Kosmetiksachen!«

»Ja, sag mal!«, schimpft Mads.

»Der Kalle! Der kann ja auch richtig frech!« Rainer hält sich lachend den Bauch.

Ich schleudere das Täschchen noch einmal hin und her. Und dann ist es leer, und ich lasse es fallen.

»Kalle, was soll denn das?«, mosert Mads und hilft Linna, die vielen kleinen Döschen und Fläschchen einzusammeln.

Neben mir taucht plötzlich Kasimir auf, und wir sehen ihnen dabei zu, wie sie auf dem Boden herumkriechen. Rainer lacht immer noch.

Linna meckert und schimpft, und Mads droht: »Boah, Kalle, ich glaub, ich muss dir mal die Ohren langziehen.«

»Könntest du vielleicht lieber den Schwanz nehmen?«, erkundige ich mich hoffnungsvoll. »Weil, der ist irgendwie nicht so richtig … na ja, siehste ja selbst.« Ich drehe Mads meine Rückseite zu und wedle kurz ein bisschen. Rainer lacht noch mehr.

»Ha, ha, ha«, macht Mads in seine Richtung. »Wolltest du nicht gehen?«

»Eigentlich schon«, gluckst Rainer. »Aber das ist so herrlich, wie Linna und du …« Mads und er gucken beide zu Linna. Und dann hört Rainer auf, zu lachen und sich auf die Schenkel zu schlagen.

Linna kniet auf dem Holzboden und hält ein kleines hellblaues Fläschchen in der Hand. Sie starrt und starrt auf dieses Fläschchen.

»Linna?«, fragt Mads vorsichtig. »Alles okay?«

Rainer räuspert sich.

Linna dreht langsam den Kopf und sieht Mads und dann auch Rainer an. »Mein neuer Nagellack«, sagt sie. »Sieht super aus an den Fußnägeln. Leuchtet so schön.«

Mads streckt die Hand aus und berührt ihre Schulter. »Alles in Ordnung, Süße?«

»Mama hat mir den Tipp gegeben, dass unsere Kosmetikerin so eine tolle neue Serie hat. Dann haben Amelie und ich das ausprobiert«, erzählt Linna leise.

Mads und Rainer gucken sich beide an. Und dann wieder Linna.

»Heißt das, ihr geht alle zur gleichen Kosmetikerin?«, will Rainer vorsichtig wissen.

Linna nickt. »Nancy.« Und plötzlich sieht sie ungefähr so verstört aus, wie ich mich gefühlt hab, als wir die nette Lachshäppchen-Nancy mit der mausgrauen Verdächtigen gesehen und belauscht haben.

»Und so eine Kosmetikerin, weiß die denn auch …?«, setzt Rainer fort.

»Eine Kosmetikerin ist ungefähr das Gleiche wie ein Barmann bei uns Kerlen«, unterbricht Mads ihn mit leuchtenden Augen. »Wir haben sie! Wir haben die Verbindung!«

Mads und Rainer strahlen sich an und machen diese obercoole Nummer, die aussieht wie mein Kunststückchen Give-me-five.

»Gute Arbeit, schlauer Mops«, schnurrt Kasimir neben mir.

»Danke, Boss«, antworte ich und komm mir irgendwie plötzlich ein bisschen größer vor. Mads, Linna und Rainer scheint das aber nicht aufzufallen.

Linna fragt leise: »Aber Frau Auental? Wir wissen ja gar nicht, ob sie und die anderen Geschädigten …?«

Mads schlägt sich mit der flachen Hand auf die Stirn. »Mensch, Leute! Diese reiche Witwe Auental hat es selbst gesagt. Weißt du noch, Linna? Als sie hier war, um Kalle den Belohnungsknochen zu bringen, hat sie gesagt, sie will am nächsten Tag in die Oper und hat noch einen späten Termin bei ihrer Kosmetikerin. Ältere Damen haben solche Dienstleister immer gern in unmittelbarer Nähe. Und was würde näher liegen als …?«

»Nancy«, murmelt Linna wieder.

»Das können wir morgen früh direkt überprüfen«, sagt Rainer entschlossen. »Aber wenn mich nicht alles täuscht, sind wir jetzt tatsächlich auf dem richtigen Weg. Jetzt müssen wir nur überlegen, wie wir am besten vorgehen.« Er fängt doch tatsächlich an, vor dem Sofa hin und her zu laufen.

»Hey, Kasimir«, raune ich zu ihm hoch. »Das machst du doch auch immer, wenn du dir mal wieder einen deiner superduperschlauen Pläne ausdenkst. Ist das so ein Ermittlerding?«

»Kann schon sein«, gibt Kasimir zu. Aber irgendwie sieht er dabei geschmeichelt aus.

»Hausdurchsuchung?«, schlägt Mads zweifelnd vor.

Doch Rainer schüttelt den Kopf. »Was ist, wenn die die Beute ganz woanders lagern oder schon längst zum Hehler gebracht haben? Dann schrecken wir die Bande auf und haben nichts gegen sie in der Hand außer ein bisschen Betrügerei in Sachen Kartenlegen und einen Ölfleck in ihrer Garage. Nein, am besten wäre es, wenn wir ihnen eine Falle stellen. Ein Coup, der so verlockend einfach zu sein scheint, dass sie nicht darauf verzichten wollen.«

Er lief immer noch hin und her. Au Mann, ich wette, wenn er so weitermacht, sieht man da später eine Spur auf dem Holzboden.

Doch gerade als ich ihn darauf aufmerksam machen will, sagt Linna vorsichtig: »Sibylla war neulich auch bei Amelie zu Hause.«

»Bitte?«, echoen Mads und Rainer.

»Ja. Amelie hat mir erzählt, dass Sibylla ihr geweissagt hat, dass Kai um ihre … ach egal. Jedenfalls war diese Sibylla bei ihr.«

»Aber bei ihr wurde doch noch nicht eingebrochen?«, will

Rainer wissen. Dabei kriegt er so lustige rote Flecken auf den Wangen. Genial! Fast so cool, wie wenn Mads die Farbe im Gesicht wechselt. Schade, dass ich das nicht kann. Ich bin einfach immer schwarz.

Linna schüttelt den Kopf. »Kai ist als Pilot zwar beruflich ständig unterwegs. Aber Amelie ist doch Lektorin und arbeitet zu Hause. In der Regel sind Kai und sie höchstens mal abends spontan unterwegs. Vielleicht war das dieser Bande bisher zu unberechenbar?«

Rainer starrt sie begeistert an. »Linna! Mads!«, sagt er mit so einem Ermittlerzittern in der Stimme. »Ich hab eine Idee!«

Kasimir setzt sich auf und starrt Rainer genauso gespannt an wie wir anderen drei. Sein Schwanz peitscht über die Rückseite des Sofas.

Au Mann, wenn ich eins weiß, dann das: Wenn Kasimir anfängt, mit dem Schwanz zu wedeln, dann muss man sich auf was gefasst machen!

27. Kapitel – Kasimir

Der Tag der Abrechnung ist gekommen. Zwei Tage sind vergangen, seit sich das Erfolgsteam der durchführenden Polizei anvertrauen konnte. Ein Plan wurde erdacht. Ein Beschluss wurde gefasst.

Und heute ist es so weit, und die kriminellen Verdächtigen sollen ihrer Täterbestimmung zugeführt werden: der Verhaftung durch die Zweibeiner-Polizei.

»Kasimir?«, flüstert Kalle aus seinem Körbchen. »Au Mann, Kasimir, bist du auch so aufgeregt? Guck ma, ich hab voll schwitzige Pfoten.« Er streckt seine dünnen Beine über den Körbchenrand.

Linna und Amelie, die zusammen auf dem Sofa sitzen, schauen ihm dabei zu, und Amelie seufzt: »So relaxt wär ich jetzt auch gerne. Wenn wenigstens Kai sich hätte freinehmen können. Dann wäre ich wohl nicht so nervös.«

»Ja, ja, das Pilotenleben«, sagt Linna. »Aber du kannst wirklich beruhigt sein. Mads und Rainer sind beide vor Ort. Sie haben ganz sicher ein Auge drauf, dass mit deinen Sachen nichts passiert. Und nichts weist darauf hin, dass in eurer Wohnung irgendein Schaden angerichtet wird. Das wollen die ja gar nicht. Die wollen nur die Wertsachen, und dann …«

»… wird verfolgt, wo sie die Sachen hinbringen«, vollendet Amelie ihren Satz.

»Ja, so haben sie vielleicht die Chance, auch all die anderen Dinge wiederzufinden.«

»Na, supaaa«, mault Kalle aus seinem Körbchen. »Klingt so, als ginge es irgendwo anders mächtig ab, und wir sitzen hier rum und dürfen bloß warten.«

Amelie schüttelt langsam den Kopf. »Ich kann es immer noch nicht richtig glauben. Ich meine, Nancy ist natürlich keine Freundin oder so. Aber … Gott, stell dir vor, was wir ihr alles erzählt haben!«

»Oder was sie so mitbekommen hat, wenn wir zwei uns unterhalten haben«, pflichtet Linna bei. »Und du hattest wirklich den Eindruck, dass sie dir die Geschichte mit dem gemeinsamen Kurztrip mit Kai abgenommen hat?«

»Bestimmt«, sagt Amelie. »Hey, ich war früher in der Theater-AG, schon vergessen?« Sie verstellt ein bisschen die Stimme und flötet: »Ach, Nancy, ich bin hin und weg. Kai nimmt mich für eine kleine Reise mit nach Thailand. Mann, ich freu mich so! Schon morgen früh geht's los. Und da brauch ich natürlich noch was von dieser tollen Feuchtigkeitscreme.« Sie plinkert ein paarmal mit den Lidern.

Linna lacht. »Du hast recht! Das hätte sogar ich dir abgenommen. Und so unwahrscheinlich ist es ja auch gar nicht. Wo ihr euch doch gerade verlobt habt, meine ich. Da macht man doch gerne mal solche spontanen Sachen.«

Sie starren beide einen Moment lang vor sich hin. Dann greift Amelie nach Linnas Hand und drückt sie. »Superlieb von dir, dass du dir extra freigenommen hast, um mit mir hier auszuharren.«

Linna lächelt. In ihrem Lächeln sieht man immer ihren ganz besonderen Charme. Als Zweibeinerin ist sie wirklich schon etwas ganz Spezielles. Wäre sie eine Katze, wäre sie umwerfend. »Dafür sind Freundinnen doch da, oder?«

»Und um am wichtigsten Tag der anderen die zweitwichtigste Rolle zu spielen?«, fragt Amelie.

Kalle in seinem Körbchen rülpst leise. »Worum geht's?«

»Scht!«, mache ich.

Denn Linna sieht plötzlich nicht nur bezaubernd lächelnd, sondern auch sehr gerührt aus. »Meinst du damit …?«

Amelie nickt. »Würdest du das machen? Möchtest du meine Trauzeugin sein?«

»Oh, Amelie, gerne!« Die beiden werfen die Arme umeinander.

»Jetzt bin ich ganz raus«, gesteht Kalle betreten. »Zeugin? Geht's noch um den Fall?«

»Nein«, sage ich. »Das ist eine andere Art von Zeuge. Es geht um Amelies Hochzeit mit Kai. Die Zweibeiner haben da wohl solche Rituale. Dass ein besonders guter Freund während der Zeremonie neben ihnen steht und sagt: ›Ja, ich war dabei, die beiden lieben sich‹ und so weiter und so weiter. Vollkommen uninteressant also.«

Doch Kalle hat sich in seinem Körbchen aufgesetzt.

»Ooooaaah, Kasimir!«, haucht er. »Das wär ja so was von megaobercool, wenn du mein Zeuge wärst. Stell's dir nur vor: meine gigomatisch tolle Amanda hier so.« Er stellt sich im Körbchen hin und sieht zu seiner rechten Seite und dann hinauf in die Luft, ungefähr in die Höhe, in der Amandas Kopf wäre, wenn sie jetzt neben ihm stände. »Und du dann so da.« Er dreht den Kopf zur anderen Seite und senkt den Blick wieder herab. »Au Mann, du könntest dich natürlich richtig schick machen vorher, so mit ganz viel Pfotengeschlecke und Geputze und so. Und ich könnte Mads zeigen, dass ich das neue rote Halsband tragen möchte. Weißt du, das mit den weißen Sternchen. Wow! Wir würden aussehen wie eine echte Hochzeitsgesellschaft«, schwärmt er. Und dann wendet er sich um und sieht mich ganz direkt und sehr feierlich an.

»Mein besonders bester Freund Kasimir«, sagt er. »Möchtest du mein Zeuge sein?«

Dieser Mops kann einen wirklich sprachlos machen.

Ich hebe die Pfote und streiche mir übers Gesicht. Erst als ich sie wieder herunternehme, merke ich, dass ich vorher vergessen hatte, sie nass zu schlecken.

Kalles Augen sind so flehend auf mich gerichtet, dass es

wohl ein geradezu gewalttätiger Akt wäre, ihm diese Bitte abzuschlagen. Doch als ich gerade die Schnauze öffnen will, blitzt irgendwo in meinem Kopf etwas auf. Das Bild eines großen Scheunentores, inmitten eines dreckigen, stinkenden Hofes.

Und ich halte inne.

Kalles Augen zucken fragend hin und her.

»Weißt du, Kalle«, beginne ich etwas heiser. »Manchmal sind die Dinge nicht so … einfach.«

Er schaut mich weiter so geradeheraus an. Aber in seinen Ausdruck hat sich neben die mopsübliche Vorfreude auch noch etwas anderes geschlichen. Ein bisschen Furcht vielleicht. Und ein bisschen Unglaube.

»Freundschaft und so«, fahre ich fort. »Das ist ein weites Feld. Und man sollte in einer beruflichen Beziehung, wie wir sie pflegen, nicht zu sehr …«

Herrje, wie soll ich das erklären, ohne zu viel preiszugeben?

»Du«, sagt Kalle tonlos. »Du willst es nicht machen?«

Und es liegt an der bodenlosen Enttäuschung in seinen runden Augen, dass es mir einfach herausrutscht, ehe ich noch recht darüber nachdenken kann: »Kalle, in der Vergangenheit eines Katers gibt es manchmal Dinge, die besser nicht wieder ans Licht geholt werden. Glaub mir, wenn du davon wüsstest, würdest du nicht mehr wollen, dass ich bei deiner sowieso unmöglichen Hochzeit mit dieser viel zu großen Hündin dein Trauzeuge sein soll.«

Er blinzelt. Sein zerknautschtes Gesicht verzieht sich vor lauter Anstrengung, über meine Worte nachzudenken.

»Wie jetzt?«, macht Kalle dann. »Komm schon, alter Perfektokater, du, was soll da schon sein?«

Wenn ich nicht sofort einen Riegel vorschiebe, wird er nicht aufhören, mich damit zu löchern. Ein klares, eindeutiges Nein! wird seine Wirkung nicht verfehlen, denke ich. Ich muss es nur ganz fest und mit meiner seriösesten Kommissarenstimme vorbringen.

Also: los!

Doch da klingelt Linnas Telefon.

28. Kapitel – Kalle

»Mads?«, sagt Linna ganz atemlos, als sie sich das Quasseldings ans Ohr hält. »Ja, ja, hier ist alles okay. Was passiert bei euch?«

Es plärrt aus dem Quasseldingens. Linna lauscht und sieht dabei fest Amelie an, die genauso gespannt zuhört wie Kasimir und ich.

Au Mann, so eine Ermittlungswarteschleife kostet echt Nerven. Erst krieg ich schwitzige Pfoten. Und dann zaudert Kasimir so komisch rum und will nicht mein Zeuge sein. Und jetzt starren wir alle Linna an, die durch das Quasseldingens mit Mads quatscht.

»Okay«, sagt sie gerade und nickt Amelie zu. »Er war also in der Wohnung und ist nach zehn Minuten wieder rausgekommen. Und jetzt folgt ihr ihm unauffällig?! – Okay, sieht so aus, als würde er hier im Viertel bleiben? Fährt über kleine Straßen weiter?!«

Linna nickt und nickt. Und ich frag mich, ob Mads das wohl sehen kann. Amelie jedenfalls findet nix dabei. Sie knabbert an ihren Fingern.

»Gut«, sagt Linna und nickt wieder. »Wir warten dann darauf, dass du dich wieder meldest. Bis gleich!«

Dann wischt sie auf dem Quasseldings rum und sieht Amelie an: »Der erste Teil des Plans hat funktioniert. Er war tatsächlich in deiner Wohnung …«

»Oh Gott!«, schluchzt Amelie.

»Hey, hey«, sagt Linna und legt den Arm um sie. »Ist ja nichts passiert. Mads und Rainer haben alles unter Kontrolle.

Sie folgen dem Einbrecher jetzt bis zu seinem Versteck. Und da wird er festgenommen.«

»Ja, klingt so, als wäre es an einem anderen Ort als diesem hier gerade hochinteressant«, brummt Kasimir von der Sofalehne.

Ich sehe zu ihm hoch und verjag mich richtig. Mann, sieht der Boss schlecht gelaunt aus! So richtig miesmuschelig.

»Hey, Kasimir, was ist denn los, alte Grübelbacke?«, sage ich aufmunternd. »Schließlich fangen unser Mads und der Rainer doch gleich den dünnen Einbrecher ein. Da kann man sich doch eigentlich nur freuen, oder? – Hey, ist es wegen dieser Zeugensache? Und der Nummer mit deiner Vergangenheit und so? Bist du deswegen grummelig?«

Kasimirs Schnurrhaare zittern. Das hat er voll drauf: Macht dabei ein Gesicht, als wäre nix, aber wenn seine Schnurrhaare so zittern, dann weiß man eigentlich gleich, dass was nicht stimmt.

»Sei nicht albern«, sagt er. »Ein geborener Ermittler ist nicht dazu gemacht, Trauzeuge für seinen dicken Assistenten zu spielen bei so einer albernen Angelegenheit wie einer Hundehochzeit. Er ist aber sehr wohl dazu gemacht, seinen eigenen Fall auch bis zum Ende führen zu dürfen. Nur wird der aktuelle Fall gerade in diesen Minuten abgeschlossen, ohne dass der findige Ermittler auf vier Pfoten dabei ist.«

Au Mann, ja, da hätte ich doch auch draufkommen können! Wenn einer so klug ist wie Kasimir und ständig rumkomponiert und gleich ’ner ganzen Einbrecherbande auf die Spur kommt, dann will er natürlich dabei sein, wenn die Verdächtigen am Ende geschnappt werden.

»Warum laufen wir dann nicht schnell hin und gucken zu?«, schlage ich vor.

Kasimir guckt mich an. Dieses strenge Gucken macht mich irgendwie ein bisschen nervös.

»Na, durch die Katermopsklappe, unterm morschen Zaunbrett durch, über den Bürgersteig und dann am Haus mit der Garage abwarten, bis sie kommen«, murmle ich. »Ich weiß, ist nicht so 'n wahnsinnig komplizierter Plan. Eigentlich ist er ganz einfach, aber …«

»… aber manchmal sind die einfachsten Pläne doch die besten«, sagt Kasimir da. Er springt von der Sofalehne und schlendert zur Katermopsklappe. »Komm schon. Aber unauffällig, bis wir draußen sind. Linna soll keinen Verdacht schöpfen.«

»Oh cool, Boss! Wir laufen los und gucken dabei zu, wie unser Mads den Einbrecher schnappt! Aber unauffällig. Hab's kapiert, Kasimir! Völlig unauffällig …«

Ich rolle mich aus dem Körbchen. Total lässig. Dann ganz langsam am Sofa vorbei. Einmal kurz am Couchtisch schnüffeln. Totaaaal unauffällig. Hinsetzen. Hinterm Ohr kratzen. Gähnen. Kurz an die Decke starren.

Kasimir sitzt immer noch vor der Tür und guckt mir bei meinem unauffälligen Verhalten zu. Dann murmelt er irgendwas, das vielleicht »Immer gleich übertreiben« oder so heißen könnte, und verschwindet durch die Katermopsklappe.

Ich werfe noch einen total unauffälligen Blick zurück zu Linna. Die gerade zu Amelie sagt: »Und deine Sachen bekommst du ja auf jeden Fall zurück.«

Dann stecke ich den Kopf durch die Klappe. Mittelteil. Mittelteil. Mittelteil. Aber dann kommt das Hinterteil auch. Klappklappklapp.

»Und jetzt?«, frage ich Kasimir, der auf der Terrasse auf mich wartet. »Immer noch unauffällig?«

»Nein«, sagt Kasimir und sieht schon längst nicht mehr so schlecht gelaunt aus, sondern ziemlich unternehmungslustig. Der alte Schlawiner. »Jetzt so schnell wie möglich!« Und dann rennt er los.

Na, ich aber auch! In null Komma nix bin ich durch die Zaunlatte, saus, saus, bis vorn an die Straße, durch die Hecke und galoppel, galoppel den Bürgersteig lang. Kasimirs rotweißer buschiger Schwanz nur ein paar Meter vor mir.

So wetzen wir unsere Straße entlang und um die Ecke.

Und da macht Kasimir direkt vor mir plötzlich so ein komisches Geräusch. Irgendwas zwischen Miauen und Quietschen. Und er springt auf die Mauer neben ihm.

»Amanda!«, entfährt es mir. Denn genau sie ist es, die da mit Herrchen steht. Neben ihr dieser riesige schwarz-weiße Kerl mit den Schlabberbacken.

»Ach, mein Schnuckelpopöchen!«, ruft sie erfreut. »Was machst du denn hier? Ach, guck ma, dat hier is' übrigens der Oskar. Oskar, guck ma, dat is' mein Typ, der lustige Kalle.«

»Tach auch!«, dröhnt Oskar.

Kasimir auf der Mauer stößt ein leises Fauchen aus. Weil sein Fell in alle Richtungen gesträubt ist, sieht er doppelt so groß aus wie sonst.

Herrchen und die kleine weibliche Zweibeinerin an Oskars Leine gucken verwirrt von einem zum anderen.

»Schön, dich kennenzulernen, Oskar«, sage ich schnell. »Wir haben aber leider gerade keine Zeit. Müssen dringend zum Haus mit der Garage. Zugucken, wie unser Mads einen Verbrecher einfängt.«

»Oh, Kalle«, seufzt Amanda mit feuchten Augen. »Mein kleiner Held, du!«

»Ach, das ist doch gar nix«, sage ich bescheiden.

Kasimir trabt bereits auf der Mauer weiter. Und ich mache schon mal ein paar Schritte in seine Richtung.

»Was meinste, Oskar?«, säuselt Amanda. »Den Spaß dürfen wir uns doch nicht entgehen lassen, oder?«

»Bin dabei!«, donnert Oskar.

»Also, dieser Mops ist wirklich mutig«, sagt Herrchen.

Und die Zweibeinerin sagt: »So wild kenn ich Oskar sonst gar nicht.«

»Willst du Oskar nicht fragen, ob er bei unserer Hochzeit

dein Zeuge sein will?«, rufe ich Amanda noch über die Schulter zu. »Meiner wird der Kasimir. Wir müssen nur noch die Sache mit der Vergangenheit klären und so. Aber dann ganz sicher.« Und dann renne ich weiter.

»Wir seh'n uns gleich an der Garage!«, ruft Amanda zurück. Und dann höre ich nur noch hinter mir, wie Herrchen und die kleine Zweibeinerin mit ihren Hacken über den Bürgersteig schleifen.

Kasimir und ich rasen wie die Irren die kleinen Straßen entlang. Und als wir dann am Haus mit der Garage ankommen, bleibt uns wirklich nur noch eine Sekunde oder so, um uns zwischen den Büschen neben dem Haus zu verstecken.

Im nächsten Augenblick fährt nämlich schon das alte Auto von der Straße in die Einfahrt und direkt in die Garage.

Der dünne Mann steigt aus, kommt um den Wagen rum und macht das Garagentor mit einem Scheppern zu.

»Wo ist denn Mads?«, wispere ich Kasimir zu.

»In dem Wagen da vorn«, antwortet er sehr leise. Tatsache! Da rollt gerade ein dunkelblaues Auto auf der anderen Straßenseite vorbei und bleibt dann am Rand stehen. Von der anderen Seite kommt ein anderer, echt großer Wagen mit so dunklen Scheiben langsam angefahren und hält auf der anderen Seite von der Einfahrt.

Und dann biegt plötzlich von der Straße her ein Zweibeiner zum Haus ein. Mit schnellen, energischen Schritten kommt die Person den Weg zur Haustür entlang. Doch sie klingelt nicht, sondern nimmt den schmalen Pfad neben dem Haus.

Kasimir und ich ducken uns, so tief wir können, in unseren Busch. Ich trau mich erst, den Kopf wieder zu heben, als die Schritte vorbeigegangen sind. Aber eigentlich brauch ich der Person gar nicht hinterherzusehen, wie sie gerade um die Hausecke zum Hintereingang verschwindet. Ich habe sie an dem künstlichen Geruch, den sie hinterlässt, schon längst erkannt. Es ist Nancy.

29. Kapitel – Kasimir

Nachdem Nancy mit ihrer großen Reisetasche an uns vorbeimarschiert ist, folgen Kalle und ich ihr hinter das Haus.

Sie klopft kurz an die Tür und wird von der mausgrauen Verdächtigen, die heute wieder mausgrau und sehr verdächtig aussieht und kein bisschen wie Sibylla, hereingelassen.

»Guck ma, Boss, die haben aber schwer aufgeräumt«, flüstert Kalle. »Sieht ’n bisschen so aus wie in Mads’ und meiner Bude, kurz bevor wir zu euch gezogen sind. Alles ganz kahl.«

Mein Assistent hat recht. War die Einrichtung des Hauses vorher schon nicht besonders behaglich, so ist sie nun eigentlich kaum noch vorhanden. Es stehen nur noch ein Tisch und Stühle dort. Vom Sofa aus könnten sie höchstens noch die weiße Wand gegenüber anstarren, denn der Fernseher ist auch nicht mehr da.

»Sie wollen verschwinden«, raune ich.

»Au Mann, Kasimir, meinst du wirklich? Abhauen? Mit dem ganzen Zeug, das sie geklaut haben und so?«, wispert Kalle.

»Sieht so aus.« Tatsächlich stehen einige Kartons und Taschen bereit.

Jetzt kommt aus dem Flur der dünne Mann in dem blauen Overall. Die Mausgraue und Nancy fallen ihm beide um den Hals. Sie lachen alle ein bisschen. Und dann werden sie alle schnell wieder ernst, und jeder trägt eine der Taschen nach hinten. Dann kommen sie noch einmal, nehmen den Rest der Sachen und verschwinden damit auch in Richtung Garage.

»Komm, Kalle«, sage ich und kann kaum vermeiden, dass

ich ein wenig feierlich klinge. »Die Auflösung unseres Falles schauen wir uns aus der Nähe an.«

Der Busch neben der Einfahrt ist als Versteck schon fast vertraut. Wir beziehen Position und müssen gar nicht lange warten.

Das Garagentor wird von innen geöffnet. Der dünne Mann schaut nach links und rechts. Dann steigt er wieder ins Auto, und der Motor beginnt zu röhren. Langsam knattert der Wagen aus der Garage.

Doch als er ungefähr auf der Mitte der Einfahrt ist, schiebt sich von der einen Seite der Transporter mit den dunkel getönten Scheiben davor und versperrt den Weg.

Die Tür vom Knatterauto fliegt auf, und der dünne Mann ruft etwas ziemlich Unhöfliches heraus.

Als der Transporter nicht weicht, steigt der dünne Mann aus und will gerade dorthin marschieren, als er plötzlich stutzt.

Aus dem großen Wagen steigen nämlich Rainer und noch einige andere Männer in normaler Straßenkleidung. Aber obwohl sie keine Uniform tragen, ist sofort klar, dass es sich um Polizisten handelt. Es liegt tatsächlich an ihrer Ausstrahlung, wie Herr Mann schon gesagt hat. Auch Mads ist aus dem anderen Wagen gestiegen und schließt sich ihnen an.

Der dünne Mann blickt sich hektisch um. Aus dem Wageninneren ruft Nancys Stimme: »Papa? Was ist denn?«

Doch der Overall-Einbrecher denkt nicht daran, ihr zu antworten. Er denkt nur an eines: Flucht!

Da vorn an der Straße der Weg versperrt ist, wirft er sich herum und will auf dem schmalen Weg ums Haus herumrennen.

»Achtung!«, fauche ich. »Fluchtversuch vereiteln!«

»Aye, aye, Boss!«, schmettert Kalle und stürzt nach vorn.

Genau im rechten Augenblick. Denn der dünne Mann, der noch einen panischen Blick über seine Schulter wirft, achtet nicht auf die schwarze Stolperfalle, die plötzlich aus dem Busch schießt.

Eine oder zwei Sekunden lang rudert er vergeblich mit den Armen und fällt dann der Länge nach aufs Gesicht.

»Autsch!«, macht Kalle, der bei dem Zusammenprall einen Überschlag hingelegt hat. »Menno …«

Doch schon sind zwei Männer zur Stelle, die den dünnen Mann unter den Armen greifen und ihm ein wenig unsanft aufhelfen.

Rainer, direkt hinter ihnen, sagt: »Tja, Herr Schäfer, oder sollte ich lieber Herr Schneider oder Herr Meier oder Herr Müller sagen? An Ihren tatsächlichen Namen können Sie sich wahrscheinlich selbst nicht mehr erinnern. Hiermit wäre das Spielchen vorbei.« Doch dann stutzt er und sagt verblüfft: »Kalle?!«

Und da taucht auch schon Mads an seiner Seite auf.

»Kalle?!«, sagt der auch.

Ich denke, das wäre der Moment, in dem ich aus dem Versteck treten und mich ebenfalls zeigen sollte.

»Kasimir?!«

Mads staunt nicht schlecht.

Aber das ist noch nichts gegen den dünnen Einbrecher. Denn während die beiden Polizisten ihn abführen, dreht er den Kopf immer weiter und starrt Kalle und mich mit zugleich ahnungsvollem und ungläubigem Blick an.

Mads hebt Kalle auf den Arm und zuckt an Rainer gewandt nur mit den Schultern. »Keine Ahnung, was die beiden hier machen. Ich nehm sie gleich mit nach Hause. Ach herrje, wir haben ja richtig viele Zuschauer …«

Tatsächlich hat sich vorn an der Straße eine kleine Menschenmenge versammelt. Herr Mann von gegenüber und seine Frau stehen an der Gartentür. Auf dem Bürgersteig vor der Einfahrt sind ein paar Zweibeiner stehen geblieben. Unter ihnen auch Amanda mit ihrem Herrchen und Dogge Oskar mit seinem Frauchen. Die Zweibeiner an den Leinen sehen ziemlich zerzaust aus.

»Dat war jetzt abba 'ne spannende Sache!«, röhrt Amanda, dass mein gesamter Magendarmtrakt erbebt. »Genial, wat ihr Jungs so treibt, ey!«

Während ich mich an den Rand der Einfahrt setze und den Schwanz um meine Pfoten lege, setzt Mads Kalle neben mich auf den Bürgersteig und sagt: »Sitz! Und bleib, Kalle! Nicht weglaufen, klar?!«

»Mh, mh«, macht Kalle und starrt Amanda unentwegt mit großen, runden Augen an und vergisst vor lauter Anhimmeln das Antworten.

»Aber jetzt noch ma zu der Sache mit dem Zeugen und so«, sagt Amanda. Sie legt den Kopf schief und sieht mich an. Früher, bevor ich Kalle und sein Faible für gewaltige Dobermannhündinnen kennenlernte, hätte ich bei so einem Blick sofort auf Fluchtmodus geschaltet. »Der Oskar is' auf jeden Fall dabei, sacht er. Was is'n dat für 'ne Sache mit deiner Vergangenheit, Katerchen, hm? Du willst doch meinem kleinen Knutschhintern keinen Kummer machen, odda?«

Kalle, der neben ihr noch kleiner, schwärzer und dicker aussieht, dreht den Kopf und glotzt mich ebenfalls gespannt an.

Das klare, bestimmte Kommissaren-«Nein« bleibt mir irgendwie im Halse stecken.

»Es tut mir leid«, sage ich. Überhaupt nicht souverän und ablehnend, wie ich es doch eigentlich vorhatte. Meine Stimme klingt sogar ein wenig … traurig? »Tut mir wirklich leid, Kalle. Aber glaub mir: Es ist besser so.«

Kalles Gesicht ist mir mittlerweile irgendwie ein kleines Rätsel. Ich weiß noch, dass ich es früher furchtbar hässlich gefunden habe. Aber dann, als wir uns besser kennenlernten und zu dem unschlagbaren Ermittler-Duo wurden, das wir jetzt sind, muss irgendwas passiert sein. Heute sehe ich gar nicht mehr die vielen Knautschfalten, die Glubschaugen und seine zahnsteingepeinigten, winzigen Mopszähnchen. Heute sehe ich sonderbarerweise nur noch seine unbändige gute Laune, wenn er morgens aufsteht, seine Glückseligkeit, wenn er Futter bekommt, seine Freundlichkeit jedem Menschen und jedem Tier gegenüber. Und ich weiß auch, wie er aussieht, wenn er mit einer bodenlosen Enttäuschung zu kämpfen hat. Und diesen Ausdruck möchte ich nicht in seinem runden Gesicht sehen, nachdem er von meiner Vergangenheit und niederen Herkunft erfahren hat.

Ohne ein weiteres Wort drehe ich mich um und gehe die Straße hinunter. Als ich auf dem Weg nach Hause an ihrem Ende abbiegen will drehe ich noch einmal den Kopf.

Inmitten all der Autos und Menschen, die mittlerweile dort vor dem Haus mit der Garage herumstehen, sitzt Kalle auf seinem dicken schwarzen Hinterteil und sieht mir immer noch nach.

30. Kapitel – Kalle

Groooovy! Mads und ich sind allein in der Stadt unterwegs. Und zwar in geheimer Mission! Genau das hat er gesagt. Geheime Mission. Au dicke Backe, ich bin so aufgeregt. Hab mir vorgenommen, mir alles haargenau zu merken, was passiert. Damit ich es Kasimir später erzählen kann. Vielleicht muntert ihn das wieder auf, die alte Grübelbacke. Seit wir nämlich den Fall mit dem dünnen Einbrecher und der falschen Sibylla und Lachshäppchen-Nancy gelöst haben, ist Kasimir irgendwie … na, irgendwie ist er nicht mehr der Alte. Sitzt viel rum und starrt vor sich hin. Dabei putzt er sich noch nicht mal – voll komisch. Und er hat auch keine Lust, mit mir um die Häuser zu ziehen. Dabei müssen wir doch die Augen offen halten. Vielleicht gibt es einen neuen Fall oder so. Ich sach ma so, ein Ermittler-Team ohne Fall ist doch witzlos, oder?

Also bin ich jetzt echt gespannt, was Mads und ich heute vorhaben. In geheimer Mission.

Zuerst fahren wir mit dem Auto in die Stadt und parken in einem Parkhaus. Als wir rauskommen, weiß ich gleich, wo wir sind. Gegenüber liegt nämlich die Eisdiele, in die Linna so gern geht und in der sie mir immer eine Waffel schenken, wenn ich meinen Hungrig-gucken-Trick vorführe. Au cool! Das ist super! Ich fang am besten schon mal an und gucke mich warm.

Aber dann geht Mads ziemlich schnell an dem netten Laden vorbei. Und weil ich in der Stadt immer an der Leine sein muss, ich natürlich auch. Wir sind so schnell vorbei, dass es heute mit der Waffel wohl nichts wird. So schnell kann nämlich auch ein Kunststückchen-Experten-Mops nicht hungrig gucken.

Wenn nicht Eisdiele, dann will Mads bestimmt in den Buchladen. Vielleicht gibt es ein Buch über Geheimmissionen? Ach menno, das wär blöd. Weil dieses Gekritzel echt nix ist für einen Mops. Nicht mal Kasimir kann dieses schwarze Rumgekleckse lesen. Und das will was heißen, wo er doch sonst so gut wie alles kann, irgendwo hochspringen, schnell rennen und auf Bäume klettern und so. Und vorlesen wird Mads uns das wohl auch nicht. Hat er zwar früher mal gemacht, ganz am Anfang, als wir uns gerade getroffen hatten. Aber seit wir mit Linna und Kasimir zusammenwohnen, macht er das nicht mehr. Warum eigentlich wohl nicht? Hm.

Aber auch am Buchladen gehen wir vorbei. Und am Blumenladen. Leider auch am Metzger. Und am Pizza-Straßenverkauf. Und am T-Shirt-Laden. Und am Geschenke-Shop. Und dann, irgendwann bleibt Mads vor einem großen, piekfeinen Schaufenster stehen und sieht rein.

Das Fenster geht fast bis auf den Boden. Da liegt auf schwarzem Stoff jede Menge Krimskrams. Zum Beispiel diese Armbänder, die Mads und Linna auch haben und auf die sie immer draufgucken, wenn sie in Eile sind. Oder solche schicken Halsbänder, wie Amanda auch eins hat, das so schön leise klimpert, wenn sie den Kopf dreht. Hey, am Ende will Mads mir auch so eins kaufen? Damit Amanda und ich im Partnerlook gehen können?! Möglich wär's.

»Du, Mads, wenn du mir auch so ein schickes Kettenhalsband kaufen willst, dann aber vielleicht nicht das da. So was Dickes, Goldenes würde mir, glaub ich, nicht so gut stehen«, sage ich vorsichtig.

Mads sieht zu mir runter und grinst ein bisschen schief. »Tja, Kallemann, dann gehen wir wohl mal rein, was?«

In dem Laden riecht es sehr sauber. Nach Glasreiniger. Und nach Metall. Und natürlich nach Holz – denn überall stehen Holztheken und Glasvitrinen herum, in denen es blitzt und glitzert.

»Boah, Mads, das ist ja wie der ganze Krempel von der Maritta«, rutscht es mir raus.

»Guten Tag«, grüßt ein Mann in dunklem Anzug. Um den Hals hat er ein rotes Tuch, das aussieht, als würde es ihm irgendwie die Luft abschnüren.

»Guten Tag«, grüßt Mads genauso höflich zurück und deutet auf mich. »Darf er hier mit rein?«

Der Anzugstyp lächelt breit. »Selbstverständlich.« Und beugt sich zu mir runter. »Du musst doch bestimmt bei der schweren Entscheidung helfen, hm?«

»Ach, ich tu immer, was ich kann«, antworte ich zurückhaltend. Hoffentlich will Mads mir nicht auch so ein rotes Tuch kaufen. Sieht unbequem aus.

Mads und der Anzug lachen.

»Wobei darf ich Ihnen behilflich sein?«, fragt der Anzug dann.

Mads zeigt auf eine der Holztheken, auf der eine Glasplatte liegt. »Ich glaube, da vorn wären wir richtig.«

»Aaaaaah!«, macht der Anzug, zuppelt einmal kurz an seinem Tuch und schreitet uns voraus zu der Theke.

Und was dann kommt, ist … ich sach ma so, unter Geheimer Mission hatte ich mir irgendwie was anderes vorgestellt. Der Anzug zeigt Mads ungefähr dreihundert Sachen. Aber alle oben auf der Theke und deswegen kann ich sie nicht sehen. Und Mads nimmt mich nicht auf den Arm. Und mein cooles Männchen-Kunststück darf ich auch nicht machen.

Also ist die ganze Aktion, ich sach ma, nicht so wahnsinnig aufregend. Ich bin froh, als Mads sich endlich entschieden hat, bezahlt und wir dann wieder auf die Straße rausgehen. Was er gekauft hat, muss außerdem echt klein sein, denn es passt problemlos in die Brusttasche seiner Jacke.

Mads scheint es aber nichts auszumachen, dass er für so

eine winzige Sache so viel Zeit verplempert hat. Er geht ganz beschwingt und riecht nach mächtig guter Laune.

»Weißt du was, Kalle? Zur Feier des Tages gönn ich uns heute mal ein bisschen Kuchen. Und für dich vielleicht ein trockenes Brötchen, wenn du brav wartest?«

»Wenn du dich zwischen zweien entscheiden musst, würd ich auch eins mit Leberwurst nehmen«, sage ich. Nur für den Fall, dass er die Wahl hat.

Vor dem Bäckerladen muss ich immer warten. Das kenn ich. Mads bindet mich hier an der Straßenlaterne an. Ab und zu guckt er durch die große Scheibe zu mir raus.

Das mit dem Anbinden ist für mich kein Problem. Ich weiß ja, dass Mads gleich wieder rauskommt. Und solange ich hier sitze, kann ich mit mir selbst ein Spiel spielen: Wer zuerst blinzelt, verliert zum Beispiel. Oder ich trainiere ein paar Kunststückchen.

Es kommen nämlich immer mal Leute vorbei, die ein bisschen Unterhaltung brauchen können. Dann kann ich Give-me-five zeigen. Oder auch das Hungrig-gucken-Kunststückchen. Das zieht immer.

Heute ist da aber plötzlich einer, mit dem ich echt nicht gerechnet habe.

»Guten Tag, guten Weg«, sagt eine kratzige Stimme von der Seite.

Und dann kommt doch tatsächlich dieser zerzauste Kater vorbei, den Kasimir und ich neulich mal zusammen getroffen haben. Er schleicht so zwischen Hauswand und Straßenlaterne durch und schnuppert an einem Stück Wurst, das irgendjemand da hingeworfen hat. Ich hatte das auch schon gesehen. Aber meine Leine – wie soll ich sagen? –, die ist irgendwie nicht lang genug.

»Oh, guten Tag, Streuner«, grüße ich nett zurück. »Wie geht's? Wie steht's? Riecht bestimmt klasse, das Wurststückchen, oder?«

Streuner guckt sich meine Leine genau an. »Du kannst wohl nicht weg«, stellt er fest.

»Nö. Jetzt grad nicht. Aber das ist nicht schlimm. Mein Mads kommt gleich wieder raus. Er ist grad Kuchen und Brötchen kaufen. Siehst du, der Große mit den braunen Haaren, das ist er.«

Dieser Kater ist schon ’ne komische Katze. Zumindest wenn man Kasimir kennt. Der ist nämlich immer wie aus dem Ei gepellt. Ständig putzt er an sich rum, dass jedes Haar glatt liegt und so.

Streuner aber, na ja, er macht irgendwie nicht den Eindruck, als hätte er sich in der letzten Zeit mal geputzt. Und dünn ist er. Ich kann durch sein struppiges Fell die Rippen sehen.

»Du würdest die Wurst wohl auch gern fressen?«, brummt er und blinzelt mich an, die Nase immer noch ganz nah über dem Happen.

»Tja … also … ganz ehrlich. Klar würd ich. Aber wenn ich dich so angucke. Ich sach ma so, du hast es nötiger. Also hau rein, Kumpel. Lass es dir schmecken«, sage ich und muss doch ein bisschen schlucken. Au Mann, ich hoffe wirklich, Mads hat die Sache mit dem Leberwurstbrötchen richtig verstanden.

Das lässt Streuner sich aber nicht zweimal sagen. Er macht sich über das Wurststückchen her und hat es mit ein paar Bissen verschlungen. Mann, der kann ja fast so reinhauen wie ich. Ganz anders als Kasimir, der sein Futter ja eher lutscht als frisst.

»Was bist du für ein ulkiger schwarzer Kerl?!«, schnurrt Streuner dann und leckt sich noch einmal die Schnauze. »Sprichst freundlich mit einem fremden Kater. Und lässt mich ganz in Ruhe ein Stück Wurst fressen.«

»Hey, Kasimirs Freunde sind auch meine Freunde«, sage ich.

»Freunde ...«, wiederholt Streuner langsam.

»Jaaaa, ich weiß. Kasimir sagt immer, wir haben eine rein berufliche Beziehung und so. Aber es kommt doch auch drauf an, wie sich was anfühlt, oder? Und anfühlen tut es sich einfach so, als ob der Kasimir und ich dicke Freunde wären. Auch wenn er immer diesen Unsinn quatscht von wegen seiner Vergangenheit und so ... Hey, Moment mal!«, unterbreche ich mich selbst. »Kennt ihr euch nicht von früher, der Kasimir und du?«

Streuner legt den Kopf schief. »Allerdings«, sagt er mit seiner kratzigen Gießkannenstimme. »Ich kannte ihn schon, da war er noch ein rot-weißes Fleckchen, ein echter Welpe.«

»Au Mann! Cool!« Vor Aufregung springe ich auf und tripple ein bisschen mit den Pfoten. »Hey, wie wäre es, wenn du mir einfach erzählst, was früher so abgegangen ist?! Kasimir rückt einfach nicht damit raus. Und ich werd den Verdacht nicht los, dass es doch gar nix schlimmes sein kann. Kasimir ist ... na ja, der ist eher so der nachdenkliche Typ, verstehst du? Grübelt ständig rum. Und jetzt hat er sich irgendwie in so 'ne Idee verrannt. Dass seine Vergangenheit ... also, sagst du's mir?«

Streuner guckt mich immer noch an. In meiner Brust kann ich plötzlich mein Herz klopfen fühlen. Kommt mir vor, als wäre das hier die einzige Chance überhaupt, das Geheimnis von Kasimirs Vergangenheit rauszufinden.

»Freunde? Sagst du?«, krächzt Streuner.

»Beste Freunde«, nicke ich.

Dieser Blick ist echt stechend. Obwohl er freundlich aussieht. Trotzdem fühlt sich das an, als ob dieser Kater bis tief rein in mein schnell schlagendes Mopsherz gucken könnte.

»Also gut«, sagt Streuner dann.

31. Kapitel – Kasimir

Es ist einer von diesen Abenden, an denen selbst ein arbeitsloser Ermittler dem Drang nicht widerstehen kann, in die Welt hinauszugehen und einen Spaziergang durch den Park zu machen.

Kalle, Linna und Mads sind auch dabei. Wir schlendern über die vertrauten Kieswege, und Kalle schnuppert an allen Ecken. Ich beobachte ihn unauffällig dabei. Auf irgendeine merkwürdige Weise kommt er mir in den letzten Tagen verändert vor. Ich will nicht behaupten, dass er ernster wirkt. Das wäre bei einer derart penetranten Frohnatur wie ihm wahrscheinlich doch zu viel gesagt. Aber irgendetwas ist mit ihm. Das kann ich deutlich spüren.

Auch in der Wohnung, wenn wir tagsüber allein sind, ertappe ich ihn hin und wieder dabei, wie er mich mit offenem Maul und großen runden Augen anstarrt. Nicht, dass ich solche Bewusstseinsausfälle von ihm nicht gewohnt wäre. Aber es kommt mir vor, als würde diesmal mehr dahinterstecken.

Als wir den Weg hinter dem Pavillon einschlagen, kommt uns ein Gespann entgegen, das Kalle kurz zusammenzucken lässt.

»Was hat er denn?«, will Linna von Mads wissen, der das auch aufgefallen ist.

»Ist wahrscheinlich der Dackel«, erklärt Mads ihr. »Ich hab dir doch erzählt, dass er im Tierheim mit zwei Dackeln zusammen im Zwinger war. Die haben ihn ganz schön gemobbt.«

»Armer Kalle«, seufzt Linna und sieht ihn mitleidig an.

»Guten Tach, guten Wech«, nuschelt der Dackel, als er und seine uralte Zweibeinerin auf unserer Höhe sind.

»Entschuldigen Sie«, spricht Linna die Frau an. »Unser Kalle hier hat mal was Schlimmes mit Dackeln erlebt. Ist Ihrer lieb? Vielleicht könnten sie sich mal Guten Tag sagen?«

»Mein Brutus tut keinem was. Der ist ja auch schon so alt«, antwortet die Zweibeinerin mit zittriger Stimme. Und dann zupft sie an der Dackelleine herum, damit das bemitleidenswerte Geschöpf ein bisschen näher zu Kalle rutscht.

»'n Abend«, sagt Kalle artig. »Ähm … ehrlich gesagt weiß ich jetzt gar nicht, was von uns erwartet wird.«

»Ach, die Zweibeiner«, antwortet Brutus mit für einen so kurzbeinigen Kerl beeindruckend tiefer Stimme. »Wollen immer, dass wir miteinander spielen. Damit sie gleich merken, dass wir uns nicht gegenseitig ans Leder wollen.«

»Tja … ähm …«, macht Kalle verlegen.

»Vorderkörpertiefstellung!«, kommandiert Brutus. Kalle gehorcht.

»Und jetzt einfach wild mit dem Schwanz wackeln!«, sagt Brutus. »Bin beeindruckt! Dein Schwanzwackeln ist sehr überzeugend!«

»Danke«, erwidert Kalle.

»Bisschen rumhüpfen. Nein, nur du. Ich kann nicht mehr. Hab Arthrose.«

Kalle hüpft um Brutus herum.

»So, das war's«, entscheidet der. »Jetzt geht's nach Hause. Zu meinem alten Hausschlappen.«

»Super!«, freut sich Linna. »Das hat ja ganz toll geklappt!« Mads bedankt sich auch noch mal bei der alten Zweibeinerin. Dann gehen wir alle in unsere jeweilige Richtung weiter.

»Dann mach's mal gut, Brutus. Viel Spaß mit dem Hausschlappen!«, ruft Kalle ihm nach.

Doch da stutze ich.

»Kalle?«, sage ich schnell.

»Hm?«

»Ist Brutus eigentlich ein geläufiger Name für einen Dackel?«, erkundige ich mich.

Kalle überlegt kurz. Doch dann sagt er: »Schätze mal, der ist eher ungewöhnlich für die Rasse.«

Das ist eigentlich alles, was ich wissen muss. »Komm noch mal schnell mit!« Ich laufe los. Der altersschwache Brutus ist noch nicht sehr weit gekommen, und wir haben ihn fix eingeholt.

»Da seid ihr ja wieder. Könnt wohl nicht genug kriegen, was?«, krächzt die alte Zweibeinerin.

»Kalle! Kasimir!«, ruft Mads hinter uns.

Eile ist also geboten. »Hör mal, Brutus«, sage ich rasch. »Kennst du zufällig einen großen, einen wirklich großen weißen Kater?«

Brutus brütet einen Augenblick. Dann hellt sich seine Miene auf. »Meinst wohl den dicken Wattebausch? Klar, den kenn ich. Bei dem zu Hause gießen Omma Therese und ich immer Blumen, wenn dem seine Leute in den Ferien sind. War doch erst vor Kurzem noch …« Er versinkt wieder in Nachdenken. »Ja, erst vor 'n paar Wochen waren wir öfter mal da und haben die Blumen gegossen. Aber den dicken Wattebausch haben wir nicht so oft zu Gesicht bekommen. Er hat wohl ein bisschen Probleme mit fremden … Menschen.«

»Das ist er!«, ruft Kalle begeistert und hüpft in die Höhe. »Das ist unser Plüschtrottel. Au Mann, wenn das kein Zufall ist!«

»Jetzt wirst du aber zu wild, Kleiner«, sagt die Zweibeinerin zu ihm. »Komm, Brutus.«

Wir sehen ihnen nach.

»Das ist tatsächlich kein Zufall«, wage ich zu behaupten. »Auch wenn der Große Weiße bei der Ausschmückung, was seinen ›neuen Gehilfen‹ angeht, wohl etwas übertrieben hat.«

Während Kalle dem davonstaksenden Brutus hinterherstarrt, der neben seiner alten Zweibeinerin aus dem Park schlurft, legt sich seine Stirn in Falten.

»Das heißt, das überkandidelte Sofakissen hat uns angelogen?!«, stellt er fest.

Ich nicke.

Kalles Gesicht verzieht sich, und dann funkelt er mich plötzlich aus seinen Knopfaugen an. »Ich sach ma so, dann ist es jetzt wohl an der Zeit, um dem wandernden Flauschteppich mal einen Besuch abzustatten.«

Ich muss sagen, dieser Mops gefällt mir immer besser.

***

Sicher finden wir ihn auf dem Wiesenstück des Spielplatzes. Das ist sein bevorzugtes Revier.

Um diese Uhrzeit ist dort niemand mehr. Der Große Weiße kann sich dort vor fremden Menschen ganz sicher fühlen.

Den ganzen Weg über bin ich recht schweigsam. Ich denke über die eine oder andere Möglichkeit nach, wie wir dem Großen Weißen am idealsten begegnen sollten.

Kühl. Herablassend. Überlegen. Ja, überlegen durch unser Wissen. Ich lege mir ein paar Sätze zurecht, die einem erfolgreichen Ermittler in Anbetracht einer Begegnung mit seinem Erzfeind gut zu Gesicht stehen würden.

Ich könnte zum Beispiel sagen: Das Spiel ist aus, Großer Weißer! Du bist durchschaut. Ja, das wäre bestimmt interessant, zu beobachten, wie schnell er darauf käme, was ich damit genau meine.

Oder ich falle mit der Tür ins Haus und sage ganz süffisant: Übrigens haben mein Assistent und ich gerade deinen ›Untertan‹ Brutus im Park getroffen. Ha! Na, das Gesicht möchte ich sehen! Wenn ihm klar wird, dass er aufgeflogen ist.

Oder ich lasse ihn so richtig zappeln und frage – wenn er

wieder von seinem Gehilfen anfängt – einfach: Du meinst doch nicht etwa den alten, netten Dackel, der mit seiner Oma bei euch zu Hause die Blumen gießt?

Wirklich, ich finde alle Möglichkeiten derart reizvoll, dass ich mich noch nicht hundertprozentig für eine entschieden habe, als wir am Spielplatz ankommen.

Den Großen Weißen sehen wir sofort. Er ist ja auch unübersehbar mit seinem strahlend weißen Fell und seiner gewaltigen Körpergröße. Um genau zu sein, ist er sogar noch größer, als ich ihn in Erinnerung hatte. Sein mächtig behaarter Schwanz, der wahrscheinlich doppelt so dick ist wie meiner, steht steil in die Höhe, während er im Sand des Kindersandkastens herumscharrt. Und als ich sehe, wie er mit seinen Pranken den Sand auffliegen lässt, kommen mir meine vorbereiteten Sätze plötzlich nicht mehr ganz so angebracht vor. Da ich mich ja noch nicht hundertprozentig für eine Vorgehensweise entschieden habe, passiert es, dass Kalle schneller ist – obwohl das sonst nicht unbedingt seine Art ist.

»Du willst doch nicht etwa dein Geschäft da reinmachen?«, blafft er in Richtung Sandkasten.

Der Große Weiße fährt mit einem Fauchen blitzschnell herum.

Doch als er uns hier stehen sieht, entspannt er sich sofort wieder.

»Ach, ihr seid es nur«, knurrt er.

»Ja. Wir sind das!«, quäkt Kalle. »Und wir wissen uns gut zu benehmen. Und einen dicken Haufen in den Sand zu legen, wo morgen wieder Kinder spielen, ist kein gutes Benehmen, du daherquatschender Echthaarpinsel, du!«

Die gelben Augen des Großen Weißen verengen sich zu Schlitzen.

Er mustert Kalle ausgiebig. Dann gleitet sein Blick weiter zu mir.

»Dem Großen Weißen scheint es so, als hätte Klein Kasimir seinen Gehilfen nicht im Griff. Oder wieso lässt du zu, dass der hässliche schwarze Kerl den Großen Weißen beleidigt?«, zischelt er.

»Jetzt hör mal zu, du eingebildetes Knautschgesicht, du!«, plärrt Kalle. »Solange ich hier bin, wird nicht in den Sandkasten geschissen. Kapische?«

»Wer will dem Großen Weißen das vorschreiben?« Diese Stimme klingt nach Ärger.

»Ich!«, bellt Kalle und hüpft auf die Umrandung des Kastens.

Und da passiert etwas, womit ich nicht gerechnet habe: Der Große Weiße weicht mit einer raschen Bewegung nach hinten aus.

Die beiden stehen sich nun auf dem Sandkastenrand gegenüber.

»Mach dich vom Acker, du … du … Geschäftemacher, du!«, droht Kalle mit gefletschten Zähnen.

Ich kann nicht anders, als ihn verblüfft anzustarren. Niemand, der Kalle näher kennt, würde vermuten, dass er derart unfreundlich werden kann.

»In Ordnung«, sagt der Große Weiße da zu meiner grenzenlosen Verwunderung. »Ich werde gehen. Aber ich bin schnell zurück. Und diesmal mit meinem Gehilfen, dem gefürchteten, grauenerregenden …«

»Ja, ja, ja«, mault Kalle. »Wissen wir alles schon. Der Typ mit dem laaaaaangen Beinen«, er setzt sich auf sein Hinterteil und schlenkert mit den Vorderpfoten, »und dem riiiesigen Maaul«, er sperrt seine Schnauze auf, »mit den vielen, vielen gefäääährlichen Zähnen«, dazu rollt er mit seiner roten Zunge im breiten rosa Mopsrachen herum, »und wir haben ja schon solche Uuuuuaaah-Aaaangst vor ihm!«

Meine ich das nur, oder wirkt der Große Weiße tatsächlich plötzlich unsicher? »Da schwindelt sich aber gerade jemand ziemlich viel Mut herbei«, spuckt er dann plötzlich aus.

Aber wahrscheinlich hätte er nichts Dümmeres sagen können.

»Ein Mops lügt nie!«, blafft Kalle ihn an. »Ich hab so was von null Schiss vor Brutus! Und Kasimir auch nicht!«

»Mein schlauer Assistent hat recht«, sage ich und sträube die Schnurrhaare. »Vor Brutus haben wir wirklich nicht die geringste Angst.«

»Siehste!«, schmettert Kalle.

Der Große Weiße zögert.

»Na, los, hau ab!«, motzt Kalle und trippelt auf der Sandkastenumrandung in seine Richtung.

Und der Große Weiße? Faucht leise. Mit gesträubtem Fell und Buckel. Weicht langsam zurück. Vom Kastenrand hinunter. In die Büsche hinter sich. Noch ein letztes weißes Aufblitzen im lichten Pflanzengrün. Dann ist er verschwunden.

Wir sehen ihm beide noch einen Augenblick nach. Dann schüttelt Kalle sich einmal kräftig und dreht sich zu mir um.

»Wie hab ich das gemacht, Boss?«, strahlt er.

Ich sehe ihn einen Moment lang an. Da ist nicht mehr auch nur die kleinste Spur von dem Ärger zu sehen, der ihm gerade noch aus jeder Pore geströmt ist.

»Du hast ihm gar nicht gesagt, dass wir seinen Schwindel mit seinem Gehilfen Brutus aufgedeckt haben«, sage ich.

Kalle starrt mich mit großen Augen an. »Stimmt«, sagt er verblüfft. Doch dann kommt er über den Sandkastenrand zu mir herüber getrabt. »Aber weißt du, Boss, vielleicht ist das gar nicht so übel. Ist doch irgendwie schick, wenn er denkt, dass wir zwei eben einfach keine Angst vor seinem gefährlichen Gehilfen haben.«

Und auch darin liegt eine gewisse Logik, muss ich zugeben.

»Gehen wir jetzt wieder nach Hause?«, fragt er. »Ich hab 'n Mopshunger! Mads hat doch heute schwer eingekauft und will was kochen. Da fällt immer irgendwas ab. Auch wenn es manchmal nur ’ne Möhre ist oder so was. Was zu kauen ist immer gut, oder? Also, ich kau unheimlich gern. Magst du eigentlich Möhren? Ich frag nur, weil, wenn nicht, dann könnte ich deine ja auch haben, falls Mads dir eine anbietet, oder?« Kalle plappert und plappert, während wir nebeneinander über den Bürgersteig und durch ein paar Gärten den Weg nach Hause nehmen.

Ich lasse ihn einfach reden. Manchmal ist es nämlich fast schon gemütlich, wenn dieser nette schwarze Klops vom Essen erzählt.

32. Kapitel – Kalle

Hab ich's nicht gesagt?! Mads steht in der Küche und kocht, als wir reinkommen.

Linna sitzt mit untergeschlagenen Beinen auf dem Sofa und liest.

»Da seid ihr ja, Jungs«, lächelt sie. »Da wart ihr aber noch lange im Garten, hm?!«

»Mau«, macht Kasimir und streicht an ihren Beinen entlang.

»Ich geh ma gucken, wie es mit den Möhren aussieht«, sage ich und trabe in die Küche.

Linna und Kasimir folgen mir.

»Mmmmh«, macht Linna und schaut auf der Arbeitsfläche herum und in einen Topf auf dem Herd. »Was zauberst du denn hier? Wird das etwa meine Lieblings-Thai-Pfanne? Die mit den teuren Gewürzen?«

»Ich hab dir doch gesagt, du sollst noch nicht gucken«, sagt Mads mit gespielt strenger Stimme zu ihr. Diese Stimme kenn ich auch. Wenn er die draufhat, meint er es nicht so. Und außerdem lächelt er dazu ganz lieb.

»Wie komm ich denn dazu?«, säuselt Linna und schmiegt sich an ihn. »Erst die Blumen nach der Arbeit. Dann der Spaziergang im Park mit Händchenhalten und so. Und jetzt mein Lieblingsessen. Du verwöhnst mich ja richtig!«

Mads lächelt so breit, dass man fast alle seine weißen Zähen sehen kann. »Das hast du auch verdient, Süße«, sagt er und küsst Linna auf die Nasenspitze.

»Und hab ich vielleicht 'ne Möhre verdient?«, frage ich höflich von hier unten.

Mads und Linna sehen zu mir runter. »Er kann doch nicht schon wieder Hunger haben?«, sagt Mads.

»Gib ihm doch was«, meint Linna. Ach, meine Linna!

Mads schüttelt den Kopf. »Er wird zu dick, hat Frau Doktor Fischer gesagt.«

Hm. Und dann soll man Tierärzte trotzdem mögen?

»Jetzt mal alle raus aus der Küche! Es dauert nicht mehr lange.«

Nach der Ansage verschwindet Linna wieder aufs Sofa, und Kasimir legt sich zu ihr, um ein bisschen gekrault zu werden.

Ich platziere mich lieber neben der Küchentür. Nur für den Fall, dass Mads es sich doch noch anders überlegen sollte.

Der ist aber schwer beschäftigt und saust in der Küche herum, deckt den Tisch mit piekfeinem Geschirr und Glitzergläsern und bunten Tüchern und so. Und dann bittet er Linna richtig zum Essen. Mit Stuhl hin und her schieben und Teller vor sie hinstellen und allem.

Während die beiden essen, macht Linna immer wieder »Aaaah!« und »Mmmmh!« und »Lecker!«, und Mads lächelt zufrieden. Aber er isst nicht so viel wie sonst. Als er die Teller in die Küche trägt, kann ich sehen, dass bei ihm noch Reste drauf sind. Gegen Reste hab ich nichts, sollten sie in meinem Fressnapf landen. Tun sie aber nicht. Mads stellt einfach nur die Teller hin und nimmt aus dem Kühlschrank zwei kleine Schälchen mit etwas, das herrlich süß und fruchtig duftet. Schnuff, schnuff, schnuff.

»Oh, du hast auch noch Orangencreme vorbereitet!«, jubelt Linna, als sie die Schälchen sieht. Und dann stürzt sie sich darauf. Dabei hatte sie vorher ziemlich viel gegessen. Aber ich versteh das. Geht mir auch immer so, wenn ich gerade gefuttert habe. Wenn mir dann irgendwas besonders Leckeres begegnet, kann ich auch nicht widerstehen.

»Womit hab ich das alles denn bloß verdient?«, fragt Linna, als sie das Schälchen blitzblank gefuttert hat. Und da schluckt Mads und zieht aus seiner Hosentasche ein kleines Kästchen.

»Die geheime Mission!«, rufe ich. Kasimir, der immer noch auf dem Sofa liegt, setzt sich auf und schaut zu uns rüber. »Das ist das kleine Kästchen, das Mads und ich in der Stadt besorgt haben. Die geheime Mission«, erzähle ich ihm.

»Ich ahne etwas …«, brummelt Kasimir.

Mads kommt um den Tisch herum und kniet sich dann vor Linna hin.

Die ist ganz still geworden. Eine Hand hat sie hochgenommen und hält sie vor ihren Mund, während sie Mads mit großen Augen ansieht.

»Linna Maifeld, du wunderschöne liebste Linna, du bist die Frau mit dem größten Herzen für alle Zwei- und Vierbeiner, die mir je begegnet ist. Wir haben immer so tolle Zeiten miteinander. Mit dir wird es im positivsten Sinne einfach nie langweilig. Jeder einzelne Tag mit dir ist für mich ein Geschenk. Und ich weiß, dass wir einfach zusammengehören. Linna, möchtest du mich heiraten?«, fragt Mads mit sehr kratziger Stimme.

»Ist das jetzt das Gleiche wie um die Pfote anhalten?«, frage ich Kasimir schnell. Ich hab Angst, was zu verpassen. Aber verstehen will ich's ja auch.

»Exakt dasselbe«, antwortet Kasimir.

Linna sieht Mads immer noch an. Dann will sie etwas sagen. Aber es kommt erst mal nichts raus. Dann nickt sie schnell und flüstert: »Ja! Tausendmal ja!«

»Au Mann! Ist das schööön, odda, Kasimir?«, rutscht es mir raus. »Und tausendmal gleich. Das wird bestimmt 'ne Riesenfeier, was meinst du? Bestimmt gibt's dann unheimlich viel zu essen und am nächsten Tag jede Menge Reste.«

»Wahrscheinlich auch jede Menge Besuch. Lauter fremde Menschen, die hier rein- und rauslaufen«, vermutet Kasimir mit einer Stimme, der man gleich anhören kann, dass er nicht viel von Besuch hält.

Mads nimmt Linnas Hände in seine, und dann … fängt Linna an zu weinen.

Sie schluchzt und schluchzt. Ich versteh kein Stück warum, und ich glaube, Mads weiß auch nicht wirklich, was er machen soll.

»Warum weinst du denn? Ich meine, ist … ist alles in Ordnung?«, fragt er sie und sieht dabei ganz durcheinander aus.

»Ach, Mads!«, ruft Linna und wirft die Arme um ihn. »Das ist der schönste Tag in meinem Leben!«

Dann weint sie noch ein bisschen. Dann schnäuzt sie sich in ein Taschentuch. Und dann küssen sie sich 'ne Weile.

Kasimir sitzt immer noch auf dem Sofa und putzt sich ausgiebig. Ich stehe auf und schlendre zu ihm rüber.

»Passiert grad nicht viel da drüben«, sage ich zu ihm. »Aber irgendwie ist so was wohl ansteckend. Die ganze Stimmung und so … Bin noch ganz fix und fertig deswegen. Und da denk ich so, wäre jetzt vielleicht 'ne gute Gelegenheit.«

Kasimir blinzelt. »Keine Ahnung, wovon du sprichst«, sagt er dann. Aber in echt glaub ich schon, dass er es ein bisschen ahnt. Weil ich nämlich sehe, wie sein Blick zur Katermopsklappe rüberhuscht. So als würde er überlegen abzuhauen.

»Ich weiß nämlich Bescheid«, sage ich einfach, weil ich nicht weiß, wie ich es sonst sagen soll.

»Du weißt …?«, wiederholt Kasimir.

»… Bescheid«, bestätige ich nickend. »Weil ich den Streuner getroffen hab.«

In Kasimirs Augen ist plötzlich so ein Flackern.

»Ist nicht so, dass ich ihn ausquetschen wollte oder so. War also echt nicht geplant. Aber da war ein Stückchen Wurst. Eins von dieser Sorte, die auf dem Grill gebraten worden ist, weißt du? Die so 'n bisschen rauchig riechen und an einer Stelle ein bisschen angekokelt sind. Schätze mal, deswegen hatte irgendein Zweibeiner das Stück auch weggeworfen. Zweibeiner sind da ja anders als 'n Mops. Ich hab nämlich nix dagegen, wenn so ein Würstchen ein kleines bisschen herzhafter ist als …«

Kasimir sieht mich an, als wüsste er wirklich nicht, was er von mir halten soll.

»Ähm … mir fällt grad auf, dass ich ein bisschen vom Thema abkomme«, sage ich schnell. »Also, wegen diesem Stückchen Wurst sind Streuner und ich ins Gespräch gekommen, ganz locker, verstehst du? Und da hat er es mir erzählt.«

Jetzt kenne ich Kasimir schon eine ganze Weile. Und normalerweise, wenn er sich aufregt oder sonst was Spannendes ist, wedelt er auch mal ganz gerne mit seinem tollen buschigen Schwanz. Aber jetzt macht er gerade gar nichts. Er bewegt sich null. Nicht am Schwanz, nicht die Pfoten, nicht den Kopf. Nur gucken tut er. Er guckt und guckt mich einfach nur an.

»Ähm … tja, und ich wollt dir sagen: Ich find Bauernhöfe total cool. Opa Schulze und ich, wir waren jede Woche auf einem, weil Opa Schulze da unsere Eier und unsere Milch gekauft hat. Au Mann, ich war immer völlig aus dem Häuschen, wenn wir hingegangen sind. Diese ganzen Gerüche sind der Hit! Und dann die Kühe. Und die Hühner erst. Und es gab diesen gigantisch müffelnden Misthaufen. Gab es auf deinem Bauernhof auch einen Misthaufen?«

Kasimir starrt mich immer noch an. Doch dann, irgendwann, nickt er langsam.

»Wow! Coooool! Ich wünschte, wir könnten hin und mal dran riechen. Oder einen Schwatz mit den Schweinen halten. Die sollen ja echt schlau sein, so Schweine. Ich kenn nur leider keins persönlich. Waren die nett?«

Jetzt schluckt Kasimir einmal. Ich kann's an seinem Hals sehen.

»Sie waren … ganz in Ordnung«, sagt er leise.

»Und in der Scheune?«, frage ich weiter. »Da konntet ihr doch bestimmt superduper Verstecken spielen, oder?«

»Oh ja«, sagt Kasimir, diesmal schneller. »Wir sind auf die großen Heuballen geklettert und wieder runtergesprungen.«

»Wusst ich's doch!«, rufe ich aufgeregt. »Da hast du bestimmt dieses megatolle Springen gelernt. So aus dem Stand – schwupps – irgendwo rauf und wieder runter. Mann, was für ein spannendes Leben auf so einem Bauernhof! Ich muss schon sagen, du bist zu beneiden!«

Kasimirs Schwanzspitze zuckt ein bisschen. »Zu beneiden?«, wiederholt er vorsichtig.

»Na klar! Ich mein, stell dir mal vor, du wärst wie ich bei so einer Züchterin geboren. Wurfkiste. Welpenzimmer. Und erst viel später ab und zu mal raus auf ein Stückchen Wiese. Mehr war da nicht. Total uncool. So 'n Bauernhof ist doch was ganz anderes. Lauter spannende Abenteuer den ganzen Tag! Hey, ich wette, deswegen bist du auch Detektiv geworden. Ist doch so, oder?«

Jetzt drehen sich auch seine spitzen Ohren. Und seine Schnurrhaare zittern ein bisschen. »Das … kann schon möglich sein«, sagt er.

»Mann, wäre ich happy, wenn so ein Typ von so einem coolen Bauernhof mein Zeuge wäre, wenn Amanda mir ihre Pfote schenkt«, murmle ich, eher so vor mich hin. Aber ich glaub, Kasimir hat es trotzdem gehört. Denn er hebt wieder die Pfote, schleckt einmal drüber und fährt sich damit über den Kopf.

»Na ja«, brummt er. »Ich könnte es mir ja vielleicht noch mal überlegen.«

»Echt jetzt?!«, trompete ich. »Au Mann! Kasimir! Das wäre der Hammer! Und vielleicht könnten wir ja sogar so 'ne Art Doppelhochzeit feiern. Mit Mads und Linna zusammen. Das wäre doch das Größte!«

»Da bin ich mir nicht ganz sicher …«, sagt Kasimir. Und

wir gucken beide zu unseren Zweibeinern rüber, die immer noch am Esstisch sitzknien und sich umarmt halten.

»Guck mal«, flüstert Linna gerade und deutet mit dem Kopf zu Kasimir und mir. »Die beiden kriegen auch mit, dass was Besonderes ist.«

Sie sehen uns an. Unsere Linna. Unser Mads. Und bald gibt's 'ne Hochzeit. Nein, sogar zwei Hochzeiten. Und Kasimir ist mein Zeuge. Voll abgefahren! Und dann ziehen wir wieder zusammen los und machen uns dran, unseren nächsten Fall zu lösen. Darauf verwette ich mein Abendessen und die Futterportion von morgen auch gleich mit. Und … ich sach ma so, wenn ich so was mach, muss ich mir schon verdammt sicher sein.

Leseprobe

Hund aufs Herz

Mirjam Müntefering

Mirjam Müntefering
Hund
aufs
Herz

1. Kapitel

»Scheidung?«, wiederholte ich irritiert und sah von der Auftragsbestätigung auf, die ich gerade studiert hatte. »Was meinst du mit Scheidung?«

Marcel betrachtete mich einen Augenblick ungläubig durch seine schwarzgerahmte Markenbrille und seufzte dann. »Lara, soll das heißen, dass du mir gar nicht zugehört hast?«

Er stand in meinem kleinen Büro, dem Schreibtisch gegenüber an den Aktenschrank gelehnt, und wirkte mit einem Mal verärgert.

»Ähm …«, machte ich, blinzelte kurz und legte dann entschlossen die Hände auf den vielversprechenden Auftrag vor mir. »Doch. Natürlich. Du hast gesagt, dass Tatjana aus der Buchhaltung schwanger ist«, sagte ich dann. Denn das war tatsächlich das, woran ich mich gerade noch so erinnern konnte. Verflixt, Marcel wusste doch, dass er mich im Büro besser nicht bei der Arbeit störte. Ich war meist so versunken, dass ich nicht viel mitbekam von dem, was er mir mitzuteilen hatte.

»Aber das ist doch kein Beinbruch«, fuhr ich fort, als ich das bestürzte Gesicht meines Mannes sah. »Sie wird vermutlich ein Jahr Elternzeit nehmen. Das können wir irgendwie überbrücken. Unter uns gesagt, die Arbeit, die sie so täglich wegschafft, könnte ich mit Leichtigkeit noch zu meinen Aufgaben dazu nehmen. Sie scheint ja eher dem gängigen Klischee von vollbusigen Sekretärinnen zu entsprechen.« Ich lachte. Doch zu meiner Überraschung lachte Marcel nicht mit. Sein Gesicht verzog sich lediglich zu einer kläglichen Grimasse.

»Larchen«, sagte er dann. Eigentlich hieß ich Lara, aber

von unserer Anfangszeit, auch wenn sie schon lange zurücklag, war diese Koseform meines Namens irgendwie als Rudiment geblieben. Marcel nannte mich immer so.

Er löste sich von dem Aktenschrank und trat an den Schreibtisch heran. Ein paar Sekunden lang starrte er mich an. Mit so viel Ernst, schlechtem Gewissen und Flehen im Blick, wie ich es nur von den Momenten kannte, in denen er mich darum bat, wieder einmal seine Eltern Fritz und Elvira Munter, also meine Schwiegereltern und somit die Begründer und Leiter der Reinigungsfirma PUTZmunter, zu einem Abendessen zu uns einzuladen. Angesichts des tollen, großen Auftrags, der vor mir auf dem Tisch lag und gute Laune machte, wollte ich schon gnädig nicken und kommenden Samstag vorschlagen.

Doch da sagte Marcel: »Das Kind ist von mir, Larchen.«

Jetzt war ich diejenige, die starrte. »Das …?«, bekam ich nur mühsam heraus.

«Das Kind. Tatjana und ich«, sagte Marcel so leise, als befürchtete er, mich durch ein zu lautes Wort vom Stuhl zu fegen. Dazu nickte er langsam.

Das musste ein Scherz sein. Oder ein Traum. Ja, bestimmt träumte ich einen dieser extrem realistischen, grausamen Träume, die uns auch das Unmöglichste plötzlich wie die Wirklichkeit erscheinen lassen. Bis wir schließlich nach Luft schnappend aufwachen und uns nassgeschwitzt, aber grenzenlos erleichtert im eigenen Bett wiederfinden. Neben dem Mann, mit dem wir seit zwanzig Jahren verheiratet sind. Doch so sehr ich mich auch bemühte, mir klarzumachen, dass ich nur träumte, ich wurde einfach nicht wach.

»Es tut mir sehr leid, Larchen«, hauchte Marcel, der mich weiter beinahe hypnotisch beobachtete. »Aber du weißt, wie sehr ich immer Kinder wollte. Du weißt, wie sehr ich es bereut habe, dass wir damals, als wir jung genug waren, die Firma über alles gestellt und unsere eigenen Wünsche und Lebensträume zurückgestellt haben.«

Ich musste schlucken. Wusste ich all das wirklich?

»Das mit Tatjana und mir … das war nicht geplant oder so. Bitte denk nicht, dass ich dich verlassen *wollte.* Es war nur …« Er rang die Hände. »Es ist einfach passiert. Und als sie mir letzte Woche sagte, dass sie … dass *wir* …« Sein Gesichtsausdruck wechselte von kummervoll verzogener Miene zu … Freude.

Nein. Das konnte doch kein Traum sein. Nicht mal im Traum wäre ich so stumpfsinnig, von einem Ehemann zu fantasieren, der trotz des soeben ausgesprochenen Scheidungswunsches die Dreistigkeit hätte, vor lauter Freude über seine schwangere Geliebte seine Ehefrau dermaßen anzustrahlen.

Vielleicht las er in meinem Blick ebenso wie ich in seinem. Denn er gab sich einen Ruck und räusperte sich.

«Natürlich steht dir die Hälfte des Hauses zu. Ich werde es belasten und dich auszahlen. Aber selbstverständlich erst, wenn wir für dich eine gute Alternative gefunden haben. Was hältst du von einer hübschen Eigentumswohnung in diesem neuen Komplex mit Blick auf den See? Es sollen noch welche zu haben sein, habe ich neulich gehört. Klar. Die sind nicht billig, aber dafür haben die diesen unglaublichen Blick. Weißt du noch, wie wir im letzten Sommer da spazieren waren und die Baustelle angeschaut haben? Du hast gemeint, was für ein wahnsinniges Glück die Leute haben, die da wohnen werden. Immer den See vor Augen und …«

«Raus!«, sagte ich. Meine Stimme, das konnte ich selbst hören, klang eisiger als die der Schneekönigin.

»Larchen, jetzt reagier doch nicht über«, bat Marcel. »Lass uns in Ruhe darüber reden. Ich …«

»Raus hier!«, schrie ich und griff nach dem Briefbeschwerer. Ein Hochzeitsgeschenk seiner Eltern.

Marcel mag manchmal ein bisschen reaktionslahm sein.

Doch in diesem Moment beschleunigte er auf ungeahnte Weise. In der Tür drehte er sich noch mal um. »Nimm doch den Rest des Tages einfach frei und …« Ich hob die Hand. Er schloss schnell die Tür. Der Briefbeschwerer traf mit zerstörerischer Wucht das gerahmte Familienbild an der Wand daneben. Das Glas klirrte und splitterte, der Rahmen hüpfte von der Wand und zerschellte am Boden. Ich starrte vom Schreibtisch aus, hinter dem ich aufgesprungen war, darauf. Der Briefbeschwerer mit dieser dämlichen, im Glas eingeschlossenen roten Rose, den ich wegen seines Symbolwertes zwanzig Jahre in Ehren gehalten und auf meinem Firmenschreibtisch geduldet hatte, obwohl ich ihn scheußlich fand, war noch heil. Echte deutsche Wertarbeit eben.

2. Kapitel

«O Gott, das tut mir so schrecklich leid!«, sagte Sandra.

Sie und ich waren seit vielen Jahren befreundet. Eigentlich seitdem ihr Mann Jürgen und Marcel sich im Tennisklub kennengelernt hatten. Deswegen war sie die Erste, die ich nach meinem überstürzten Aufbruch aus der Firma und der Ankunft zu Hause anrief.

»Ich dachte immer, ihr wärt das ideale Paar. Die gemeinsame Arbeit. Gleiche Interessen. Es hat immer alles so gut gepasst.« Ich konnte sie vor mir sehen, wie sie betroffen den Kopf schüttelte. Ihr Mitgefühl tat mir gut.

»Ach, Sandra. Wir wissen doch beide, dass so ein Eindruck täuschen kann. Was nützen denn gemeinsame Hobbys und der ganze Quatsch, wenn dein Mann hinter deinem Rücken doch eine andere vögelt«, sagte ich bitter.

»Du musst erst mal zur Ruhe kommen«, riet Sandra mir.

Ich nickte, und zugleich fiel mir auf, dass Sandra das ja nicht sehen konnte. »Du hast recht«, schob ich hinterher. »Ich glaube, ich brauche jetzt erst mal etwas Zeit, um einen klaren Kopf zu bekommen. Da drin herrscht nämlich gerade Chaos. Kann ich vielleicht bei euch im Gästezimmer übernachten?«

Es wurde sehr still in der Leitung.

»Sandra?«, fragte ich schließlich mit heiserer Stimme.

Sie räusperte sich. »Tut mir wirklich schrecklich leid, das musst du mir glauben. Aber … bitte versteh, dass ich das nicht einfach so über Jürgens Kopf hinweg entscheiden kann. Wir sind schließlich auch seine Freunde. Jürgen und Marcel in ihrem Männer-Tennis-Klub und so. Verstehst du? Da ist es schwierig, sich in so einer Situation auf eine von beiden Seiten zu stellen.«

Eine heiße Welle schwappte mit einem Mal durch meinen Magen. Es tat geradezu körperlich weh. Ich hätte nicht sagen können, wieso, aber dass sie meiner simplen Bitte nicht nachkommen wollte, schmerzte plötzlich fast ebenso, wie Marcels Eröffnung vorhin im Büro es getan hatte.

»Kapiere«, sagte ich dumpf.

»Du bist doch nicht ärgerlich?«

»Scheiße, nein, Sandra«, erwiderte ich. »Ich bin stinkesauer! Wenn du erst deinen Mann fragen musst, ob ich ›ne Nacht in euerm Gästebett schlafen darf, fahr ich besser zu jemand anderem. Jemandem, der es nicht ›schwierig‹ findet.«

»Ach Lara«, murmelte Sandra bestürzt. Aber ich hatte den Eindruck, dass sie erleichtert war, als wir kurz darauf das Gespräch beendeten.

♥

Ich versuchte es bei allen.

Jaqueline. Theresa. Jennifer. Sogar bei unserem schwulen Freundespaar Mattes und Tom. Alle waren sie schockiert, betroffen, mitfühlend und verständnisvoll. Doch sobald ich um eine vorübergehende Bleibe für die nächsten Tage bat, bekam ich eine Ausflucht nach der anderen zu hören. *Das Gästezimmer wird renoviert. Das Schlafsofa ist total kaputt und lässt sich nicht mehr ausklappen. Die Kinder haben allesamt Frühjahrsgrippe.* Kurz: Keiner unserer gemeinsamen Freunde stellte sich in dieser grässlichen Situation als *mein* Freund heraus. Es war niederschmetternd.

Die Stunden verstrichen. Schließlich näherte sich die Uhrzeit, zu der Marcel gewöhnlich Feierabend machte und aus der Firma nach Hause kam. Würde er überhaupt nach Hause kommen? Oder würde er die neu gewonnene Freiheit dazu nutzen, um gleich bei Tatjana zu übernachten?

Ich jedenfalls wollte nicht riskieren, ihm heute noch einmal zu begegnen. Viel zu viel ging mir durch den Kopf, in dem schieres Chaos herrschte. Damit hatte Sandra recht gehabt: Ich brauchte wirklich dringend Ruhe. Also ging ich ins Schlafzimmer hinüber, nahm einige, wenige Sachen aus dem Kleiderschrank und stopfte sie in meine Sporttasche. Als ich den Schrank wieder schloss, hielt ich einen Moment inne. Aus der verspiegelten Tür blickte mir mein eigenes, momentan ziemlich blasses Gesicht entgegen. Offenbar war ich mir beim Telefonieren häufiger durchs lange braune Haar gefahren – es wirkte zerzaust. Meine ebenfalls braunen Augen waren rotgerändert. Kurz: Ich sah genau so aus, wie ich mich fühlte.

Nachdem ich aus dem Büro gekommen war, hatte ich mich umgezogen. Meine Lieblingsjeans wirkten schon reichlich abgetragen und das T-Shirt verwaschen. Ja, in diesem lässigen Freizeitdress sah ich zwar schlank und sportlich aus. Aber die strengen, teuren Kostümchen, die Tatjana im Büro trug, schoben sich plötzlich vor mein inneres Auge. Ihre Anfang-zwanzig-Frische. Das stets perfekte Make-up mit dem knallroten Kussmund. Das eindrucksvolle Dekolleté.

Ich drehte mich zur Seite und zog das T-Shirt straffer. Längst nicht so gewaltig wie Tatjanas Profil, aber immerhin auch kein Flachland. Dann beugte ich mich zum Spiegel vor und betrachtete genau die kleinen Fältchen, die sich in meinen Augenwinkeln eingenistet hatten. Bisher hatte ich immer selbstbewusst die Meinung vertreten, dass man einer Frau ruhig ansehen durfte, dass sie die Vierzig überschritten hatte. Schließlich war das ein wunderbares Alter – nicht mehr geprägt von einer rastlosen Suche wie die Zwanziger oder dem zwanghaften Durchsetzen-Wollen von Herzenswünschen wie in den Dreißigern. Nein, ich hatte immer gedacht, dreiundvierzig zu sein, sei im Grunde der Idealzustand der emanzipierten, starken Frau von heute.

Was für eine Ironie.

Aber was tat ich hier eigentlich? Wenn ich mich noch länger im Spiegel anstarren würde, liefe ich Gefahr, tatsächlich Marcel zu begegnen. Also tat ich, was sich nicht vermeiden ließ. Mit den nötigsten Sachen in meiner Tasche fuhr ich wieder los.

Ich parkte in der vertrauten, immer leicht schmuddelig wirkenden Straße im Norden der Stadt, gegenüber dem Kiosk.

»Hey, Larri, lässte dich ma wieder blicken!«, grölte Mohammed aus der kleinen Öffnung mit dem Schiebefenster. Ich winkte ihm zu. Er kannte mich seit über vierzig Jahren. Ich hatte früher bei ihm gemischte Tüten und die *BRAVO* gekauft und ein bisschen für den immer gut gelaunten, glutäugigen Kerl geschwärmt – auch wenn er im Alter meiner Eltern war.

»Wie geht's? Alles paletti?«, rief er mir jetzt zu.

»Es muss, Mohammed. Muss, oder?«, erwiderte ich.

Er lachte.

In dem Moment öffnete sich hinter mir die Tür des kleinen Zechenhäuschens, und meine Mutter erschien im Türrahmen.

»Wusst ich's doch: Die Stimme kenn ich! Tach, Mohammed!« Sie drehte den Kopf und rief in den Flur: »Issie wirklich, Heinz!«

Ich nickte Mohammed noch einmal zu und ging dann den schmalen, mit den alten Platten gepflasterten Weg entlang zur Haustür.

»Was schleppst du denn da an?«, wollte meine Mutter wissen und winkte dann ab. »Aber schön, dass du dich mal wieder blicken lässt. Komm rein. Papa und ich essen gerade Abendbrot.«

[…]